古典文獻研究輯刊

二七編

第 8 冊

中華民族神話宗法化述論（下）

袁詠心 著

國家圖書館出版品預行編目資料

中華民族神話宗法化述論（下）／袁詠心 著 -- 初版 -- 新北
市：花木蘭文化事業有限公司，2023〔民 112〕
目 2+162 面；19×26 公分
（古典文學研究輯刊 二七編；第 8 冊）
ISBN 978-626-344-254-2（精裝）
1.CST：中國神話 2.CST：宗法制度
820.8　　　　　　　　　　　　　　　　111021982

ISBN-978-626-344-254-2

9 786263 442542

古典文學研究輯刊
二七編　第 八 冊　　　　ISBN：978-626-344-254-2

中華民族神話宗法化述論（下）

作　　者　袁詠心
總 編 輯　杜潔祥
副總編輯　楊嘉樂
編輯主任　許郁翎
編　　輯　張雅淋、潘玟靜　美術編輯　陳逸婷
出　　版　花木蘭文化事業有限公司
發 行 人　高小娟
聯絡地址　235 新北市中和區中安街七二號十三樓
　　　　　電話：02-2923-1455／傳真：02-2923-1452
網　　址　http://www.huamulan.tw 信箱 service@huamulans.com
印　　刷　普羅文化出版廣告事業
初　　版　2023 年 3 月
定　　價　二七編 11 冊（精裝）新台幣 28,000 元　　版權所有・請勿翻印

中華民族神話宗法化述論（下）

袁詠心　著

目次

下　冊

第三章　中華民族神話宗法化的一體與多元

　　「天下同歸而殊途，一致而百慮。」〔註1〕中華民族神話宗法化所呈現出的總體面貌，正是如此。一方面，中華民族神話宗法化的總體進程，是由原始宗法化步入封建宗法化；而不同民族神話宗法化的進程，又都是在自身原始宗法的基礎上，因接受漢族宗法影響而先後步入封建宗法化的。這是中華民族神話宗法化的同歸殊途。另一方面，中華民族神話在宗法化過程中，遵循共同的原則，有著共同的價值訴求；而居於不同地域的民族神話則在這一過程中，又帶有自身的特點。這是中華民族神話宗法化的一致百慮。中華民族神話宗法化的一體與多元，正是在同歸殊途與一致百慮中彰顯出來的。

第一節　中華民族神話宗法化的一體特徵

　　中華民族神話宗法化的一體化，集中指向兩個層面：第一，中華民族神話宗法化歷史進程的一體化；第二，中華民族神話宗法化原則與價值訴求的一體化。這兩個層面雖然所指不同，卻彼此關聯。中華民族神話宗法化歷史進程的一體化，是中華民族神話宗法化的根基；而中華民族神話宗法化原則與價值訴求的一體化，則是中華民族神話宗法化的具體呈現。沒有中華民族神話宗法化歷史進程的一體化，中華民族神話的宗法化便不可能完成；而沒有中華民族神話宗法化原則與價值訴求的一體化，中華民族神話的宗法化則不可能實現，此

〔註1〕阮元：《十三經注疏》，中華書局，1980年，第87頁。

所謂「天之不違，以不離一。天若離一，反還為物」〔註2〕。中華民族神話宗法化歷史進程的一體化已見上章所述，本節只討論中華民族神話宗法化原則與價值訴求的一體化。

一、中華民族神話宗法化原則的一體化

中華民族神話宗法化所遵循的共同原則，是圍繞宗族家族歷史記憶以確定天人關係、人倫彝則、社會秩序，即以神權正王權，以尊尊定親親，以宗統主君統。

中華民族神話既然以宗族社會現實生活為藍本，因此，其在圍繞宗族家族歷史記憶以確定天人關係時，必然會遵從宗族社會的既定原則。宗法制的一個重要目的，就是按照一定的制度與規範，確定統治者與非統治者相互間的隸屬或統治關係。〔註3〕因此，賦予統治者以統治權，也就是彰顯族權和家長權，就成為宗族社會所遵循的重要原則。在宗族社會裏，族長於本族成員擁有「戮於宗」的絕對權力。《左傳・成公三年》：「首其請於寡君，而以戮於宗，亦死且不朽。」〔註4〕楊伯峻注：「荀首不但是知罃之父，且是荀氏小宗宗子，於本族成員有殺戮之權。」〔註5〕在如此嚴格的族權和家長權的控制下，家族中的被統治者——妻、妾、兒子、親屬，都處於被族長和家長奴役的地位。這一點，可以從周代社會現實中分明見出。《左傳・文公六年》：「賈季奔狄。宣子使臾駢送其帑。」〔註6〕楊伯峻注：「帑同孥，妻子也。」〔註7〕又，《左傳・文公七年》：「先蔑之使也，荀林父止之。……及亡，荀伯盡送其帑及其器用財賄於秦，曰：『為同寮故也。』」〔註8〕帑，《說文》：「金幣所藏也。從巾奴聲。」〔註9〕段注：「帑、子也。此段帑為奴。《周禮》曰：其奴男子入於罪隸，女子入於舂槁。本謂罪人之子孫為奴，引申之則凡子孫皆可偁奴。」〔註10〕奴、帑、孥同義，可見周代貴族大家庭中的婦女和兒子

〔註2〕黃懷信：《鶡冠子彙校集注》，中華書局，2004年，第37頁。
〔註3〕參見徐揚傑：《中國家族制度史》，人民出版社，1992年，第83頁。
〔註4〕楊伯峻：《春秋左傳注》，中華書局，1981年，第813頁。
〔註5〕楊伯峻：《春秋左傳注》，中華書局，1981年，第813頁。
〔註6〕楊伯峻：《春秋左傳注》，中華書局，1981年，第552頁。
〔註7〕楊伯峻：《春秋左傳注》，中華書局，1981年，第552頁。
〔註8〕楊伯峻：《春秋左傳注》，中華書局，1981年，第561頁。
〔註9〕段玉裁：《說文解字注》，上海古籍出版社，1981年，第651頁。
〔註10〕段玉裁：《說文解字注》，上海古籍出版社，1981年，第651頁。

處於僕役甚至奴隸的地位。〔註11〕顯然，要賦予族長與家長如此的絕對權力，就必須確立族長與家長的神聖地位——正位，而正位則始於正名。《論語・子路》云：「名不正，則言不順；言不順，則事不成；事不成，則禮樂不興；禮樂不興，則刑罰不中；刑罰不中，則民無所措手足。」〔註12〕正名的目的，就在於使統治者得其位，進而以禮樂化民，以刑罰治民。絕對的權力，必然來白絕對意義上的絕對化授權，而世間能與此相適應的，惟有天之公理與天之權威。天之公理，在於不證自明的絕對意義。天之權威，則在於令人不可不畏之順之的絕對化掌控力。既然中國人思維的邏輯起點是不證自明的天人合一，而天人合一又必然導向君神合一，因此，以神譜正君系，以神權正王權，就成為宗族社會確立族長與家長神聖地位的不二選擇。而以宗族社會現實生活為藍本的中華民族神話，其所描畫的本來就是人神淆雜的世界，因此，建立於君神合一基礎上的以神譜正君系，以神權正王權，也就必然成為中華民族神話宗法化的首要原則。

前文已提到，以正位得位來界定規範各種秩序，是宗法倫理秩序建構的原則。因此，從某種程度上說，中華民族神話的宗法化道路，就是由正名正位而開出的。最能鮮明地彰顯正名與正位之間所具有的必然的因果聯繫的神話，首推夏桀以日自喻神話。《尚書・湯誓》：「夏王率遏眾力，率割夏邑。有眾率怠弗協。曰：『時日曷喪？予及汝皆亡！』」〔註13〕孫星衍注引鄭康成語：「桀見民欲叛，乃自比於日，曰：是日何嘗喪乎？日亡，我與汝亦皆喪亡。引不亡之徵，以脅恐下民也。」〔註14〕夏桀自比於日，這是以君神合一強調自身王統的合理化，也就是為自己正名；而其正名的目的，則在於以日之不滅證王權之永存，即以神權正王權，也就是鄭康成所說的「引不亡之徵，以脅恐下民」。正名與正位之間所具有的因果關聯及其重要性，在這則神話裏，得到了最為充分的展示。

其他神話在依此而宗法化時，雖然沒有明確點明正名與正位之間所具有的因果關聯及其重要性，但都在不同程度上，潛在地指向了這一層面。《白虎通・五行》：「炎帝者，太陽也。」〔註15〕在君神合一的直接表述中，炎帝由神

〔註11〕參見錢宗範：《周代宗法制度研究》，廣西師範大學出版社，1989年，第79頁。
〔註12〕劉寶楠：《論語正義》，中華書局，1990年，第521～522頁。
〔註13〕孫星衍：《尚書今古文注疏》，中華書局，1986年，第218頁。
〔註14〕孫星衍：《尚書今古文注疏》，中華書局，1986年，第218頁。
〔註15〕陳立：《白虎通疏證》，中華書局，1994年，第177頁。

權而來的王權的正當性和絕對性，自然是不容置疑的。當然，在中華民族神話中，君神合一最為經典的表述，還是承天命而生。此類神話多為感生神話，其中最為著名的，當數玄鳥生商與后稷神話。《獨異志》：「有娀簡狄氏，吞鳥卵而生后稷。」〔註16〕正因為這兩則神話在本質上是相同的，故《獨異志》將其合而為一。又如《元史譯文證補》所載孛端察兒降生神話：

> 朵奔巴延早卒，阿蘭郭斡寡居而孕，夫弟及親族疑其有私。阿蘭郭斡曰：「天未曉時，有白光入自帳頂孔中，化為男子與同寢，故有孕。」且曰：「我如不耐寡居，曷不再醮，而為此曖昧事乎？斯蓋天帝降臨，欲生異人也。不信，請伺察數夕，以證我言。」眾曰：「諾。」黎明時，果見有光入帳，片刻復出，眾疑乃釋。舉三子，曰不衰哈塔吉，其後為哈塔斤氏；曰不固撒兒只，其後為撒兒助特氏；曰孛端察兒，其後孛兒只斤氏。孛兒只斤，釋義為灰色目睛，以與白光之神人同也。〔註17〕

孛端察兒為蒙古乞顏部孛兒只斤氏（蒙古皇族氏族名稱）的傳承始祖，是孛兒帖·赤那之後。孛兒帖·赤那本承受天命而生，孛端察兒又為其母與天帝所生。這種承天命而生的雙重直接表述，所導向的無疑是以君神合一為蒙古皇族正名正位。其後，也速該巴特爾起用孛兒只斤氏，明確表明其源自天帝的血統，則是以神譜正君系。正因為如此，至鐵木真時，孛兒只斤氏就因為擁有高貴偉大的血統，而凌駕於蒙古各部之上。於宗族家族統治而言，正名正位所具有的重要意義，在此見得分外清楚。又如《漢藏史集》所載于闐國王降生及其立國神話：

> 大海已乾，于闐成為空寂之地。達爾瑪阿輸迦王（當是法王阿育王）來到此地，在現在和田城所在的地方住了一晚上，此王之妃生下來一個相貌美好的兒子。看相的人說：「此兒命相很好，在父王沒有轉生之前，此兒就會執掌國政。」國王聽後大怒，說：「我不要此小兒，可拋棄掉！」其母雖然心中不忍，但又不敢違命，遂將小兒拋棄此地。由於此小兒之福德，地上生出一個奶頭，小兒吮吸其奶，得以長大。據說，這是因為當初國王的這一妃子在花園中洗澡

〔註16〕 李冗、張讀：《獨異志·宣室志》，中華書局，1983 年，第 5 頁。
〔註17〕 楊復吉、錢大昕等：《金史詳校·元史氏族表·元史本證·元史譯文證補》，上海古籍出版社，2002 年，第 720 頁。

之時，毗沙門天王從空中經過，上下一看，見了此妃，心生愛欲，所以生了此王子。與此同時，漢地名叫周王的國王（原注：咸陽地方之王），為菩薩的化生，當有一千個兒子，已生了九百九十九個。此時周王想：「我若再生一子，就讓他掌管釋迦牟尼曾經踐履之于闐福地。」於是向毗沙門天王祈請，毗沙門天王取來此吸地乳之幼兒，說：「這是我的兒子，將他送給你。」此小兒之名，就叫做地乳王。地乳王長大後，漢地之王命他率領一萬士兵，尋找于闐，向西方來。當地乳王到達于闐的墨格爾地方時，印度的達爾瑪阿輸迦王治其大臣亞迦夏之罪，將他和兄弟、僕從等七百人一起流放，向東方來尋地安住，來到和田的上玉河。地乳王的兩名隨從，為尋找走失的黃乳牛來到上玉河，與印度人相遇，雙方談起各自的由來。地乳王說：「我們二人是從前的王臣的後裔，如今還應為君臣關係，在此和田盆地，新立一國。」雙方在郭涅東面的叫做伉占則的地方相會，同意建立君臣關係。最初為劃分地界而發生爭論，後來由毗沙門天王和吉祥天女調解，達成協議。和田下玉河以下、朵洛墨格爾和于木裏以上，分給地乳王的漢人隨從，從上玉河以上，分給亞迦夏的印度隨從，玉河的中間，由王子和他的印度和漢地的臣民混合掌管。

於是，在此安居，建立城堡，這是印度和漢地接觸的開始。〔註18〕

于闐國王地乳王為毗沙門天王之子，亞迦夏則為達爾瑪阿輸迦王之臣。神子與人臣這一與生俱來的名分，是兩人同意建立君臣關係的根本前提。後來兩人因劃分地界而發生爭論時，由毗沙門天王與吉祥天女調解而達成協議，則是神權所擁有的對世間的絕對性支配權的表述。於是，神話就在君神合一，以及正名與正位的界定中，借助宗法化，將人神世界和諧地融為一體。

此外，還有一類神話，雖然沒有承天命而生的直接表述，但其潛在意蘊，同樣指向天命所授。這一類神話，可以看成上述神話的變種，如《雅隆尊者教法史》所載木雅傳說：

昔日，木雅在漢王治下。在北方與夏之間，有座門西山，地祇名夏巫。一日，有騎白馬之七主僕來到北方城堡一婦女家。其主與之交歡。懷孕一年，生一子。斯時，出現一顆新星。諸漢巫卜之，

〔註18〕達倉宗巴·班覺桑布著，陳慶英譯：《漢藏史集——賢者喜樂瞻部州明鑒》，西藏人民出版社，1986年，第55～56頁。

本城有一篡奪王位之人降世。王命再卜，以覓孩兒。有老嫗將此孩兒藏於地穴一年。穴口蓋以木板，上置滿水之碗。諸巫師卜之，言道：「係在湖底樹木之地下。」然無法尋得，遂頒旨殺盡城中兩歲以內之小孩，乃屠殺之。老嫗讓小孩裝死，放入棺內，哭著背走，棄於河心草叢深處。日有一鷲飛來，使小孩不受凍寒。另一老嫗之乳牛，按日去給小孩餵奶。一日，老嫗尾隨之，見牛在給小孩餵奶，知此兒必係一異人，遂收為養子，取名俄努，譯為藏語，意為喝牛奶。孩兒長至七歲，覓得同齡小孩六人。七男孩逃至北方雪山深處謀反，捉盡山上拾柴之壯丁，充作兵士。小孩俄努去北方城堡，向智士詢問謀反之計策。一漢嫗授計曰：「本月十五日，可率軍前來。多覓馬鞭馬糞，擲於黃河。漢王印璽，我設法取之。」十四日，該漢嫗登上城牆，捶胸痛哭。王問其故，曰：「玉皇大帝授命木雅王即位，我等若不降伏，則漢人一個不留。明日，大軍將蜂擁而至。」究問其情，曰：「汝等明晨去看黃河，馬鞭馬糞使流水變色。」翌晨，所見黃河果然如是。大勢所趨，王臣三人前去奉送印璽。途遇木雅王七騎士，收繳印璽，又弒漢王，繼之一一誅殺大臣。故漢地有老嫗出口成禍，毀滅三角六門京城之說。木雅王從父系，取名夏祖傑波。歷六代，至木雅傑葛。斯時，傑葛風聞四洛山出世之人，為王之大臣，將弒王。因問太巫：「可否斬盡殺絕該山之人？」太巫善良，未允。後，王不敢居北方，雖遷至夏，然該山降生之人，不料竟為王之大臣，遂弒木雅傑葛，自此斷嗣。〔註19〕

　　木雅王雖非神子，但為老嫗棄於河心草叢深處後，先後得禿鷲護佑、乳牛餵奶，顯然為神所佑，帶有秉受天命的意味；而漢嫗所說的「玉皇大帝授命木雅王即位」，則從旁印證了這一點——儘管漢嫗所說，帶有一定程度的臆測誇飾的成分。此後，木雅王之所以能兵不血刃降伏漢王，所憑藉的正是由秉受天命而來的正名與得位。從這一層面來看，該神話所表達的含義，與承天命而生的感生神話並沒有不同。而此後神話的一系列敘事，則從反面強化了君神合一與正名正位之間所具有的直接關係。因為沒有源於神的血統，木雅王無法像于闐國王與亞迦夏那樣，同漢王建立起天然的君臣關係，所以

〔註19〕釋迦仁欽德著，湯池安譯：《雅隆尊者教法史》，西藏人民出版社，1989年，第26～27頁。

他只能憑藉篡弒奪取王權。這一點，可以從神話「弒漢王」的表述中見出。名不正則位不正，位不正則權不正。既然木雅王沒有高貴的神的血統，且其權力又是憑藉不正的方式獲取的，其後代不可能以神譜正君系，以神權正王權，因此歷六代而傳至木雅傑葛時，其最終為四洛山出世之人以同樣的方式奪去了王權。以亂始者，必以棄終。「自此斷嗣」的表述，正可看作宗族背棄宗法原則後，所面臨的最為嚴峻的懲罰。在這富有意味的表述中，宗法原則對人神世界所具有的強大約束力與掌控力，得到了生動形象的揭示。既然君神合一是正名正位的必要條件，這就一定意味著，以神譜正君系，是正名正位的必要補充。這一點，在上面所引神話中已能隱約見出。當然，最為集中地展示這一層面內涵的神話，還是那些以明世系為主旨的神話，如前引鐵木真世系神話、贊普世系神話、犬戎世系神話等。本文第一章第三節對此已有論述，此不贅言。

　　以神譜正君系的目的，在於以神權正王權，也就是神化或者說強化君王對宗族社會的絕對掌控權，以確保王綱不墜。這一點，在上面所引神話中同樣也能隱約見出；而最能明顯見出由神權而來的王權所擁有的絕對掌控力的，當為《雲笈七籤·紀傳部·紀·軒轅本紀》所載黃帝神話：「軒轅·黃帝·姓公孫，有熊國君少典之次子也。其母西喬氏女，名附寶，瞑見大電光繞北斗，樞星照於郊野，附寶感之而有娠，以樞星降，又名曰天樞。懷之二十四月，生軒轅於壽丘」，「諸侯咸尊軒轅為天子。帝以己酉歲立，承神農之後，火生土，帝以土德，稱王天下，號黃帝。位居中央，臨制四方」，「帝巡狩東至海，登桓山，於海濱得白澤神獸，能言，達於萬物之情。因問天下鬼神之事，自古精氣為物，遊魂為變者，凡萬一千五百二十種，白澤言之，帝令以圖寫之以示天下，帝乃作《祝邪之文》以祝之」。〔註20〕「伏羲生少典，少典生神農」〔註21〕，而黃帝則為少典次子，又承天命而生，這是最為典型的君神合一、神譜君系井然有序的表述。黃帝為天子後，萬國咸服，不僅「位居中央，臨制四方」，而且權力達於幽冥，禁制萬鬼。與黃帝「臨制四方」相互發明的，還有《南岳總勝集》卷上所載黃帝神話：「昔黃帝遊觀六合，徵召神靈，見東中西北四岳並有佐命之司，惟有南岳峙而無。乃與昌宇、力牧、方明等，章詞三天太上，使命霍山、潛山為南岳儲君，拜青城為丈人，署廬山為使者，令總衡岳以鼎鎮，舉德正而

〔註20〕張君房纂輯：《雲笈七籤》，華夏出版社，1996年，第604、610、611頁。
〔註21〕張君房纂輯：《雲笈七籤》，華夏出版社，1996年，第604頁。

為主。」〔註22〕而與黃帝禁制萬鬼相互發明的，則有《論衡‧訂鬼篇》所引《山海經》黃帝統轄天下萬鬼的神話：「滄海之中，有度朔之山，上有大桃木，其屈蟠三千里，其枝間東北曰鬼門，萬鬼所出入也。上有二神人，一曰神荼，一曰鬱壘，主閱領萬鬼。惡害之鬼，執以葦索，而以食虎。於是黃帝乃作禮以時驅之，立大桃人，門戶畫神荼、鬱壘與虎，懸葦索以御。」〔註23〕黃帝不僅統治著天上的神，世間的人，是人神世界至高無上的掌控者，而且還統治著宇宙間的一切妖魔鬼怪。袁珂先生指出：「神荼和鬱壘在度朔山的大桃樹下面『閱領』天下萬鬼，黃帝因此而制為典禮，以時驅鬼，這樣的神話，恐怕已經不是最古神話的本來面貌。最古的神話，應是黃帝通過神荼和鬱壘這兩個鬼頭子的手，以統轄天下萬鬼，建立宇宙秩序。白澤神獸神話的內容和性質，大體也同於神荼鬱壘。『達於萬物之情』的白澤，也是一個鬼統領，是黃帝手下的一員要將。黃帝作《祝邪之文》云云，並不一定真正就是驅鬼，只不過表示黃帝對萬鬼的約束禁制而已。』」〔註24〕黃帝之所以能擁有廣大無際的王權，顯然與其君神合一的身份分不開；而王權的絕對化，則與承天命而來的正名正位，以神譜正君系，以神權正王權息息相關。在黃帝神話中，我們可以集中看到宗法原則對神話宗法化所起到的決定性作用。當中華民族神話共同遵循這一原則而宗法化時，這也就自然意味著中華民族神話宗法化原則一體化的開始。

以神權正王權的目的，是為了建立宇宙秩序。這種秩序的建立，是以王權也就是國家的產生為基礎的，而國家的產生則標誌著文明的誕生。「文明意味著人類自然群體生活狀態的結束，或者說，文明意味著非自然的社會組織的產生。」〔註25〕因此，為確保非自然社會組織——國家的意志得以彰顯，就必須以文明秩序統領自然秩序。換言之，為確保宇宙秩序得以建立，由自然秩序而來的親親之情，必須被置於由文明秩序而來的王權之尊下，即以尊尊而定親親。從另一方面而言，宗法本意在於以親親之情摶結擁有共同血緣的個體或家族，但血緣會隨著世系的推衍而愈益疏遠，在這樣的背景下，唯有以尊尊原則統領親親之情，才能摶結那些因世系推衍而不斷疏遠的個體或家族。這就是說，只有在血親、姻親乃至整個社會中以等級尊卑建立必要的秩序，也就是使

〔註22〕阮元輯：《宛委別藏 49‧南岳總勝集》，江蘇古籍出版社，1988 年，第 5～6 頁。

〔註23〕黃暉：《論衡校釋》，中華書局，1990 年，第 938～939 頁。

〔註24〕袁珂：《古神話選釋》，人民文學出版社，1979 年，第 120～121 頁。

〔註25〕劉廣明：《宗法中國》，上海三聯書店，1993 年，第 23 頁。

親親之情屈從於尊尊原則，才能更好地維持宗族乃至整個社會的存在。於是，以尊尊定親親，就成為周代宗法替代殷代宗法的必然選擇。《史記·梁孝王世家》：「殷道親親者，立弟。周道尊尊者，立子。殷道質，質者法天，親其所親，故立弟。周道文，文者法地，尊者敬也，敬其本始，故立長子。」〔註26〕從親親（立弟）向尊尊（立嫡）的轉變，不僅意味著重回宗法之本——敬祖，更意味著穩固的社會秩序的確立。正是在這一意義上，王國維先生在《殷周制度論》中指出：「夫捨弟而傳子者，所以息爭也。兄弟之親本不如父子，而兄之尊又不如父，故兄弟間常不免有爭位之事。特如傳弟既盡之後，則嗣立者當為兄之子歟？弟之子歟？以理論言之，自當立兄之子；以事實言之，則所立者往往為弟之子。此商人所以有中丁以後九世之亂，而周人傳子之制正為救此弊而設也。」〔註27〕尊尊原則的確立，使得宗族社會既能憑藉祖先崇拜將同一宗族摶結在一起，又能藉助君臣關係將不同宗族聚合成一體。故《臣軌·同體章》云：「夫人臣之於君也，猶四支之載元首，耳目之為心使也。相須而後成體，相得而後成用。故臣之事君，猶子之事父。父子雖至親，猶未若君臣之同體也。」〔註28〕於是，在君君臣臣、父父子子的家國一體同構中，由血緣而來的自然秩序，與由王權而來的文明秩序，巧妙地融合在一起，在共同建構宇宙秩序的同時，確保了宗族社會的穩固如一。

　　中華民族神話的持續宗法化，正是以尊尊定親親這一原則為指引的。在闡釋這一原則時，中華民族神話最為典範的表述方式，主要有兩種。第一，王權的父子相繼。此類神話往往以權力傳承的父子相繼彰顯尊尊原則，並由此界定親親之情。由於尊尊必有所本，而王權又必須建立在神權的基礎上，因此，此類神話往往既與始祖神話交織在一起，又與以神譜正君系的宗法化原則相統一，前引明世系神話都屬於這一類。又如《通紀·晉宣帝》所載司馬懿世系神話：「晉高祖宣皇帝，諱懿，字仲達，河內溫人，姓司馬氏。其先出自帝高陽之子黎。黎為祝融，歷唐、虞、夏、商，代序其職。其後程伯休父，周宣王時為司馬官，克平徐方，錫以官族，因而氏焉。祖雋，潁川太守。父防，為京兆尹。帝即防之第二子。」〔註29〕為司馬懿添加源自於神的高貴血統，是在以神譜正君系的同時，強化尊尊之義，進而使尊尊合理化。在此基礎上，再歷敘自

〔註26〕司馬遷：《史記》，中華書局，1959年，第2091頁。
〔註27〕王國維：《觀堂集林（外二種）》，河北教育出版社，2003年，第233～234頁。
〔註28〕阮元輯：《宛委別藏61·臣軌》，江蘇古籍出版社，1988年，第1～2頁。
〔註29〕阮元輯：《宛委別藏40·通紀》，江蘇古籍出版社，1988年，第1頁。

高陽至司馬防的世系，則是為了明親親之情。第二，始祖特性的子孫相襲。此類神話往往以能彰顯始祖某一特性的子孫相襲，在表明後嗣傳承了始祖尊貴血統的同時，藉以強化尊尊之義，並由此表明親親之情。如本文第二章第二節所引高車族源神話、突厥族源神話中，或因其始祖為狼，或因其為狼所生，故其後裔或喜作狼嚎，或於「牙門建狼頭纛」，凡此種種，都是以始祖這一特性的子孫相襲，既表明對始祖的尊崇之義，又藉以親近本族中人——凡保留此特性者均為同族之人，故聞狼嚎或見狼頭纛而油然生發親近之心。又如前引盤瓠神話中盤瓠子女穿著、習俗、喜好始終不違盤瓠之教，夜郎神話中竹王後裔以竹為姓，其所指向的，同樣也是以尊尊定親親的宗法原則。又如《太平經·太平金闕帝晨後聖帝君師輔歷紀歲次平氣去來兆候賢聖功行種民定性本起》所載李曜景降生神話：

> 長生大主號太平真正太一妙氣、皇天上清金闕後聖九玄帝君，姓李，是高太上之胄，玉皇虛無之胤，玄元帝君時太皇十五年，太歲丙子兆氣，皇平元年甲申成形，上和七年庚寅九月三日甲子卯時，邢德相制，直合之辰，育於北玄玉國、天岡靈境、人鳥閣蓬萊山中、李谷之間，有上玄虛生之母，九玄之房，處在谷陰。玄虛母之始孕，夢玄雲日月纏其形，六氣之電動其神，乃冥感陽道，遂懷胎真人。既誕之旦，有三日出東方。既育之後，有九龍吐神水。故因靈谷而氏族，用曜景為名字。〔註30〕

道教尊神太平金闕帝晨後聖帝君李曜景因生於李谷之間，誕生時「有三日出東方」，「故因靈谷而氏族，用曜景為名字」，其中所蘊含的尊尊親親之意，是顯而易見的。與此同時，由於「神權的神是受血緣限定的，各個血族只祭祀自己的祖先神，這實際上即是只承認自己的祖先的神性和王者的合理性。在這裡，『宗』的意義就凸現出來了」〔註31〕，因此，以自然秩序確定文明秩序，也就是以宗統主君統，就必然成為以尊尊定親親的核心理據。《禮記·王制》：「凡聽五刑之訟，必原父子之親，立君臣之義，以權之。」〔註32〕沒有以尊尊定親親，則君統淆亂；沒有以宗統主君統，則尊尊不存。雖然自春秋始，在孔子的努力下，周代宗法開始逐漸由宗君合一轉向內聖外王〔註33〕，但由周代宗

〔註30〕王明：《太平經合校》，中華書局，1960年，第2頁。
〔註31〕劉廣明：《宗法中國》，上海三聯書店，1993年，第11頁。
〔註32〕孫希旦：《禮記集解》，中華書局，1989年，第371頁。
〔註33〕參見劉廣明：《宗法中國》，上海三聯書店，1993年，第35～42頁。

法所奠定的以宗統主君統的宗法原則，卻一直為爾後封建社會所遵循。最能見出以尊尊定親親，與以宗統主君統這一原則的前後關聯性的，當推《華陽國志‧蜀志》所載蜀國開國之君的系列神話：

> 蜀之為國，肇於人皇，與巴同囿。至黃帝，為其子昌意娶蜀山氏之女，生子高陽，是為帝嚳。封其支庶於蜀，世為侯伯。……周失紀綱，蜀先稱王。有蜀侯蠶叢，其目縱，始稱王。死，作石棺、石椁，國人從之，故俗以石棺椁為縱目人冢也。次王曰柏灌。次王曰魚鳧。魚鳧王田於湔山，忽得仙道，蜀人思之，為立祠。後有王曰杜宇，教民務農，一號杜主。時朱提有梁氏女利，遊江源，宇悅之，納以為妃。移治郫邑，或治瞿上。巴國稱王，杜宇稱帝，號曰望帝，更名蒲卑。自以功德高諸王。乃以褒斜為前門，熊耳、靈關為後戶，玉壘、峨眉為城郭，江、潛、綿、洛為池澤；以汶山為畜牧，南中為園苑。會有水災，其相開明，決玉壘山以除水害。帝遂委以政事，法堯舜禪授之義，禪位於開明。帝升西山隱焉。時適二月，子鵑鳥鳴，故蜀人悲子鵑鳥鳴也。巴亦化其教而務農。迄今巴蜀民農時先祀杜主君。開明位號曰叢帝。叢帝生盧帝。盧帝攻秦，至雍。生保子帝。帝攻青衣，雄張獠、僰。九世有開明帝，始立宗廟，以酒曰醴，樂曰荊。人尚赤，帝稱王。時蜀有五丁力士，能移山，舉萬鈞。每王薨，輒立大石，長三丈，重千鈞，為墓誌，今石笋是也，號曰笋裏。未有謚列，但以五色為主。故其廟稱青、赤、黑、黃、白帝也。開明王自夢廓移，乃徙治成都。〔註34〕

自人皇至黃帝、昌意、帝嚳，再到蠶叢、柏灌、魚鳧、杜宇，又自叢帝（開明帝一世）至盧帝再到保子帝（開明帝九世），其君王世系的敘述，都建立在明宗統的前提之上，也就是說，其遵從的是以宗統主君統的原則。至於杜宇傳位於叢帝，背後雖然隱藏著一個悲涼的故事，很可能開明氏王朝的王位是用不正當的手段獲得的，這一點，可以從「蜀人悲子鵑鳥鳴」中推出，而唐代詩人詠杜鵑多疑其有冤，也可作為旁證，袁珂先生則直以為「恐怕是在神話的外衣下隱藏著一場嚴重的政治鬥爭」〔註35〕；但當其以禪位的方式表述出來時，這就賦予了叢帝獲取王位的合理性，即杜宇將自身源於神系的宗統轉授於叢帝。

〔註34〕常璩：《華陽國志》，齊魯書社，2000年，第26～27頁。
〔註35〕袁珂：《中國神話史》，上海文藝出版社，1988年，第105頁。

因此，這一表述背後所遵循的，同樣是以宗統主君統的宗法原則。而蜀人奉叢帝為王所遵循的，正是以尊尊定親親的宗法原則。此外，蜀地「俗以石棺椁為縱目人冢」，「巴蜀民農時先祀杜主君」，君王死後五丁力士以大石為墓誌，這類表述所指向的，同樣也是尊尊而親親。其他神話雖然沒有像蜀國開國之君系列神話一樣，集中表述以尊尊定親親、以宗統主君統原則的前後關聯性，但其在宗法化時，同樣遵循了以宗統主君統的原則。如《三國遺事‧紀異第一‧古朝鮮》所載朝鮮族檀君神話：

> 昔有桓因庶子桓雄，數意天下，貪求人世。父知子意，下視三危太伯可以弘益人間，乃授天符印三個，遣往理之。雄率徒三千，降於太伯山頂神壇樹下，謂之神市。是謂桓雄天王也。將風伯、雨師、雲師，而主谷、主命、主病、主刑、主善惡，凡主人間三百六十餘事。在世理化。時有一熊一虎同穴而居，常祈於神雄，願化為人。時，神雄遺靈艾一炷、蒜二十枚，曰：「爾輩食之，不見日光百日，便得人形。」熊虎得而食之。忌三七日，熊得女身；虎不能忌，而不得人身。熊女者無與為婚，故每於壇樹下咒願有孕。雄乃假化而婚之，孕生子，號曰壇君王儉。以唐高即位五十年庚寅，都平壤城，始稱朝鮮。又移都於白岳山阿斯達，又名弓忽山，又今彌達。御國一千五百年。周虎王即位己卯，封箕子於朝鮮，壇君乃移於藏唐京。後還隱於阿斯達，為山神，壽一千九百八歲。〔註36〕

桓因即天帝，也就是一然所說的帝釋。太伯山即妙香山。壇君，《帝王韻紀》《世宗實錄》等書多作檀君。唐高即帝堯。周虎王即周武王，因避王氏高麗惠宗王武之諱改。藏唐京即白嶽。阿斯達即九月山。這則神話中最可注意的，是熊女與桓雄交合生子這一核心情節。熊本與虎同穴而居，但當熊在避日 21 天變成女身後，神話並未如其他人獸婚神話一樣，使其與未得人身的虎婚配，而是使其與桓雄婚配。神話之所以如此處理，可以想見的最根本原因，應當在於虎缺乏必要的神性。這一點，從其「不得人身」的表述中即可見出。缺乏神性，則不能以神權正王權，其後嗣便無以立君統。而桓雄則不然。其由天帝而來的神的身份，可使其天然地驅遣神人，總理萬物，「主人間三百六十餘事」；且桓雄雖為桓因別子，於天庭不得稱大宗，但其既經下凡，族類繁衍後，便可

〔註36〕一然著，（韓）權錫煥、陳蒲清注譯：《三國遺事》，嶽麓書社，2009 年，第 5 ～6 頁。

為本族始祖，由此而宗支井然，此所謂「別子為祖，繼別為宗」〔註37〕，亦即鄭康成所云「始來在此國者，後世以為祖也」〔註38〕。因此，熊女與桓雄交合生子這一情節的設置，正是為了以檀君王儉源於天帝的宗統，強調其君統的正當性，即以宗統主君統。

　　需要指出的是，以神權正王權，以尊尊定親親，以宗統主君統，雖然是宗族社會用以強化族權與家長權時所遵循的重要原則，但絕非唯一原則。自祖神分離後，祖與神也就是王權與神權不再天然地聯結在一起，而必須憑藉德這一中介關聯起來，因此，德之有無，不僅是決定王權與神權能否合一的唯一標準，也是尊尊與宗統能否維繫的重要媒介。故《大戴禮記‧易本命》有云：「故王者動必以道，靜必以理。動不以道，靜不以理，則自夭而不壽，訞孽數起，神靈不見，風雨不時，暴風水旱竝興，人民夭死，五穀不滋，六畜不蕃息。」〔註39〕《賢良進卷‧君德》中而論之曰：「臣聞人君必以其道服天下，而不以名位臨天下。夫莫尊於君之名，莫重於君之位，然而不得其道以行之，則生殺予奪之命，皆無以服天下之心，其所以為之臣者，特迫於名位而不敢抗耳。夫是故以天下之大，常沾沾焉，疑其並出以撓己，而禁防維持之不給，尚安能保其民，而與之長守而不變哉！」〔註40〕桀紂之所以失天下，就在於「以名位臨天下」；而湯武之所以得天下，則在於「以其道服天下」。因此，欲「保其民，而與之長守而不變」，必當「欲為君盡君道，欲為臣盡臣道，二者皆法堯舜而已矣。不以舜之所以事堯事君，不敬其君者也。不以堯之所以治民治民，賊其民者也。孔子曰：『道二，仁與不仁而已矣。暴其民，甚則身弒國亡，不甚則身危國削。名之曰幽厲，雖孝子慈孫，百世不能改也。』《詩》云：『殷鑒不遠，在夏后之世。』此之謂也」〔註41〕。宗族社會如此，以宗族社會現實生活為藍本的中華民族神話在宗法化時，便不得不如此。中華民族神話在遵循以神權正王權、以尊尊定親親、以宗統主君統的原則而宗法化時，正是以道貫穿始終的。這一點，在上引神話中都可以從某一層面見出，如李曜景「刑德相制」，杜宇「法堯舜禪授之義」，桓雄理化萬物，等等。又如《帝王世紀‧自開闢至三皇》所載黃帝神話：

〔註37〕孫希旦：《禮記集解》，中華書局，1989年，第914頁。
〔註38〕孫希旦：《禮記集解》，中華書局，1989年，第914頁。
〔註39〕王聘珍：《大戴禮記解詁》，中華書局，1983年，第260頁。
〔註40〕阮元輯：《宛委別藏41‧賢良進卷》，江蘇古籍出版社，1988年，第6頁。
〔註41〕焦循：《孟子正義》，中華書局，1987年，第491頁。

　　　　黃帝服齋於中宮，坐於玄扈。洛上乃有大鳥，雞頭、燕喙、龜
　　頸、龍形、麟翼、魚尾，其狀如鶴，體備五色，三文成字，首文曰順
　　德，背文曰信義，膺文曰仁智。不食生蟲，不履生草，或止帝之東
　　園，或集阿閣。其飲食也，必自歌舞，音如簫笙。〔註42〕

　　將這一則神話與上引黃帝神話合在一起，便能清晰地見出，黃帝之所以能
擁有廣大無際的王權，使天下萬國咸服，正在於其有道，即順德、信義、仁智。
又如《帝王世紀・夏》所載大禹神話：

　　　　伯禹，夏後氏，姒姓也。其先出顓頊。顓頊生鯀，堯封為崇伯，
　　納有莘氏女，曰志，是為修己。山行，見流星貫昴，夢接意感，又
　　吞神珠薏苡，胸坼而生禹於石紐。虎鼻大口，兩耳參鏤，首戴鉤，
　　胸有玉斗，足文履己，故名文命，字高密。身長九尺二寸。長於西
　　羌，西夷人也。禹未登用之時，父既降在匹庶，有聖德，夢自洗於
　　河，觀於河，始受圖，括地象也。圖言治水之意，四岳舉之，舜進
　　之堯，堯命為司空。繼鯀治水，乃勞身涉勤，不重徑尺之璧而愛日
　　之寸陰，故世傳禹病偏枯，足不相過，至今巫稱禹步是也。又手足
　　胼胝，納禮賢士，一沐三握髮，一食三起餮。堯美其績，乃賜姓姒
　　氏，封為夏伯，故謂之伯禹。天下宗之，謂之大禹。年二十始用，
　　三十二而洪水平，年百歲崩於會稽，因葬會稽山陰縣之南。今山上
　　有禹冢並祠，下有群鳥耘田。〔註43〕

　　大禹之所以能為天下所宗，正其君統，在於有聖德。這正是「以其道服天
下」的生動寫照。反之，如果君王無道，「以名位臨天下」，則無以為天下所尊，
君統不存。如《列女傳・夏桀末喜》所載夏桀神話：

　　　　末喜者，夏桀之妃也。美於色，薄於德，亂孽無道，女子行丈
　　夫心：佩劍帶冠。桀既棄禮義，淫於婦人，求美女，積之於後宮，
　　收倡優、侏儒、狎徒，能為奇偉戲者，聚之於旁。造爛漫之樂，日
　　夜與末喜及宮女飲酒，無有休時。置末喜於膝上，聽用其言，昏亂
　　失道，驕奢自恣。為酒池可以運舟，一鼓而牛飲者三千人，鞨其頭
　　而飲之於酒池，醉而溺死者，末喜笑之以為樂。龍逢進諫曰：「君無
　　道，必亡矣。」桀曰：「日有亡乎？日亡而我亡。」不聽，以為妖言

〔註42〕皇甫謐：《帝王世紀》，齊魯書社，2000年，第8頁。
〔註43〕皇甫謐：《帝王世紀》，齊魯書社，2000年，第21頁。

而殺之。造瓊室、瑤臺以臨雲雨，殫財盡幣，意尚不饜。召湯囚之於夏臺，已而釋之。諸侯大叛。於是湯受命而伐之，戰於鳴條，桀師不戰，湯遂放桀與末喜嬖妾同舟，流於海，死於南巢之山。〔註44〕

又如《列女傳・殷紂妲己》所載殷紂神話：

妲己者，殷紂之妃也，嬖幸於紂。紂材力過人，手格猛獸，智足以距諫，辯足以飾非，矜人臣以能，高天下以聲，以為人皆出己之下，好酒淫樂，不離妲己。妲己之所譽貴之，妲己之所憎誅之。作新淫之聲，北鄙之舞，靡靡之樂，收珍物積之於後宮，諛臣群女咸獲所欲。積糟為丘，流酒為池，懸肉為林，使人裸形相逐其間，為長夜之飲。妲己好之，百姓怨望，諸侯有畔者。紂乃為炮烙之法，膏銅柱，加之炭。令有罪者行其上，輒墮炭中，妲己乃笑。比干諫曰：「不修先王之典法，而用婦言，禍至無日。」紂怒，以為妖言。妲己曰：「吾聞聖人之心有七竅。」於是剖心而觀之。囚箕子，微子去之。武王遂受命，興師伐紂，戰於牧野，紂師倒戈。紂乃登廩臺，衣寶玉衣而自殺。於是武王遂致天之罰，斬妲己頭，懸於小白旗，以為亡紂者是女也。〔註45〕

雖然劉向將夏桀、殷紂無道歸於末喜、妲己所誘，這自然是為君王諱的傳統觀念在作怪，但桀紂因無道而失位身死這一內在理念，在神話中仍能清晰地見出。又如《華陽國志・蜀志》所載開明王朝末代帝王滅亡神話：

周顯王二十二年，蜀侯使朝秦。秦惠王數以美女進，蜀王感之，故朝焉。惠王知蜀王好色，許嫁五女於蜀，蜀遣五丁迎之。還到梓潼，見一大蛇入穴中。一人攬其尾，掣之，不禁。至五人相助，大呼拽蛇。山崩，時壓殺五人及秦女，並將從；而山分為五嶺，直頂上有平石。蜀王痛傷，乃登之。因命曰「五婦冢山」。川平石上為望婦堠，作思妻臺。今其山，或名五丁冢。

周慎王五年秋，秦大夫張儀、司馬錯、都尉墨等從石牛道伐蜀。蜀王自於葭萌拒之，敗績。王遯走至武陽，為秦軍所害。其傅相及太子退至逢鄉，死於白鹿山。開明氏遂亡。凡王蜀十二世。〔註46〕

〔註44〕劉向：《古列女傳》，中華書局，1985年，第189～190頁。
〔註45〕劉向：《古列女傳》，中華書局，1985年，第191～192頁。
〔註46〕常璩：《華陽國志》，齊魯書社，2000年，第28、29頁。

這一神話是上引蜀國開國君王系列神話的後續。開明帝九世好色不厭,而武丁力士與秦五女為山所壓殺時,其不恤力士惟傷五女之舉,更是其失道無德的強化。因此,其亡國絕嗣,理所當然。開明氏王朝始以無道而得位,終以無道而失位絕嗣,神話便以這一特定的表述方式,完美地詮釋了道之不存則無以與民長守而不變的理念。當中華民族神話從正反兩方面一再強調道對於以神權正王權、以尊尊定親親、以宗統主君統所起到的決定性作用時,這就既為中華民族神話的宗法化注入了自然公理,也為中華民族神話的宗法化注入了文明質地。

二、中華民族神話宗法化價值訴求的一體化

中華民族神話宗法化價值訴求的一體化,主要指向由祖先崇拜而來的共同祖先的認同與尊崇,以及由以延祖嗣而來的大同太平。

祖先崇拜是維繫宗族社會穩定的最核心的精神支柱。祖先不僅是宗族社會人生之來處,有祖先則有宗族,宗族存則譜系明,明譜系則人生有自;同時也是宗族社會人生之歸宿,祖先為宗族典範,紹休聖緒是族人天賦使命,只有不忝厥祖才能祔祀而為後人法式。對共同祖先的認同與尊崇,既是個體與宗族確定自我身份彰顯自我存在的根本標誌,也是建立於不同宗族之上的族群確定自身身份彰顯自身存在的根本標誌。這種對共同祖先的認同與尊崇,就是王明珂所說的「共同的祖源記憶」。王明珂認為,族群的本質是由共同的祖源記憶來界定及維繫的,而族群邊緣環繞中的人群,則由共同的祖源記憶來凝聚。〔註47〕中華民族共同體形成的過程,正是其他民族在與漢族不斷融合的背景下〔註48〕,持續強化漢族祖源記憶,進而與漢族凝聚為一個牢不可破的民族共同體的過程。在這一過程中,以祖先崇拜為核心理念,以承載民族歷史記憶為天賦使命的中華民族神話,對中華民族共同的祖源記憶的形成,也就是對各民族認同與尊崇共同祖先,發揮了獨特而重要的作用。

「自從盤古分天地,三皇五帝夏商君。周朝伐紂興天下,代代相承八百

〔註47〕 參見王明珂:《華夏邊緣:歷史記憶與族群認同》,允晨文化實業股份有限公司,1997 年,第 12 頁。

〔註48〕 這一融合雖然是雙向的,既包括其他民族的漢化,也包括漢族的他族化,但總體趨勢則是其他民族的漢化,即其他民族對漢文化的總體接受。其中最為典型的,當為魏晉南北朝時的胡漢融合。有關胡漢融合的相關論述,參見萬繩楠整理《陳寅恪魏晉南北朝史講演錄》,黃山書社,1987 年,第 100～113 頁。

春。」〔註 49〕為了更好地明確文明之所由，王權之所承，藉助於神話的歷史化以及歷史的神話化，漢族將盤古、燧人氏、伏羲氏、神農氏（炎帝）、黃帝、顓頊、帝嚳、帝堯、帝舜等等，統統認作自己的祖先。盤古為人類初祖，其地位自然無可動搖。三皇世系，可從《帝王世紀第一・自開闢至三皇》中見出：「太皞帝庖犧氏，風姓也，母曰華胥。燧人之世，有大人之跡出於雷澤之中，華胥履之，生庖犧於成紀。蛇身人首，有聖德，為百王先。帝出於震，未有所因，故位在東，主春，象日之明，是以稱太皞，一號黃熊氏」，「神農氏，姜姓也。……炎帝神農，母曰任姒，有嬌氏女，名女登，少典妃」。〔註 50〕五帝世系，則可從《史記・五帝本紀》中見出：「黃帝者，少典之子，姓公孫，名曰軒轅。生而神靈，弱而能言，幼而徇齊，長而敦敏，成而聰明」，「黃帝居軒轅之丘，而娶於西陵之女，是為嫘祖。嫘祖為黃帝正妃，生二子，其後皆有天下：其一曰玄囂，是為青陽，青陽降居江水；其二曰昌意，降居若水。昌意娶蜀山氏女，曰昌僕，生高陽，高陽有聖德焉。黃帝崩，葬橋山。其孫昌意之子高陽立，是為帝顓頊也」，「帝顓頊生子曰窮蟬。顓頊崩，而玄囂之孫高辛立，是為帝嚳。帝嚳高辛者，黃帝之曾孫也。高辛父曰蟜極，蟜極父曰玄囂，玄囂父曰黃帝。自玄囂與蟜極皆不得在位，至高辛即帝位。高辛於顓頊為族子」，「帝嚳娶陳鋒氏女，生放勳。娶娵訾氏女，生摯。帝嚳崩，而摯代立。帝摯立，不善，而弟放勳立，是為帝堯」，「虞舜者，名曰重華。重華父曰瞽叟，瞽叟父曰橋牛，橋牛父曰句望，句望父曰敬康，敬康父曰窮蟬，窮蟬父曰帝顓頊，顓頊父曰昌意：以至舜七世矣」。〔註 51〕此後，君王世系一脈相承。禹為顓頊之孫，《史記・夏本紀》：「夏禹，名曰文命。禹之父曰鯀，鯀之父曰帝顓頊，顓頊之父曰昌意，昌意之父曰黃帝。禹者，黃帝之玄孫而帝顓頊之孫也。」〔註 52〕而殷契則為帝嚳次妃之子，后稷為帝嚳元妃之子。秦之先同樣為顓頊苗裔，《史記・秦本紀》：「秦之先，帝顓頊之苗裔孫曰女修。女修織，玄鳥隕卵，女修吞之，生子大業。大業取少典之子，曰女華。女華生大費，與禹平水土。已成，帝錫玄圭。禹受曰：『非予能成，亦大費為輔。』帝舜曰：『咨爾費，贊禹功，其賜爾皁遊。爾後嗣將大出。』乃妻之姚姓之玉女。大費拜受，佐舜調馴鳥獸，鳥獸多馴服，

〔註 49〕朱一玄校點：《明成化說唱詞話叢刊》，中州古籍出版社，1997 年，第 1 頁。

〔註 50〕皇甫謐：《帝王世紀》，齊魯書社，2010 年，第 2～3、4 頁。

〔註 51〕司馬遷：《史記》，中華書局，1963 年，第 1、10、13、14、31 頁。

〔註 52〕司馬遷：《史記》，中華書局，1963 年，第 49 頁。

是為柏翳。舜賜姓嬴氏。」〔註53〕六國君王世系，也是一脈相承。《風俗通義‧皇霸‧六國》：「楚之先，出自帝顓頊。其裔孫曰陸終，娶于鬼方氏，是謂女潰，蓋孕而三年不育，啟其左脅，三人出焉，啟其右脅，三人又出焉；其六曰季連，是為羋。其後有鬻熊子，為文王師。成王舉文、武勤勞，而封熊繹於楚，食子男之采，其十世稱王」，「燕召公奭，與周同姓」，「韓之先，與周同姓。武子事晉獻公，封於韓原，因以為姓」，「魏之先，畢公高之後也。畢公與周同姓，武王滅紂，封高於畢，因以為姓」，「趙之先，與秦同祖。其裔孫曰造父，幸於周穆王，為御驊騮、騄耳之乘，西謁西王母，東滅徐偃王，日馳千里；帝念其功，賜以趙城，因以為姓」。〔註54〕晉則為姬姓，《史記‧晉世家》：「晉唐叔虞者，周武王子而成王弟。初，武王與叔虞母會時，夢天謂武王曰：『余命女生子，名虞，余與之唐。』及生子，文在其手曰『虞』，故遂因命之曰『虞』。」〔註55〕於是，在神話與歷史的交織中，漢族確立了自盤古到三皇五帝的宗族祖先世系。

漢族的這一宗族祖先世系，同樣為其他民族所認同，如匈奴為夏禹之子淳維之裔，鮮卑、丁令則為匈奴別種；而肅慎出自顓頊，羌族為舜少子之裔，氐人為齊太公裔。南方民族則多以盤古、伏羲為祖。苗、侗、白、布依、彝、納西、拉祜、瑤等族中都流傳有盤古開天闢地的神話故事。壯、苗、彝、布依、黎、水、納西、拉祜、侗、瑤等族都流傳有洪水泛濫的神話故事，故事說洪水過後，大地上只留下了伏羲與女媧兄妹二人（二人的名字在各族中有所不同），不得已而兄妹成婚繁衍人類。如壯族神話《布伯的故事》中的《兄妹結婚》，就是說伏依兄妹在洪水過後自相婚配而繁衍人類的：「伏依兄妹結婚後，不久就生下一個肉團團，這個肉團沒有眼、沒有嘴、沒有手、沒有腳，不知是鬼還是怪，伏依兄妹便用刀把肉團團砍碎，往山下一撒，就變成了許多人。人類就這樣繁衍下來了。」〔註56〕苗族神話《白葫蘆花》則直接說苗族為蚩尤、黃帝後裔：「我是蚩尤的後代，他是黃帝的子孫。」〔註57〕畬族自認他們的先祖為

〔註53〕 司馬遷：《史記》，中華書局，1963 年，第 173 頁。

〔註54〕 王利器：《風俗通義校注》，中華書局，1981 年，第 28、30、33、34、34 頁。

〔註55〕 司馬遷：《史記》，中華書局，1963 年，第 1635 頁。

〔註56〕 陳慶浩、王秋桂主編：《中國民間故事全集⑤‧廣西民間故事集（二）》，遠流出版事業股份有限公司，1989 年，第 47～48 頁。

〔註57〕 陳慶浩、王秋桂主編：《中國民間故事全集⑱‧湖南民間故事集（二）》，遠流出版事業股份有限公司，1989 年，第 23 頁。

盤瓠與高辛氏的女兒結婚後所生，浙江景寧敕木山畲族祖圖題詞上的祖先序列，就直接按以下順位排列：「1. 盤古開山氏。2. 伏羲氏。3. 神農氏。4. 天皇氏。5. 地皇氏。6. 人皇氏。7. 高辛氏。」〔註58〕

　　除了認同與尊崇漢族宗族祖先世系外，還有一類神話更以各民族同生的敘述模式，直接表明各民族同祖。這一類神話大多以洪水過後各民族一同從葫蘆中出來，或一同從某一人類始祖體內化生而出，表達各民族同祖這一主題。如佤族神話《達惹嘎木造人的故事》說，洪水過後，天底下只剩下達惹嘎木和他的小母牛，為了繁衍人類，天神讓達惹嘎木和小母牛成婚。後來，小母牛生下一顆拳頭大的葫蘆籽，天神叫達惹嘎木種下這顆大葫蘆籽。達惹嘎木種下葫蘆籽後，結出了一個小山一樣大小的葫蘆。天神要達惹嘎木用長刀將葫蘆劈開。達惹嘎木將葫蘆劈成兩半，「從葫蘆裏擠擠攘攘出來很多動物和人。達惹嘎木給第一個走出來的人取名叫『岩佤』，這就是今天的佤族；第二個走出來的人取名叫『尼文』，就是今天的白族；第三個走出來的人取名叫『三木傈』，就是今天的傈族；第四個走出來的人，取名叫『賽克』，就是今天的漢族；第五個走出來的人，取名叫『奧面』，就是今天的拉祜族。岩、尼、三木、賽、奧（　·一、三、四、五）以後走出來的，就是其他民族了」〔註59〕。德昂族神話《百片樹葉百個人》的敘述模式，也與此相同：

　　　　很久很久以前，天和地緊緊粘在一起，又過了很久，天和地才
　　　　慢慢分開。那時候，宇宙間只有田公和地母，他倆結成了夫妻，生
　　　　下一個女兒，一家三口，開荒種地，過著愉快的生活。

　　　　一天，田公拿著扁擔和砍刀，到山上去砍柴。這時，只見一陣
　　　　狂風呼呼刮來，把一棵大樹的樹葉刮落了一百片。田公說，「呵，如
　　　　果這些樹葉能夠變成人，我們就不會孤單了。」

　　　　他的話剛說完，這一百片樹葉突然變成一百個人站在他面前，
　　　　其中有五十個男人，五十個女人。

　　　　於是，在世上便生活著這一百零三個人。

　　　　樹葉變成的一百人每人都取了一個姓，他們把那顆落葉大樹稱

〔註58〕哈·史圖博、李化民：《浙江景寧敕木山佘民調查記》，中南民族學院民族研究所，1984年，第50～51頁。

〔註59〕陳慶浩、王秋桂主編：《中國民間故事全集⑦·雲南民間故事集（一）》，遠流出版事業股份有限公司，1989年，第444頁。

為「生人樹」。

　　世上有了人，就得有房子住，人們把「生人樹」砍倒，鋸成木板，在山坡上蓋起了房屋，又把山地開出來，種上莊稼，這五十對男女也互結為夫妻，共同在森林裏過日子。

　　這時候，他們種的糧食不夠吃，田公就去到天上，向天神要籽種，天神給了他玉米、旱穀、小麥、大豆、瓜果和葫蘆的籽種，他帶回人間撒在平壩和山坡上，平壩和山坡長出了各種糧食、瓜果。

　　他把葫蘆籽撒在海邊，葫蘆籽慢慢發芽、抽藤，根根卻長到大海裏。葫蘆藤越長越粗，越長越長，上面結了一個小山樣大的葫蘆，在海面上搖搖晃晃地飄著。

　　這時，世上突然洪水猛漲，這些人就躲進葫蘆裏，任隨洪水漂流。他們在海上漂了很久，有一天靠岸了。這時候一聲巨雷響，葫蘆口被炸開了，這一百零三人就走了出來，他們就是今天的漢族、傣族、傈僳族、景頗族、德昂族、白族、回族等民族的祖先。

　　跟著這些人從葫蘆裏走出來的，還有世上所有的動物和植物。〔註60〕

　　高山族神話《高山族和漢族的來源》則說，賽夏人與漢族是由某一人類始祖的身體化生而來的：

　　賽夏人傳說在很早很早以前，在臺灣的崇山峻嶺中，萬能的神創造出一批人來。這些人就住在一塊兒，形成一個部落，安居樂業，平靜地過著日子。

　　有一次，鉛黑的天空上突然颳起颱風，傾盆的暴雨下個不停。山洪挾帶著高山的巨石和泥流呼嘯而下，河裏的水一尺尺地上漲，一場可怕的洪水頃刻間就沖到人們居住的部落裏來。在部落裏，人們驚慌失措，母親顧不了孩子，丈夫丟下了妻子。洪水如狂風掃落葉般地颳走了所有的房屋、樹木，也把部落裏的人們沖得無影無蹤。

　　在這萬分危急的時候，部落裏有個男人正好站在織布機旁，他倉忙地抓住身旁織布機的經線筒。儘管洪水像猛獸般地將他和經線筒沖走，他還是雙手緊緊抓住經線筒，隨波逐流，昏昏沉沉地被水

〔註60〕陳慶浩、王秋桂主編：《中國民間故事全集⑨·雲南民間故事集（三）》，遠流出版事業股份有限公司，1989年，第471～472頁。

流沖到西士比亞山上。後來，雨勢逐漸地變小了，洪水也一寸一寸地退到河谷裏。這幸運的男人死裏逃生，無力地躺在山頂上。

突然，天空電閃雷鳴，西士比亞山頂上出現了一位高聳入雲的神。他滿懷憂慮地望著山腳下水面上漂浮著零碎的樹枝和人們的遺骸。「難道說由神所創造的人類就這樣滅絕了嗎？」西士比亞山的神難過地低下頭來，卻瞥見腳下躺著一個臉色蒼白的男人。重造人類的希望湧上神的心頭，他順手抓起那個男人，把他的皮肉投入山腳下波濤滾滾的大海裏。一種令人難以置信的奇蹟發生了：男人的皮肉一碰到海水，就變成一個個活蹦亂跳的可愛人兒。他們歡快地洄水，到達岸邊就安營扎寨，建立村社，生活下來，這些人就是賽夏人的祖先。「賽夏」的名稱是神賦予的，這使他們和後代感到驕傲和自豪。

接著西士比亞山的神又把那男人的腸子投入海水中，立即也變成一串長長的人群，彎曲迂迴地到島上安居。他們就是臺灣漢族的祖先，因為他們是腸子變化來的，所以個個壽命很長，子孫綿延不絕。

這兩個不同民族的人就住在這裡繁衍生息，和睦相處，直到現在。〔註61〕

很顯然，這一類神話是由盤古神話改變而來的。神話同源是文化同源的標誌，各民族同生或同祖的神話表述模式，則是對漢族祖源記憶的不斷強化。於是，中華民族神話就藉助宗法化過程中對共同祖先的認同與尊崇，在界定維繫中華民族族群本質的同時，將中華民族凝聚為一個牢不可破的民族共同體。

如果說祖先崇拜是宗族的精神支柱的話，那麼瓜瓞綿綿則是宗族的命脈所繫。「悠悠萬事，唯此為大。」〔註62〕故《孟子·離婁上》有云：「不孝有三，無後為大。」〔註63〕趙岐注：「於禮有不孝者三事，謂阿意曲從，陷親不義，一不孝也。家貧親老，不為祿仕，二不孝也。不娶無子，絕先祖祀，三不孝也。三者之中，無後為大。」〔註64〕正因為「不娶無子，絕先祖祀」為

〔註61〕陳慶浩、王秋桂主編：《中國民間故事全集①·臺灣民間故事集》，遠流出版事業股份有限公司，1989年，第355～356頁。
〔註62〕范曄：《後漢書》，中華書局，1965年，第2086頁。
〔註63〕焦循：《孟子正義》，中華書局，1987年，第532頁。
〔註64〕焦循：《孟子正義》，中華書局，1987年，第532頁。

宗族社會最大的不孝，所以宗族社會尤重婚姻。宗族社會的一切道德禮儀，都由婚姻一途開出。《路史‧前紀二‧泰皇氏》：「有天地則有萬物，有萬物則有男女，有男女則有夫婦，有夫婦則有父子有君臣，道也。」〔註65〕宗族社會婚姻的本質，則在於宗祧繼承。《禮記‧昏議》：「昏禮者，將合二姓之好，上以事宗廟，而下以繼後世也。」〔註66〕宗祧繼承的目的，則在於「嗣續祖紲」。《唐會要‧嫁娶》：「婚姻之禮，人倫攸尚，所以承紹家業，嗣續祖紲。」〔註67〕因此，婚姻不僅與男女個體無關，而且與愛情無關。這一點，從中華民族神話的女神形象中可以鮮明地見出，如女媧、西王母、日神羲和與月神常羲、桓娥、娥陵氏、女丑之屍等等，大多與愛情無關，且連女性的性別也一併丟失了；唯一例外的，似乎只有雲夢澤的瑤姬神話。《文選》《高唐賦》李善注引《襄陽耆舊傳》云：「赤帝女名曰姚姬，未行而卒，葬於巫山之陽，故曰巫山之女。楚懷王遊於高唐，晝寢，夢見與神遇，自稱是巫山之女。王因幸之。遂為置觀於巫山之南，號為朝雲。後至襄王時復遊高唐。」〔註68〕但瑤姬神話充滿性壓抑意味的表述，顯然有悖於宗族社會人們對婚姻本質的認識，故其為杜光庭目為「荒淫穢蕪」〔註69〕，也就在情理之中了。由於女性的使命在於以延祖嗣，因此，其角色定位也就必然指向育子教子。如《列女傳‧契母簡狄》所載簡狄神話：「契母簡狄者，有娀氏之長女也。當堯之時，與其妹娣浴於玄丘之水。有玄鳥銜卵，過而墜之，五色甚好。簡狄與其妹娣競往取之。簡狄得而含之，誤而吞之，遂生契焉。簡狄性好人事之治，上知天文，樂於施惠。及契長，而教之理順之序。契之性，聰明而仁，能育其教，卒致其名。堯使為司徒，封之於亳。及堯崩，舜即位，乃敕之曰：『契！百姓不親，五品不遜，汝作司徒，而敬敷五教在寬。』其後世世居亳，至殷湯興為天子。君子謂簡狄仁而有禮。」〔註70〕又如《列女傳‧啟母塗山》所載塗山神話：「啟母者，塗山氏長女也。夏禹娶以為妃。既生啟，辛壬癸甲，啟呱呱泣，禹去而治水，惟荒度土功，三過其家，不入其門。塗山獨明教訓，而致其化焉。及啟長，化其德而從其教，卒致令名。禹為天子，而啟為嗣，持

〔註65〕羅泌：《路史》，中華書局，1912 年，第 14 頁。

〔註66〕孫希旦：《禮記集解》，中華書局，1989 年，第 1416 頁。

〔註67〕王溥：《唐會要》，中華書局，1955 年，第 1527 頁。

〔註68〕蕭統：《文選》（第二冊），上海古籍出版社，1986 年，第 875 頁。

〔註69〕李昉等：《太平廣記》，中華書局，1961 年，第 349 頁。

〔註70〕劉向：《古列女傳》，中華書局，1985 年，第 5～6 頁。

禹之功而不殞。君子謂塗山彊於教誨。」〔註71〕在上述神話中，女性都是以母親形象而並非以妻子形象存在的。中華民族神話中的女神之所以沒有愛情，或者說中華民族神話之所以缺失愛神，是由宗法國家對中國文明特質的規定所決定的。宗族社會的基本存在單位是宗族和家族，個人只有依附於宗族和家族之中，才能實現自我人生價值，而宗族與家族的興旺則取決於生殖行為，因此，在祖先崇拜觀的引領下，以延後嗣必然成為宗族和家族的首要使命。當中華民族神話依此而宗法化時，其也就必然會在以延後嗣理念的指引下，強化女性的社會角色。惟其如此，「嗣續祖紙」就成為中華民族神話之婚配型神話的敘述目的。這一點，在上引相關神話中都能見出，又如板瑤始祖神話：「板瑤祖先，形係狗頭。昔日某國王，因外患難平，乃出布告云：如有人能平此患，願以女妻之。板瑤之祖先往平之，後向某國王求婚。國王視之，乃一狗頭者，欲悔婚。其女不可，乃相與入山。某國王並封之為王，因名狗頭王。後狗頭王夫婦居山中有年，生子女各七人。爾時山中並無他人類。狗頭王之子女遂由姊妹兄弟結為夫婦，各個散處各深山窮谷中，以自謀生活。繁衍昿傳，即今之板瑤也。」〔註72〕狗頭王與國王之女婚配的目的，無疑就是「繁衍昿傳」。又如黑苗洪水傳說：「太古有兄弟二人，長曰阿福，幼曰阿幾。以分產不均，故常起畔。阿福居天空，阿幾居地上。初，阿幾以火焚山陵。阿福恨之，遂降洪水於地上，思滅絕眾生，以泄其憤。事先，阿幾探知，造二巨瓠，大者藏人，小者置五穀百卉其中。洪水至時，遂得放遊於洪濤之上。洪水淹盡地面時，地龍出世，漫天洪濤，吸入腹中。復有山龍出世，山間餘水，復吸飲之。於是陸地重見，而阿幾復居於地上。當洪水之時，人類盡殲，僅阿幾之妹尚在，阿幾遂向之求婚。其妹初不願，故設法以難之。先約其兄各持磨之一面，登山頂拋之，磨若在谷中相合，則允其請。阿幾性狡猾，先合磨於谷中，復攜同式磨與山頂拋之。磨果合，妹未允。別約置劍鞘於谷中，二人於山頂各持一劍投之，相合於鞘中，則可婚。阿幾又先布置，妹墮其術中，遂允其婚。婚後產一嬰兒，體腫如斧，四肢不分。阿幾怒，執劍劈之，散其尸於山中。翌晨，山中皆盈男女。由此人類遂衍生於地上。」〔註73〕

〔註71〕劉向：《古列女傳》，中華書局，1985年，第7頁。
〔註72〕苑利主編：《二十世紀中國民俗學經典・神話卷》，社會科學文獻出版社，2002年，第143頁。
〔註73〕苑利主編：《二十世紀中國民俗學經典・神話卷》，社會科學文獻出版社，2002年，第120～121頁。

為了繁衍人類，阿幾不憚先後使詐，誘騙其妹與其成婚，此所謂「大行不顧細謹」〔註74〕。神話就以這種戲謔的方式，在消繳天意的同時，生動形象地達成了以延後嗣的神聖使命。

瓜瓞綿綿既為宗族命脈所繫，故宗族社會惟以生民為務。生民以德。朱熹云：「仁者，愛之理，心之德也。」〔註75〕而行仁之本為孝悌，故許謙云：「人之受命於天，以生存於心，則有仁、義、禮、智、信五常之性；接於身，則有父子、君臣、長幼、夫婦、朋友之倫。五常者，五倫之則也。此皆人之所同然者，雖世之萬變不齊，終不出乎此。」〔註76〕五倫繫於夫婦，又以五常為則，是以仁之大端，在使人不絕後嗣。《南海觀世音菩薩出身修行傳》中，興林國莊王因無子而於岳廟祈神后，岳神所說的一段話，就很好地表達了這一層意思：「岳神感受莊王齋醮，知莊王乃是嗜殺之君，不該有子，該注他絕後。只是他今日有這一點處心，亦當尋個善報與他。乃呼千里眼、順風耳二人問曰：『今有莊王要求子嗣，如今那處有修善的人，可著他去降世報生，以救天下萬民苦難，一則不絕他之後，二則使善人得以救世，你可速查報來。』」〔註77〕不絕人之後就是「救天下萬民苦難」，故《論語‧堯曰》有云：「興滅國，繼絕世，舉逸民，天下之民歸心焉。」〔註78〕要想使民不絕後，依託觀音轉世或送子當然是最為直截的法子，不過那畢竟只是神話或神跡，未可全然依憑，而為百姓營造一個和樂熙攘、長生久視的生活環境，使其世代綿延不絕，方為根本。《貞觀政要‧論君道》：「為君之道，必須先存百姓，若損百姓以奉其身，猶割股以啖腹，腹飽而身斃。若安天下，必須先正其身，未有身正而影曲，上理而下亂者。」〔註79〕因此，為仁而致大同太平，就成為宗族社會必然的價值訴求。

中華民族神話在宗法化時，正是以此為共同的價值訴求的。最為明晰地展示君王為仁而致天下太平，與其為百姓帶來和樂熙攘生活所具有的直接關聯的，當為《尸子‧仁意》所載舜神話：「舜南面而治天下，天下太平。燭於玉

〔註74〕司馬遷：《史記》，中華書局，1963年，第314頁。

〔註75〕朱熹：《四書章句集注》，中華書局，1983年，第48頁。

〔註76〕阮元輯：《宛委別藏14‧讀論語叢說》，江蘇古籍出版社，1988年，第1頁。

〔註77〕夏於全、齊豫生主編：《四庫禁書精華》（第21卷），吉林攝影出版社，2001年，第534頁。

〔註78〕劉寶楠：《論語正義》，中華書局，1990年，第763～764頁。

〔註79〕吳兢：《貞觀政要》，齊魯書社，2000年，第1頁。

燭，息於永風，食於膏火，飲於醴泉。舜之行，其猶河海乎！千仞之溪亦滿焉，螻蟻之穴亦滿焉。」〔註80〕「天下之善者惟仁也。」〔註81〕舜以仁治天下而致太平。舜的美行善德如同河海，廣澤天下，萬物得以息，萬民得以養。這正是宗族社會理想生活的圖景。又如《拾遺記・唐堯》所載堯神話：

> 帝堯在位，聖德光洽。河洛之濱，得玉版方尺，圖天地之形。又獲金璧之瑞，文字炳列，記天地造化之始。四凶既除，善人來服，分職設官，彝倫攸敘。乃命大禹，疏川潴澤。有吳之鄉，有北之地，無有妖災。沈翔之類，自相馴擾。幽州之墟，羽山之北，有善鳴之禽，人面鳥喙，八翼一足，毛色如雉，行不踐地，名曰青鸞，其聲似鍾磬笙芋也。《世語》曰：「青鸞鳴，時太平。」故盛明之世，翔鳴藪澤，音中律呂，飛而不行。至禹平水土，棲於川岳，所集之地，必有聖人出焉。自上古鑄諸鼎器，皆圖像其形，銘讚至今不絕。〔註82〕

堯帝「聖德光洽」，上獲天佑，「四凶既除」，百官守職，「疏川潴澤」，生民樂業，萬類於是祥和，瑞兆於此紛呈。神話所呈現的大同太平之境，既是後人歷史記憶中唐堯盛世的摹寫，更是後人代代不泯的嚮往與追求。又，《太平廣記・蠻夷一・吳明國》引蘇鶚《杜陽雜編》所載吳明國神話：

> 其國去東海數萬里，經捊婁、沃沮等國。其土宜五穀，多珍玉，禮樂仁義，無剽劫，人壽二百歲。俗尚神仙術，一歲之內，乘雲駕鶴者，往往有之。常望黃氣如車蓋，知中國土德王，遂願供奉。常燃鼎，量容三斗，光潔似玉，其色紫。每修飲饌，不熾火而俄頃自熟，香潔異於常等。久而食之，令人返老為少，百疾不生也。鸞蜂蜜，云其蜂之聲，有如鸞鳳，而身被五彩，大者可重十餘斤，為窠於深巖峻嶺間，大者占地二三畝。國人採其蜜，不逾三二合，如過渡，即有風雷之異。若蠻人生瘡，以石上菖蒲根傅之，即愈。其色碧，貯之於白玉椀，表裏瑩徹，如碧琉璃。久食令人長壽，顏如童子，髮白者應時而黑，逮及沉痾眇跛，無不療焉。〔註83〕

吳明國所呈現出的太平景象，以及「返老為少，百疾不生」的美好圖景，

〔註80〕李守奎、李軼：《尸子譯注》，黑龍江人民出版社，2003年，第40頁。
〔註81〕李守奎、李軼：《尸子譯注》，黑龍江人民出版社，2003年，第37頁。
〔註82〕王嘉：《拾遺記》，中華書局，1981年，第22頁。
〔註83〕李昉等：《太平廣記》，中華書局，1961年，第3955頁。

將人們對大同太平理想境界的嚮往，以及對瓜瓞綿綿仁義繼世的現實追求，和諧地融合在一起：人既然可以「返老為少」，便無須仰仗神力以延後嗣；而人之所以能「返老為少」，則在於行「禮樂仁義」而坐致太平。於是，在神話的這一表述中，大同太平與以延後嗣之間所具有的必然的邏輯關聯，得以清晰地揭示出來。

大同太平世界誠然美好，但獲致太平的道路無疑卻充滿艱辛，因此，中華民族神話在彰顯對大同太平理想境界的嚮往這一價值訴求時，更多地致力於刻畫達成這一理想境界的艱難困苦。這一類神話往往與災難敘事交織在一起，展示神人為獲致太平而與自然或黑惡勢力殊死拼搏的過程；而其潛在的敘事目的，則無一例外地指向使百姓安居樂業，世代綿延不絕。這一類神話最為典範的，無過於女媧補天、堯誅四凶、羿射十日、鯀禹治水等。又如，流傳於甘肅張家川回族自治縣的《女媧射鷹補天》神話：

> 相傳，在遠古的時候，我們這裡的藍天有一個很大的洞。洞中經常颳風下雪，害得人們不得安寧。
>
> 女媧娘娘知道這件事以後，幾次想去洞裏看看，可是被洞裏刮出來的大風吹得不能進去。她發誓一定要補住這個大洞。
>
> 從這以後，女媧經常熬夜苦想，每天雞剛叫就起來了，心裏總是想著這件事。一天，天猛的一暗，她不知是什麼原因，忙走出屋子一看。啊！一隻大鷹遮住了天，只見它飛到洞口時，收翅縮身，鑽進洞去了。她想：「原來是這個怪物撞破了天。只有把它殺死才能補住大洞。」從此以後，她每天在煉一支神箭，一連煉了七七四十九天，才煉成了。煉好神箭後，女媧就等殺那鷹，在半夜的時候，那鷹飛來了，只見它兩隻眼睛像紅燈，一下子把大地都照紅了。就在它剛要展翅飛去的時候，女媧射出了神箭，大鷹撲騰了兩下就倒了下來。女媧費了很大的力氣，把它拉上天空去，補住了這個大洞。從此，人們才過上了好日子。後來，人們為了紀念女媧，每年八月十三日為她殺雞宰羊，請和尚念經來報答她的救命之恩，還為她在張川與秦安的交界處——西山修了座女媧廟。〔註84〕

〔註84〕《中國民間故事集成》全國編輯委員會、《中國民間故事集成・甘肅卷》編輯委員會：《中國民間故事集成・甘肅卷》，中國 ISBN 中心出版，2001 年，第 7 頁。

　　這則神話遵循失太平—與黑惡勢力（大鷹）拼搏—重獲太平的敘事模式展開敘述，其敘事目的則是為了使人們過上好日子，即以德生民。其所遵循的，正是此類神話的典範敘事模式。又如哈薩克族神話《迦薩甘創世》。神話說，創世主迦薩甘創造天地、太陽和月亮後，天和地便得到了光明和溫暖。此後，迦薩甘又在大地的中心栽了一顆生命樹，用黃泥造了阿達姆阿塔（人類之父）、阿達姆阿娜（人類之母），並使其婚配，從此人類得以繁衍。與此同時，迦薩甘還創造了各種飛禽走獸、花草樹木，「自從大地上有了人類和萬物，便呈現出一派生機勃勃的景象。這時，巨魔黑暗，對大地上光明、美好的生活十分憎惡，對大地的主人——人類得到的殊遇十分嫉妒，它違抗迦薩甘的旨意，從天外偷偷地闖進來，把天地籠罩得一片黑暗。它用各種災害、疾病威脅大地的主人和一切生物，使人類陷入了極度的惶恐不安之中。迦薩甘見黑暗如此兇殘，把平靜的人間鬧得很不安寧，就派遣太陽和月亮去征討它。……由於黑暗來勢兇猛，戰鬥十分艱苦激烈。它倆彼此失散了。由於黑暗氣焰囂張，總是伺機要殘害人類，太陽和月亮只好不停歇地驅趕黑暗，用各自的光明照射大地，哺育、庇護著人類和萬物」〔註85〕。太陽和月亮與黑暗的艱苦抗爭，無疑是為了使大地重獲安寧，使百姓和樂生活。與此十分相近的，還有傣族神話《太陽的傳說》。神話說，風雨雲霧之王皮扎禍的誕生就是為了要使整個天地永遠黑暗，「他怒吼三聲，衝向頂空，張開大口，把太陽、月亮和星星吞下肚子。從此，整個天地便變得一團漆黑了。天空沒有了太陽、月亮和星星，人類又回到天地未形成前的黑暗年代。……就在這個時候，人類出現了七個兄弟，他們是火神王的七胞胎。……七兄弟剛長到十八歲，不久就要繼承父親的家業了，不料太陽、月亮和星星卻被皮扎禍神吞吃了，天下一片黑暗。這件事大大激怒了七兄弟，他們決心跳到天空去，把自己的火放射出來，燒死萬惡的皮扎禍神，把他在萬年億年裏吐出的烏雲黑霧燒個乾淨，給人類投下比原來更明亮的光輝」〔註86〕。七兄弟戰勝了皮扎禍神，但他們再也不能回到地球，而是變成了七個太陽高高掛在天空。七個太陽整整燒了一萬年，把地球給燒去了一大半，人類面臨著滅絕的危險。這樣的苦難又持續五千年後，人世上出現了一個青年，他發誓要把

〔註85〕　陳慶浩、王秋桂主編：《中國民間故事全集㊴．青海民間故事集》，遠流出版事業股份有限公司，1989年，第13頁。

〔註86〕　陳慶浩、王秋桂主編：《中國民間故事全集⑩．雲南民間故事集（四）》，遠流出版事業股份有限公司，1989年，第59頁。

七個太陽射落。他射落六個太陽後，最後一個太陽也就是七兄弟中的小弟嚇得求饒，願意為人類造福，贖清過去的罪惡。被射落的六個太陽掉到地上，將一切都燒死燙死，英叭神王為救人類，開始吐口水，大雨傾盆，淹沒地球，只剩下皮扎胡山沒有被淹沒，地球上的各種動物，都朝那座山遊去，但大部分被洪水淹死，一一被大魚吃掉。「幾年過後，地球上的土質逐漸變得鬆軟，各種植物又開始復生，大地又長出森林。人和各種動物也才慢慢興旺起來。」〔註87〕七兄弟之所以要燒死萬惡的皮扎禍神，最根本的原因在於，皮扎禍製造的黑暗阻礙了他們繼承父親的家業；而七兄弟燒死皮扎禍，以及青年人射落六個太陽的目的，都是為了使人和各種動物興旺起來。於是，神話就將大同太平與「嗣續祖紕」直接關聯起來。神話中最富有意味的表述，是七兄弟本於造福人類的目的燒死皮扎禍後，卻反而成為禍害人類之人。這一表述，愈發彰顯出人們獲致大同太平道路的艱辛。本乎善心而為惡者，其命運如此；而本當行善而不為者，其命運亦大抵如是。如《北夢瑣言・佚文》所載《乖龍入口》：

> 世言乖龍苦於行雨，而多竄匿，為雷神捕之，或在古木及楹柱之內，若曠野之間，無處逃匿，即入牛角或牧童之身，往往為此物所累而震死也。蜀邸有青將郭彥郎者，行舟峽江，至羅雲瀨。方食而臥，心神恍惚如夢，見一黃衣人曰：「莫錯。」而於口中探得一物而去，覺來但覺咽喉中痛。於時篙工輩但見船上雷電晦暝，震聲甚屬，斯則乖龍入口也。〔註88〕

乖龍本當行雨而竄匿不為，故為雷神四處搜捕，務當除之而後快。人們對大同太平之境的嚮往與追求，就藉助於消除阻撓太平實現的一切障礙這一特定表述彰顯出來；儘管人們將獲致太平的希望仍然寄託於神的身上，而並非自身的努力上。當然，這既是由神話的本質所決定的，也是由宗法社會的本質所決定的。這也正說明了「中國人用思想，似乎很早便不喜作深一層的揣測，而寧願即就事物現象的表現上作一種如實的描寫」〔註89〕。中國思維的特點，在這裡得到了如實的反映。

當中華民族神話不約而同地以大同太平為其精神追求時，中華民族神話

〔註87〕 陳慶浩、王秋桂主編：《中國民間故事全集⑩・雲南民間故事集（四）》，遠流出版事業股份有限公司，1989年，第64頁。

〔註88〕 孫光憲撰，孔凡禮選評：《北夢瑣言》，學苑出版社，2000年，第378頁。

〔註89〕 錢穆：《中國思想史》，臺灣學生書局，1988年，第4頁。

也就在以延祖嗣的內容表述中，達成了價值訴求的一體化；而以延祖嗣的內容表述，又與宗族祖先崇拜觀念天然地聯繫在一起，因此，共同的精神追求，必然以對共同祖先的認同與尊崇為根基，也就是以承受漢文化為根基。「我祖宗只須異族承受我之文化，概不計較其血統。……只須在會盟朝聘時，尊崇中國禮俗，即可為中國文化圈子中之一份子，所謂『進於中國則中國之』是也。……我祖宗以文化之標準為立國之基礎。」〔註90〕這便為文化同一奠定了堅實的根基。文化同一，既意味著價值取向的同一，也意味著思維方式的同一，因此，圍繞宗族家族歷史記憶以確定天人關係、人倫彝則、社會秩序，即以神權正王權、以尊尊定親親、以宗統主君統，就成為中華民族神話以宗族社會現實生活為藍本且依此而宗法化時，所遵循的共同原則。於是，在宗法化原則與價值訴求的一體化中，中華民族神話以其自身存在，從另一層面，揭示了中國文化一體化的內在動因。

第二節 中華民族神話宗法化的多元面貌

「吾國人習於天人合一之觀念，合之於陰陽五行之說，於事物之一陰一陽一動一靜之兩面，皆認為可以並存而不可偏廢。」〔註91〕故中國文化的總體特質，是以陰陽為體，剛柔為用；而體用之間，則純任《易》道。「《易》之為道，體之則為神，用之則為《易》，由之則為道，聽之則為命。言雖不同，其實一也。故無常體也，而以萬物為體；無常名也，而以萬物為名。天地之間，高者下者，小者大者，動者植者，無物而非《易》也。一陰一陽，大化密移，消息盈虛，新故不停，終而復始，無時而非《易》也。」〔註92〕換句話說，中國文化的總體特質，就是由《易》之道所生發的思辨性，以及由此而來的剛柔並濟。中國文化如此，中華民族神話亦然。如同漢文化最能表徵中國文化這一特質一樣，漢族神話也最能表徵中華民族神話這一特質。而其他民族神話的宗法化無不以承受漢文化為根基，因此，其他民族神話在宗法化進程中，一定會受到漢文化或者說漢族神話某一特質的影響。其所受漢文化或者說漢族神話特質的影響，既與其漢化也就是宗法化進程息息相關；更與其所處地域也就是自然環

〔註90〕黃克劍、吳小龍編：《張君勱集》，群言出版社，1993年，第242頁。
〔註91〕黃克劍、吳小龍編：《張君勱集》，群言出版社，1993年，第174頁。
〔註92〕阮元輯：《宛委別藏1·周易新講義》，江蘇古籍出版社，1988年，第1頁。

境息息相關，因為「每一個民族都有它所不能離開的特殊自然環境。這個環境也就從多方面給予這民族以莫大的影響」〔註93〕。進一步而言，宗法化進程影響著其他民族神話承受漢族神話特質的深度和廣度，地域因素則決定著其他民族神話承受漢族神話特質的路徑選擇。大體而論，在承受漢族神話特質時，北方民族神話獨得其陽剛，南方民族神話獨得其陰柔，而藏族神話則獨得其思辨。分而言之，中華民族神話的多元化面貌由是凸現；合而言之，中華民族神話的總體特徵由此彰顯。

由於漢族神話直承漢文化特質，漢族神話宗法化面貌毋庸贅言，故本節只討論其他民族神話宗法化時所彰顯出的不同特質，以從中見出其宗法化的獨特面貌。

一、北方民族神話宗法化的獨特面貌

論及北方種族特質時，林語堂曾指出：「北方的中國人，習慣於簡單質樸的思維和艱苦的生活，身材高大健壯，性格熱情幽默，吃大蔥，愛開玩笑。他們是自然之子，從各方面來講更像蒙古人，與上海人以及江浙一帶的人相比更為保守，他們沒有喪失自己的種族活力。他們是河南拳匪、山東大盜以及篡位的竊國大盜。他們致使中國產生了一代代的地方割據王國，他們也為描寫中國戰爭與冒險的小說提供了人物素材。」〔註94〕北方漢族如此，北方其他民族更是如此。這一陽剛的文化特質移之於神話，便使得北方民族神話在宗法化時，彰顯出尊神權、尚勇武、輕女性的獨特面貌。

尊神權本為中華民族神話宗法化時所具有的普遍特色，只不過因為歷代中原之患主要來自於北方民族，比如說中國之所謂北狄，以及居於河湟西海之間居民氣性稍類北狄的羌人之類〔註95〕，封建王朝大多定都北方以鎮撫之〔註96〕，北方民族與封建王權的對抗尤為劇烈；再加上歷來北方民族所立王

〔註93〕 羅家倫：《歷史的先見：羅家倫文化隨筆》，學林出版社，1997年，第2頁。

〔註94〕 林語堂著，郝志東、沈益洪譯：《中國人》，學林出版社，1994年，第31～32頁。

〔註95〕 呂思勉云：「河湟西海之間，則地較平夷，便於畜牧。居民氣性，稍類北狄；故其為中國患較甚。」參見呂思勉《中華民族史》，東方出版社，1996年，第279頁。

〔註96〕 這一用意，可以從「狄」這一蔑稱中直觀地見出。王國維《鬼方昆夷玁狁考》釋狄：「凡種族之本居遠方而當驅除者，亦謂之狄。」王國維《觀堂集林（外二種）》，河北教育出版社，2003年，第306頁。

國林立，王權更迭勢如走馬，正統之爭莫衷一是，故北方民族尤重王權，而其神話在宗法化時，則獨以尊神權為其特色。

北方民族神話尊神權最為典範的敘事模式，與漢族此類神話一樣，都是在集祖、王於神話主人公一身的背景下，或以神話主人公承天命而生，也就是在祖神合一中直接達成尊神權的目的；或以神話主人公為神所佑，即在祖神分離背景下，以德為中介，間接達成尊神權的目的。此類神話，前文引證頗多，如前引滿族族源神話，即以神話主人公承天命而生，也就是在祖神合一中直接達成尊神權的目的。而《清太祖武皇帝實錄》所載清始祖布庫里雍順裔孫范嗏神話，則是以神話主人公為神所佑，即在祖神分離的背景下，以德為中介，間接達成尊神權的目的：

> 歷數世後，其（布庫里雍順）子孫暴虐，部屬遂叛。於六月間，將籠朵里攻破，盡殺其闔族子孫，內有一幼兒名范嗏，脫身走至曠野，後兵追之，會有一神鵲棲兒頭上，追兵謂人首無鵲棲之理，疑為枯木椿，遂回。於是范嗏得出，遂隱其身以終焉。滿洲後世子孫俱以鵲為祖故不加害。其孫都督孟特木，生有智略，將殺祖仇人之子孫四十餘，計誘於蘇蘇河虎欄哈達下黑禿阿喇，距籠朵里兩千五百餘里，殺其半以雪仇，執其半以索眷族，既得，遂釋之。於是孟特木居於黑禿阿喇。〔註97〕

滿族自始祖布庫里雍順傳至范嗏時，幾至滅國，所幸范嗏為神鵲所救而復國，於是再傳而至肇祖原皇帝孟特木（又作孟特穆）。很顯然，在這則神話中，范嗏是集祖、王於一身者；而神鵲棲其頭上，則是暗示其有德，即「天佑於一德」〔註98〕的別樣表述。神話便在在祖神分離背景下，以神鵲所佑為中介，間接達成了尊神權也就是尊王權的敘事目的。

北方民族神話尊神權的另一類表述，則是以對神權的絕對服從，來表達對神權的敬畏與尊崇。這一類神話中最為典型的，是回族神話《人祖阿旦》：

> 傳說在很早很早以前，大地一片漆黑：沒有鮮花，沒有鳥鳴，沒有人類，沒有生機。一天，天地之間突然響起轟隆隆的聲音，一團紅光閃起：紅光裏，漸漸地出現了一男一女。男的叫阿旦，女的

〔註97〕潘喆、李鴻彬、孫方明編：《清入關前史料選輯》（一），中國人民大學出版社，1984年，第299頁。

〔註98〕《儒學十三經》，北方文藝出版社，1997年，第83頁。

叫韓吾。

　　阿旦和韓吾原來是「安拉」的天使和天女。一次，他倆到紅霞深處的仙果園遊轉。在百步外聞到一陣奇香。他倆如癡如醉，走過了彩虹般的天橋，到了一片果林旁，只見香噴噴的麥果，紅亮亮，黃燦燦，萬般迷人。阿旦高興得隨手摘了兩個，給了韓吾一個。韓吾接到手中張口就吃，誰知吃急了囫圇吞進肚裏。阿旦剛咬了一口，才咽進喉嚨，就被發現了。

　　天仙是不許可吃任何東西的，吃了就不聖潔了。阿旦和韓吾犯了天規，於是被「安拉」貶謫大地。

　　黑漫漫的大地，苦海無邊無盡，他倆在艱難中痛苦地掙扎，每天五次跪在冰川上向上天誦經祈禱。一百年過去了，五百年過去了，阿旦和韓吾的虔誠感動了萬能的「安拉」，仁慈的真主降下了「口喚」，頓時，天開地裂，東方發白，天空出現了光燦燦的太陽，夜晚便出現了亮晶晶的月亮和星星。人間出現了光明，他倆相互看見了對方驚喜地撲在一起。韓吾在興奮中滑倒了，尻子坐在冰川上，阿旦也滑倒了，兩腿跪在冰川上。他們每天仍然祈禱。每次祈禱前都要洗淨拿了麥果的手和那雙碰過麥果樹的腳，漱淨吃了麥果的口。又過了五百年，「安拉」知道他們悔過，又降下了「口喚」，饒恕了他們。但是在他們的身上卻留下了痕跡。阿旦沒吞下麥果，喉嚨就大了一些。他曾滑倒在冰川上，所以雙膝是冰涼的。韓吾把麥果吞進了肚裏，因此肚子就大了，因為她滑倒時尻子坐在冰川上，所以屁股是涼的。他們兩人都想吃東西，「安拉」就給他們飢餓的感覺。讓他們結為夫妻，互相幫助，在大地上朝夕相依，靠勞動滿足自己的需要。並讓大地按他們付出的勞動公正地賜給他們福分。〔註99〕

　　在長達1100的時間裏，阿旦與韓吾以堅韌的毅力，始終匍匐在神的腳下，為自己一度犯下的過錯而祈求神的寬恕。神話以對神的無條件聽從為原則，將對神的尊崇之心，張揚到了極致。

　　當然，更多的神話大多只是以遵從神諭或神示來彰顯神權，而並非如《人祖阿旦》那樣採用極端的表述方式，如流傳於吉林前郭縣的蒙古族神話《化鐵

〔註99〕陳慶浩、王秋桂主編：《中國民間故事全集㉟·寧夏民間故事集》，遠流出版事業股份有限公司，1989年，第11～12頁。

出山》：

> 聽老輩說，大老早以前，有一次兩個部落打仗，蒙古部落被打敗了。
>
> 從成千上萬的死人堆裏，只爬出來兩男兩女。為了躲避仇族逃命，這四個人逃進大森林，翻山越嶺，最後到了一個大山谷。一看這兒挺偏僻的，誰也找不到，就在這兒停下了，還起了個名兒叫「額兒古納昆」。在大山谷裏，他們四人配成兩對夫妻，開始生兒育女，延續人類。就這樣一代又一代繁衍相傳，一點點地還學會了馴馬養羊。又不知生了多少輩小孩兒，死了多少茬老人，反正是後來人口牲畜越來越多，多到原來空曠的山谷都快住不下了。眼看人畜越來越多，山谷裏能採摘的野果越來越少，已經有不少人和牲口餓死了。
>
> 這時，他們中有幾個受人尊重的老人想出個主意，讓大夥兒跪在山坡上祈求天神給指條出路。到了晚上，他們中許多人都做了一樣的夢，夢見天神用一道紅光把他們引到一個新家園。睡醒之後，大家湊到一起一說，都覺著天神是在暗示他們搬遷，讓他們離開這兒。可這山谷裏沒有一條路，誰都沒離開過，更不知道怎麼才能出去，而且還有那麼多的老人、孩子和牲畜，大夥兒又被難住了。
>
> 先前的那些老人們又湊到一起，他們想來想去，突然明白了。於是，他們他們領著大夥兒找一個稍低點兒的山口，砍了許許多多的大樹，一起堆到那裡，點著了大火。火不太旺，他們又殺了幾百頭牛和馬，用皮做成風箱，把火扇得旺旺的。山石被燒爆炸了，還從裂開的石頭裏流淌出通紅的鐵水。燒啊，燒啊，也不知燒了多少日日夜夜，最後燒開了一條通往山谷外邊的大路。從此，蒙古人走出了峽谷和大森林，走進了廣闊肥美的大草原。〔註100〕

　　這一源自遁入額兒古涅—昆的那兩個人的走出峽谷的神話〔註101〕，淡去了所有神跡，唯獨保留了神示這一情節。惟其如此，便可以從神話由祈求神示到參詳神示，再到遵從神示而出峽谷的一系列表述中，十分清楚地見出其藉此

〔註100〕中國民間文學集成全國編輯委員會、中國民間文學集成吉林卷編輯委員會：《中國民間故事集成·吉林卷》，中國文聯出版公司，1992年，第12～13頁。
〔註101〕參見（波斯）拉斯特著，余大鈞、周建奇譯：《史集》（第1卷第1分冊），商務印書館，1983年，第261頁。

所傳達出的尊神權的目的。又如滿族神話《白狗討飯》：

　　據說在開天闢地的時候，人們不懂得種地，天上下雪就是白麵，下雨就是油，隨便接隨便吃。那時候，人們不愁吃不愁穿，成天東遊西蕩。

　　這天，玉皇大帝想要看看人們的心眼兒怎麼樣，就打發太白金星下了界。太白金星變個老太太，到一家人家要飯，說：「大妹子，把你那白麵餅給我一個！」這老娘們一瞅：「什麼，你還要白麵餅？白麵餅留給我那姑娘墊屁股的。」

　　太白金星一聽，這哪是好心眼子，回去奏稟了玉皇大帝。擱這麼，下的雪就真是雪，下的雨就真是雨了。以前，也沒想到攢糧，這回大夥兒愁得可就沒招兒了，都埋怨：「就怨那個老娘們兒不會說話，上方天神生氣了。」

　　正趕神農氏嘗百草，給人間治病。大夥兒沒法，就去找他了：「神農氏啊，你給想想辦法吧。」神農氏說：「我家養活一條白狗，也是天上物，叫他到如來佛那兒求他給想想辦法。」大夥兒說：「那好啊！」

　　神農氏回到家，對白狗說：「現在不下白麵，人都挨餓，你是不是到西天如來佛那兒，求他給想個辦法？」

　　白狗駕著雲彩往西天走。玉皇大帝來氣了，叫太陽擋它、燒它。白狗一看，吭哧一口，就把太陽咬去半拉。太陽「嗷」一聲，白狗把它吐出來了，說：「要不看你給人間照光明非吃了你不可。」擱這麼留下來天狗吃日頭。

　　玉皇大帝一看，太陽沒擋住，又打發太陰君月亮去擋它。天狗來了氣，一口也給月亮咬掉半拉，月亮嚇得劃叫。白狗說：「要不看你給人間照夜光，我也把你吃了。」擱這麼就留下了天狗吃月亮。

　　白狗駕著雲一直奔西天去了，見到活佛。活佛打了個咳聲，拿出五穀雜糧穗兒，說：「你叼回去，叫人們種上！」白狗把這些五穀雜糧叼回來，交給了神農氏，這樣五穀雜糧就由神農氏傳出來了。〔註102〕

〔註102〕中國民間文學集成全國編輯委員會、中國民間文學集成遼寧卷編輯委員會：《中國民間故事集成·遼寧卷》，中國 ISBN 中心出版，1994 年，第 16～17 頁。

這則神話幽默風趣,情節一波三折。神話由女人不敬太白金星始,繼之以眾人祈求神農氏,再由神農氏派白狗去求如來佛,中間又夾雜著玉皇大帝的兩番阻擋,最後白狗從如來佛那兒求得了五穀雜糧穗,再以神農氏分給人們栽種而收結。於是,神話就在神權、佛權、王權三位一體的表述中,藉助消解神權——戲謔調侃玉皇大帝,達成了重構神權——敬畏佛權尊崇王權的目的。

所有的消解必然導向重構,這是由中國文化的使命所決定的。從本質上而言,中國文化的使命旨在補天,而非其他。這一文化使命,由女媧補天所賦予,以陰陽五行為邏輯支撐,而以農牧互動的齒狀循行這一歷史模式為具體實踐。天下大勢,雖然分久必合,合久必分,但其中永恆不變的,則是「溥天之下,莫非王土。率土之濱,莫非王臣」〔註103〕。因此,隨王朝更替而來的每一次對王權的沖決,其目的從來就不是否定王權,而是王綱衰頹之際的重振王綱,也就是對王權的新一輪肯定與強化。「天不變,道亦不變。」〔註104〕中國文化如此,宗族社會如此,中華民族神話的宗法化也是如此。在這樣的背景下,北方民族神話對王權的消解與重構,也就勢必指向兩個層面:沖決王權,依附王權。依附王權所導向的,是對王權也就是神權的直接尊崇,如東鄉族神話《蛤蟆靈丹》:

> 相傳,很久以前,尕布拉山下住著一位孤兒尤素福,他是伊瑪目諾顏的阿素亦(牧羊人),有一天,他從蒼鷹巨爪下救活一隻蛤蟆,並與其成為朋友。後來,尤素福不慎丟失兩隻大羯羊,蛤蟆告訴他,羯羊是被通天村的古黑烏斯曼偷去的,讓他趕快逃走,否則就要償命,並從嘴裏吐出一個靈丹,讓他帶上。尤素福在逃跑的路上,先後用蛤蟆靈丹救活了一匹大紅馬、一條彩蛇和將死的古黑烏斯曼。烏斯曼又起歹心,奪走了小紅馬和蛤蟆靈丹,並把尤素福推進了湖裏。蛤蟆救了他,大彩蛇告訴他,康通國王的公主被蛇咬傷,國王貼出告示,誰能救活公主,就招婿、封官。彩蛇交給尤素福能治蛇毒的特效藥,讓他去治好公主。尤素福帶著藥來到康通城,治好了公主的蛇傷,並被招為駙馬。當舉行婚禮時,烏斯曼捧著金光閃閃的蛤蟆靈丹準備獻給國王,謀個一官半職。尤素福認出了他,並揭露他的罪惡,國王處死了他,使國家得以安寧。〔註105〕

〔註103〕王先謙:《詩三家義集疏》,中華書局,1987年,第739頁。

〔註104〕班固:《漢書》,中華書局,1962年,第2519頁。

〔註105〕《中國各民族宗教與神話大詞典》編審委員會:《中國各民族宗教與神話大詞典》,學苑出版社,1993年,第99頁。

在這則神話中，懲罰惡人而使國家得以安寧這一目的，必須依附於王權才能得以實現。這顯然是尊神權的直接表述。而沖決王權所導向的，則是對神權的間接尊崇，也就是對神權的新一輪肯定與強化。「君失臣兮龍為魚，權歸臣兮鼠變虎。」〔註106〕王權之爭從來就與腥風血雨相伴，尤需破而後立之勇，而北方民族所立王國前後相續，與中原王朝衝突不斷，北方民族浸淫其中既久，習尚強梁，故其神話在以沖決王權之氣間接達成尊崇神權目的同時，也就自然會呈現出尚勇武的獨特面貌。

最能彰顯北方民族神話尚勇武這一獨特面貌的，自然是流傳至今的北方民族英雄史詩。中國民間三大英雄史詩，其中兩部出自北方民族，而另一部則出自兼有北方民族特點的藏族。這一現象，本身就非常能夠說明問題。「英雄史詩，實質上就是古代民族戰爭的形象史。」〔註107〕這些英雄史詩，正是北方民族現實生活的形象反映。英雄史詩既是英雄的傳記，又在敘事過程中始終圍繞英雄與王權之間的衝突而展開，如《瑪納斯》便是一部傳記性的英雄史詩，「它通過動人的故事情節和優美的語言，極其生動逼真地描繪了瑪納斯家族八代英雄為維護柯爾克孜人民利益的戰鬥業績，反映了柯爾克孜人民反抗卡勒瑪克、克塔依統治者奴役、壓迫的鬥爭，表現了古代柯爾克孜人民爭取自由、渴望幸福生活的理想和願望」〔註108〕。在這一過程中，英雄史詩又往往或藉助祖神合一，或在祖神分離背景下以德為中介，直接或間接融神權、王權、宗族祖先崇拜於一體，使其成為尊神權的形象載體。如《瑪納斯》「各部史詩的故事中，不時提到瑪納斯及巴卡依眾英雄的靈魂出現，輔佐自己的後代，尤其是在英雄們處於逆境時，瑪納斯就顯靈助威，使英雄的戰局轉敗為勝，轉危為安，這似乎成了史詩結構上的一種『套子』，在各部史詩中都是如此」〔註109〕。由此而言，北方民族神話尚勇武的獨特面貌，與其尊神權的獨特面貌，本質上是一脈相承的。

〔註106〕 王琦注：《李太白全集》，中華書局，1977年，第157頁。

〔註107〕 劉嵐山：《論〈江格爾〉──我國蒙古族英雄史詩〈江格爾〉漢譯本代序》，參見色道爾吉譯《江格爾》，人民文學出版社，1983年，第5頁。

〔註108〕 劉發俊：《試論〈瑪納斯〉（代前言）》，參見劉發俊、朱瑪拉依、尚錫靜翻譯整理《柯爾克孜族英雄史詩〈瑪納斯〉》，新疆人民出版社，1991年，第1～2頁。

〔註109〕 劉發俊：《試論〈瑪納斯〉（代前言）》，參見劉發俊、朱瑪拉依、尚錫靜翻譯整理《柯爾克孜族英雄史詩〈瑪納斯〉》，新疆人民出版社，1991年，第2頁。

北方民族神話的這一面貌，從其他神話中也能鮮明地見出。如鄂倫春族神話《魔鳥》：「鄂倫春族獵民認為興安嶺上盛產的小禽『飛龍』，原是龐然大物，巨爪尖喙，眼放綠光，令人望而生畏。雙翅善呼風喚雨，起飛時，帶起股股強大旋風。它殘害生靈，飛到哪裏，那裏就降下災殃和厄運。經鄂家人祈求山神施以法術，乃將其擒獲，切割下它身上一塊塊肉，交還給被它殘害過的禽獸魚鱉。傳說，野雞胸脯、細鱗魚和哲羅魚鰓鰭上那白嫩細肉，便是恩都力從魔鳥身上奪回來的。因此，魔鳥就出大變小，成為飛龍鳥。但其本性難移，飛行時仍帶旋風。」〔註110〕鄂倫春人與魔鳥的抗爭過程，無疑是其與封建王權抗爭的形象表述；而這一抗爭，又是在祈求神權護佑的基礎上，憑藉擒獲、切割魔鳥的一系列英雄之舉而得以實現的。於是，神話就在這一表述中，將尊神權與尚勇武合而為一。又如鄂溫克族神話《巨人神來莫日根》：「相傳，最早的該族祖先，住在今黑龍江發源地附近，他們的部族之神稱為來莫日根。起初，人們食苔蘚，後由來莫日根發明弓箭，遂有狩獵之舉。無鍋，只架火烤肉以進食。曰滦月久，黑龍江邊獵物稀少，遂去江北岸遊獵。一日，見一巨人，騎高頭大馬，人和馬都只生『獨眼』。巨人見之，向來莫日根討煙抽。正想遞煙，來莫日根坐騎忽驚跑不止，巨人尾追不捨。來莫日根飛馬越江，向對岸巨人挑戰，說你若有本事，可過江較量高低。巨人未敢應戰。來莫日根回歸故地，便向黑龍江西南方遷徙。隨他來大河（即今嫩江）邊居住的，就是索倫人；而留居原住山地的，即為今鄂倫春人。」〔註111〕來莫日根顯然擁有祖神合一的身份，而其挑戰巨人的勇氣，以及巨人為其所儸不敢應戰，則直觀地展示出北方民族神話尚勇武的獨特面貌。《酉陽雜俎・諾皋記上》所載古龜茲王降龍神話，則將北方民族神話的這一英雄氣概，刻畫得入木三分：

> 　　古龜茲國王阿主兒者，有神異，力能降伏毒龍。時有賈人買市
> 人金銀寶貨，至夜中，錢並化為炭，境內數百家皆失金寶。王有男
> 先出家，成阿羅漢果。王問之，羅漢曰：「此龍所為，龍居北山，其
> 頭若虎，今在某處眠耳。」王乃易衣持劍，默出至龍所，見龍臥，
> 將欲斬之，因曰：「吾斬寐龍，誰知吾有神力！」遂叱龍，龍驚起，

〔註110〕　《中國各民族宗教與神話大詞典》編審委員會：《中國各民族宗教與神話大詞典》，學苑出版社，1993年，第130頁。

〔註111〕　《中國各民族宗教與神話大詞典》編審委員會：《中國各民族宗教與神話大詞典》，學苑出版社，1993年，第136頁。

化為師子。王即乘其上，龍怒作雷聲，騰空至城北二十里。王謂龍
曰：「爾不降，當斬爾頭。」龍懼王神力，乃作人語曰：「勿殺我，我
當與王乘，欲有所向，隨心即至。」王許之，後常乘龍而行。〔註112〕

阿主兒的光明正大，無所畏懼，以及不為已甚的仁者情懷，正是維吾爾族
人民勇武性格的形象詮釋。

北方民族神話的英雄傳記既然彰顯出尚勇武的獨特面貌，而且這一面貌
往往又與尊神權有機聯繫在一起，因此，其在宗法化時，就必然會在尊族權、
父權的同時，一再強化男尊女卑的觀念。換句話說，北方民族神話在尊神權、
尚勇武的同時，也就必然地帶有輕女性的獨特面貌。儘管從本質上說，男尊
女卑是宗族社會所普遍秉持的男女觀，但由於中國文化以陰陽為本，因而男
尊女卑的觀念並非天然地導向對女性的輕視，尤其對於以蠶桑、農耕為本的
南方民族而言，女性在日常生活中所起到的作用往往要大過男性，在這樣的
背景下，男尊女卑的觀念往往會在一定程度上走向其對立面。而北方民族則
不然。在相當長的一段時期內，北方民族一直以遊獵為本，而遊獵需要勇力，
不以勇力見長的女性自然就只能淪為男性的附庸，因此，與尚勇武而來的也
就必然是對女性的輕視。北方民族神話正是北方民族這一生活方式下男女觀
的直接載體。最能展現北方民族神話對女性的輕視的，是塔吉克族的《月亮
神話》：「相傳，古代月亮晶瑩光潔，銀光燦爛，也能給人類以溫暖。但是，
那時人類非但不感謝月亮，反將月亮看作是多餘的東西。防（妨）礙他們幹
一些見不得人的事。一天晚上，三個姐妹在家裏打起架來，她們撕扯在一起，
互不相讓，屋裏的燈滅了，她們從屋裏出來，赤身裸體地在月光下撕打著。
月亮都為她們這種不知羞恥的行為感到害羞，轉了過去，將自己的反面對著
他們。就這樣，銀光燦燦的月亮變得昏黃了，就和我們現在看到的月亮一樣，
月亮上的陰影正是那姐妹三個映上的影子。」〔註113〕神話以對女性的無限醜
化來解釋月亮上陰影的由來，其骨子裏透出的，正是對女性的輕視。將這則
神話與同樣解釋月亮上陰影由來的漢族神話相比，就能明顯見出其中的不
同。《酉陽雜俎·天咫》載有吳剛伐桂的神話：「舊言月中有桂、有蟾蜍，故
異書言月桂高五百丈，下有一人常斫之，樹創隨合。人姓吳名剛，西河人，

〔註112〕 段成式：《酉陽雜俎》，中華書局，1981 年，第 129～130 頁。
〔註113〕 《中國各民族宗教與神話大詞典》編審委員會：《中國各民族宗教與神話大詞
典》，學苑出版社，1993 年，第 567 頁。

學仙有過，謫令伐樹。」〔註114〕吳剛伐桂神話以中正平和的口吻敘事，沒有任何意義上對女性的輕視。這既說明宗族社會男尊女卑的觀念不一定必然導向對女性的輕視；也能在一定程度上從反面證明，對女性的輕視，為北方民族神話的獨有面貌。

當然，北方民族神話對女性的輕視，並非始終如塔吉克族《月亮神話》那樣，以極端的方式呈現出來；而在更多情形下，是以一種較為溫和的口吻表述的。如《大唐西域記》卷十二《瞿薩旦那國》所記古代和田國《龍鼓傳說》：

> 城東南百餘里有大河，西北流，國人利之，以用溉田。其後斷流，王深怪異。於是命駕問羅漢僧曰：「大河之水，國人取給，今忽斷流，其咎安在？為政有不平，德有不洽乎？不然，垂譴何重也？」羅漢曰：「大王治國，政化清和。河水斷流，龍所為耳。宜速祠求，當復昔利。」王因回駕，祠祭河龍。忽有一女，波波而至，曰：「我夫早喪，主命無從。所以河水絕流，農人失利。王於國內選一貴臣，配我為夫，水流如昔。」王曰：「敬聞，任所欲耳。」龍遂目悅國之大臣。王既回駕，謂群下曰：「大臣者，國之重鎮；農務者，人之命食。國失鎮則危，人絕食則死。危、死之事，何所宜行？」人臣越席，跪而對曰：「久已虛薄，謬當重任。常思報國，未遇其時。今而預選，敢塞深責。苟利萬姓，何吝一臣？臣者國之佐，人者國之本。願大王不再思也。幸為修福，建僧伽藍。」王允所求，功成不日。其臣又請早入龍宮，於是舉國僚庶，鼓樂飲餞。其臣乃衣素服，乘白馬，與王辭訣，敬謝國人。驅馬入河，履水不溺，濟乎中流，麾鞭畫水，水為中開，自茲沒矣。頃之，白馬浮出，負一旃檀大鼓，封一函書。其書大略曰：「大王不遺細微，謬參神選，願多營福，益國滋臣。以此大鼓，懸城東南，若有寇至，鼓先聲震。」河水遂流，至今利用。歲月浸遠，龍鼓久無。舊懸之處，今仍有鼓。池側伽藍，荒圮無僧。〔註115〕

女子為一己私欲而令大河斷流，使農民失去灌溉之利，且以此要挾國王，欲以大臣為夫。其潑悍無理之極，從中可見。與此相互映襯的，是大臣視死如歸，捨生取義的大仁大勇之舉。在頌讚男性勇武的同時，神話輕視鄙薄女性之

〔註114〕段成式：《酉陽雜俎》，中華書局，1981年，第9頁。
〔註115〕玄奘撰，周國林注譯：《大唐西域記》，嶽麓書社，1999年，第696～697頁。

意，得以鮮明地彰顯出來，儘管神話裏的女性帶有神的光環。在這樣一種比照式表述中，將一切善舉歸之於男性，而將一切惡行歸之於女性，似乎是北方民族神話凸顯其尚勇武、輕女性之意的普遍做法，又如土族真武祖師神話：

> 據傳明永樂皇帝只有一個太子。一天，太子出宮見一瞎子行乞，太子問一白鬚老人，老人拈鬚歎道：「沒人供養，流落至此。」又前行，見一病夫倒在路旁呻吟不已。老人告訴太子：「生老病死，人人如此。」太子請教老人擺脫人生厄難之術。老人說：「上山座洞，修行盤道，苦修千載，長生不老。」說罷飄然而去。太子回到宮裏，執意要出家修道，皇帝不允，將四城門緊閉。太子偷偷溜到馬號，牽出一匹黑馬，騎馬跑遍四城門，不得出城。於是他來到十字當街，大呼數聲：「上天啊！今日出不去，皇上怪罪下來，我該如何？」喊罷，一陣黑沙黃風刮來，將太子人馬捲出了城牆。太子來到武當山黑雲洞修行，五百年後道行已滿，出洞下山。行至半山腰，見一老人在山上煮豬頭，鍋在山洞，火在山下。太子大為驚奇，上前一問，老人回答：「火到豬頭爛，功到自然成。」太子自愧不已，重返黑雲洞，一修又是五百年。這一天，他又開始下山，見一位姑娘在路邊巨石上磨鐵梁。太子一問，姑娘回答：「鐵梁磨繡針，功到自然成。」太子省悟，三上黑雲洞，又修了五百年。這一天，太子正在打坐，進來一位美貌女子挑逗他。太子生怒，提起禪杖追她，女子縱身跳下萬丈深淵，摔了個粉身碎骨。太子悔恨：哎呀，逼死了一條人命，枉修了一千五百年！遂跳崖自毀。剎時半空升起一團彩雲，將他托住，騰空而去。這太子就是真武祖師。〔註116〕

這則神話中前後出現了兩位女性：一位是磨鐵梁的姑娘，一位是美貌女子。磨鐵梁的姑娘當由漢族鐵杵磨針之典中的老嫗演化而來。《方輿勝覽·眉州·磨鍼溪》載：「世傳李太白讀書山中，未成棄去，過是溪，逢老嫗方磨鐵杵，問之，曰：『欲作針。』太白感其意，還卒業。嫗自言武姓，今溪傍有武氏巖。」〔註117〕因由武姓老嫗演化而來，故其保留了漢族傳說中老嫗的形象特徵。而另一位美貌女子則不然。她挑逗太子，干擾太子修行，最後又為太子

〔註116〕 《中國各民族宗教與神話大詞典》編審委員會：《中國各民族宗教與神話大詞典》，學苑出版社，1993年，第577頁。
〔註117〕 祝穆：《方輿勝覽》，中華書局，2003年，第948頁。

所追，落個粉身碎骨的下場，純粹是邪惡的化身。與之相互比照的，則是老人
與太子。老人點化激勵太子修行以求長生不老，太子則以非凡毅力苦修一千五
百年，因悔恨逼死人命而跳崖自毀時，又得神靈護佑，騰空而去，終為真武祖
師。正是在這比照式描寫中，神話尚勇武、輕女性的意圖，得到了彰顯。

在另外一些北方民族的神話中，貶斥女性之意雖然不如上述神話那樣強
烈，但仍與其一脈相承。如鄂倫春族神話《恩都力造人》：「鄂倫春的先人認為，
原來他們居住的地方並沒有人，只因為天神恩都力仿傚日、月、星辰和山、川、
草、木的構造，才用飛禽的骨頭和肉，做成了人世間的男女。由於飛禽的骨頭
和肉不夠用，才又用泥土來造人。天神先造男人，後造女人，所以後世的女人
都比男人力氣小。」〔註118〕從表面上看，這則神話似乎只是在公允地說明女
人力氣為什麼比男人小，但對於尚勇武的遊獵民族而言，氣力不足的女人在部
族中所處的低下地位，則是不言而喻的。這一點，既可以從天神造男女的先後
順序中見出，還可以從為其姊妹篇的鄂倫春族神話《人類為什麼分男女》中見
出：

> 相傳，古代地表無人，盡是野獸棲息。天神恩都力見野獸日增，
> 有的還善飛行，疑有一天會鬧上天宇。於是，天神恩都力便將手中
> 握緊的兩隻錘子往起一碰，擊出巨響，震死不少飛鳥走獸。於是，
> 恩都力將鳥獸肉、毛撿拾起來，先紮成十個男人，待再紮製十個女
> 人時，鳥獸肉、毛已不敷用，便用泥土權且捏成，致使後世女性體
> 弱乏力，難以負重。恩都力見之，摘來野果，塞入女性口中每人一
> 顆。因此，女性便生得美貌而聰慧，勝於男子。男性又復向天神求
> 助，因得弓矢，長於射獵。〔註119〕

恩都力用鳥獸肉、毛紮成男人，用泥土權且捏女人，而男人又長於射獵，
因此，於射獵為生的鄂倫春人而言，女人便只能憑藉其美貌聰慧而成為男人的
附庸。與上述鄂倫春族神話非常相似的，是維吾爾族神話《女天神造亞當》。
神話「敘述真主的助手女天神，因為有一次忘記了按時向真主祈禱祝福，被真
主從天上趕下來，獨自在地上生活。女天神用泥土捏了一個男人，但泥人沒有

〔註118〕　《中國各民族宗教與神話大詞典》編審委員會：《中國各民族宗教與神話大詞
　　　　　典》，學苑出版社，1993年，第131頁。
〔註119〕　《中國各民族宗教與神話大詞典》編審委員會：《中國各民族宗教與神話大詞
　　　　　典》，學苑出版社，1993年，第131頁。

靈魂,不會講話,她便祈求真主賜給泥人以靈魂。真主念女天神曾為自己做過不少事情,又已經認錯,就滿足了她的要求,向泥人吹了口氣,於是泥人變成了亞當。女天神又用亞當的一根肋骨創造了一個女人,起名夏娃,讓她做亞當的妻子。從此地球上有了人類」〔註120〕。該神話由《聖經‧創世紀》中耶和華神造亞當、夏娃故事演化而來,又在《聖經‧創世紀》故事原型的基礎上,增添了女天神因犯過錯而被真主從天上趕下來的情節。這一改動,從某種層面上說,似乎意味著將基督教所謂本應由人類共同承受的原罪,單獨轉移到了女性身上。於是,在女性為男性的附庸——夏娃只是亞當的一根肋骨——的表述中,神話對女性的輕視之意,再一次得到了強化。

需要指出的是,輕女性雖然是北方民族神話宗法化的主要特色之一,但這並不就一定意味著,北方民族神話就完全沒有重視女性的一面,如滿族神話《白雲格格》〔註121〕,就以頌揚天神阿布卡恩都里的小女兒白雲格格的大濟蒼生的善良之舉,以及為救生靈不惜凍死變成一顆白樺樹的剛強之志為核心的。北方民族神話中的這種重女性,既帶有母系氏族社會的印痕,也受到了其他民族神話的影響。從中既可以見出北方民族神話所留存的宗法萌芽時期的原始面貌,也可以見出中國各民族神話宗法化時,「你中有我,我中有你」的一體交互發展的面貌。但這種對女性的集中頌揚,在北方民族神話中並非主流,因而不能成為北方民族神話宗法化的主要特徵之一。對於北方民族神話宗法化時所呈現出的其他獨特面貌,也當相應地作如是觀。

北方民族神話對女性的貶抑與輕視,是其尚勇武的直接派生物;而其尚勇武的特色,又與其尊神權之間有著緊密的關聯。如此一來,尊神權、尚勇武就與輕女性三者一體,在共同彰顯北方民族神話陽剛特質的同時,鍛造出北方民族神話有別於其他民族神話的主體特色。於是,北方民族神話的宗法化,也就帶有了不同於其他民族神話宗法化的獨特面貌。

二、南方民族神話宗法化的獨特面貌

論及北方人與南方人的優缺點時,魯迅先生在《北人與南人》一文中指出:「北人的優點是厚重,南人的優點是機靈。但厚重之弊也愚,機靈之弊也

〔註120〕《中國各民族宗教與神話大詞典》編審委員會:《中國各民族宗教與神話大詞典》,學苑出版社,1993年,第620頁。
〔註121〕谷德明編:《中國少數民族神話》(上),中國民間文藝出版社,1987年,第9～12頁。

狡。」〔註 122〕魯迅先生所言南人，大抵指南方漢族，但南方其他民族未嘗不是如此。《搜神記・狗祖盤瓠》有云：「蠻夷者，外癡內黠，安土重舊。以其受異氣於天命，故待以不常之律。」〔註 123〕其所言南方民族習性，正與魯迅先生所論相同。

南地鍾靈毓秀，這一陰柔的文化特質移之於神話，便使得南方民族神話在宗法化時，呈現出崇道德、任巧智、重女性的獨特面貌。

重道尊德是宗法倫理的顯者特色。這本來就是中華民族神話宗法化時所具有的普遍特點，只不過因為道家植根於楚——這一點可以從道家的代表人物都是楚人中得到證明，比如說鬻子〔註 124〕、老子〔註 125〕、莊子〔註 126〕均為楚國人，而「老子修道德」〔註 127〕，故南方民族得風氣之先，而其神話在宗法化時，獨以崇道德為主體特徵。從本質上說，道家思維因於對水的體察，是一種以陰柔為本的水性思維；而南方水網密布，河道縱橫，正為道家思維之生成，提供了絕佳的自然環境。《讀史方輿紀要》卷七十五《湖廣一》述荊楚水系云：「其大川則有江水……漢水……湘水……沅水……資水……沮水……洞庭湖。」〔註 128〕其卷一百《廣東一》述廣東水系云：「其大川則有西江……北江……海。」〔註 129〕其卷一百六《廣西一》述廣西水系云：「其大川則有灘江……右江……左江。」〔註 130〕正是在對水的觀照審視中，老子視水為道的代名詞：「上善若水。水善利萬物，又不爭。處眾人□所惡，故幾於道。居善地，心善淵，與善仁，言善信，政善治，事善能，動善時。夫唯不爭，故無尤。」〔註 131〕由此出發，從水的自

〔註 122〕 魯迅：《北人與南人》，《魯迅雜文全集》，河南人民出版社，1994 年，第 656 頁。
〔註 123〕 馬銀琴、周廣榮譯注：《搜神記》，中華書局，2009 年，第 251 頁。
〔註 124〕 鬻子名熊，羋姓。《史記・楚世家》云：「周文王之時，季連之苗裔曰鬻熊。鬻熊子事文王，蚤卒。其子曰熊麗。熊麗生熊狂，熊狂生熊繹。」見司馬遷《史記》，中華書局，1959 年，第 1691 頁。
〔註 125〕 《史記・老子韓非列傳》云：「老子者，楚苦縣厲鄉曲仁里人也。」見司馬遷《史記》，中華書局，1959 年，第 2139 頁。
〔註 126〕 《朱子語類》卷 125《莊子》云：「莊子自是楚人。」（黎靖德編：《朱子語類》，中華書局，1985 年，第 2989 頁）又，楊義認為，莊子乃「楚國流亡公族苗裔的身份」（楊義：《〈莊子〉還原》，《中華讀書報》，2009 年 2 月 20 日）。
〔註 127〕 司馬遷：《史記》，中華書局，1959 年，第 2141 頁。
〔註 128〕 顧祖禹：《讀史方輿紀要》，中華書局，2005 年，第 3499～3505 頁。
〔註 129〕 顧祖禹：《讀史方輿紀要》，中華書局，2005 年，第 4585～4587 頁。
〔註 130〕 顧祖禹：《讀史方輿紀要》，中華書局，2005 年，第 4800～4803 頁。
〔註 131〕 朱謙之：《老子校釋》，中華書局，1984 年，第 31～32 頁。

然流走，高下相應，不拘於世，無礙於時，圓轉通變中，老子構築起了一整套獨特的宇宙觀：「無為而無不為。」〔註132〕不執「無為」，不守「無不為」，而是要在兩極之中尋求和諧與流動，如循其環，允執厥中。這正是水之性的最佳表述。水性自然，故「人法地，地法天，天法道，道法自然」〔註133〕。以之驗於人事，「故有德之主，將欲有為，必稽之天，將欲有行，必驗符信。求過於我，不尤於民。歸禍於己，不怨於人。故是非自足，白黑自分。未動而天下應，未令而萬物然。無德之人，務適情意，不顧萬民。政失亂生，不求於身。專司民失，督以嚴刑。人有過咎，家有罪名。百姓怨恨，天心不平。其國亂擾，後世有殃。是故，天地之道，與人俱行。無適無莫，無疏無親。感動相應，若響與聲。動作相隨，若影與形。不邪不佞，正直若常。造惡與之否，行善與之通。柔弱與之相得，無為與之合同」〔註134〕。一言以蔽之，「天道無親，常與善人」〔註135〕。南方民族神話的崇道德，正是以上應天道、中得於身、下合令德為衡準，復以自然之善為旨歸的。如前引《後漢書·南蠻西南夷列傳》所載盤瓠神話中，帝女執意要嫁給盤瓠之舉，就是上應天道的重信義之德的鮮明表徵。又如彝族神話《勒眯取火》：

> 洪水退了以後，被居木武吾救活的動物說：「居木武吾是個好人，我們要好好報他的恩。」怎麼報答呢？這些動物在一起商量，認為居木武吾現在最需要火，就先派老鼠到恩體谷茲家去點火，老鼠點來的火種在半路上熄了。第二次就派貓頭鷹去點，貓頭鷹點來的火種在半路上也熄了。第三次派雄鷹去點，雄鷹點來的火種在半路上也熄了。
>
> 居木武吾問它們：「恩體谷茲家裏怎樣把火種點給你們的？」去取過火的動物說：「點火時，他叫我們把眼睛閉上，不准我們看。」最後，大家認為青蛙很有辦法，派它去取火最合適。青蛙卻說：「我去不合適，因為我的眼睛是鼓起的，只要他們把我的眼睛一蒙，我就什麼也看不見了，派勒眯去最合適，因為它的腋窩下還有一對眼睛，天上的人是不知道的，他們只會把它頭上的眼睛蒙上而不會把它腋窩下的眼睛蒙著。」勒眯到了恩體谷茲家。正如青蛙說的一樣，

〔註132〕 朱謙之：《老子校釋》，中華書局，1984年，第146頁。
〔註133〕 朱謙之：《老子校釋》，中華書局，1984年，第103頁。
〔註134〕 嚴遵：《老子指歸》，中華書局，1994年，第116頁。
〔註135〕 朱謙之：《老子校釋》，中華書局，1984年，第306頁。

　　恩體谷茲把勒眯頭上的眼睛蒙著，他就用腋窩下的眼睛偷看，看見
恩體谷茲用一塊石頭與鐵巴打火，用火草絨點燃的。

　　　勒眯點來的火種燃到半路上又熄滅了。好在它把恩體谷茲點火的
辦法一一記住，告訴了居木武吾。居木武吾叫青蛙拾來各種石頭，叫
鷹拾來鐵巴，叫老鼠拾來乾草，叫喜鵲拾來乾柴，他用石頭與鐵巴打
火，終於打出了火星，點燃乾草、乾柴，燃起了一堆大火。〔註136〕

　　這　神話是彝族《洪水漫大地》神話的後續。居木武吾是曲布居木家的三
兒子。洪水泛濫時，「武吾飄到了茲合爾尼山（也有說是飄到了曼德爾曲山），
就在山頂上住了下來。不久，水裏飄來了老鼠、牛、虎、兔、龍、蛇、馬、羊、
猴、雞、烏鴉和青蛙等二十種動物，武吾把他們撈起來，做他的朋友。後來，
武吾又撈了許多動物，但他只記住了十二種動物的名稱，這十二種動物的名稱
就成為彝族計算年歲的十二屬了」〔註137〕。居木武吾救動物，這是好生之德
的體現，即所謂上應天道，中得於身；而這一神話的核心主題　　由此而來的
動物報恩，則是為善以德，以德報德的自然表露，也就是以自然之善為旨歸的，
即所謂「君子之德風，小人之德草。草上之風，必偃」〔註138〕。又如白族神
話《清水龍潭》：

　　　禾甸大海子西邊的山腳下，有一個龍潭，一年四季清幽幽、亮
晶晶的，就像一塊一塵不染的水晶石。人們叫它清水龍潭。

　　　傳說，清水龍潭裏有一條青龍深居著。這條青龍是看破了紅塵，
才來這裡居住的。也許是它遭遇坎坷，常常深居簡出，不願意跟凡
夫俗子交往。龍潭口常被密密麻麻的茅草和花刺雜木封蔽著。

　　　這條青龍生性孤僻，剛正不苟，最恨那些依勢欺人的達官貴人。
凡是過路的官員，如果前呼後擁，騎馬、坐轎子、坐滑杆，耀武揚
威地從他面前經過，他就要劈頭蓋腦地降下一陣冰雹來。雞蛋大的
冰雹常常打得他們鼻青臉腫，從鞍轎上滾落下來。這樣的事不斷發

〔註136〕中國民間文學集成全國編輯委員會、中國民間文學集成四川卷編輯委員會：
　　　　《中國民間故事集成·四川卷（下冊）》，中國 ISBN 中心出版，1998 年，第
　　　　768～769 頁。
〔註137〕中國民間文學集成全國編輯委員會、中國民間文學集成四川卷編輯委員會：
　　　　《中國民間故事集成·四川卷（下冊）》，中國 ISBN 中心出版，1998 年，第
　　　　759 頁。
〔註138〕劉寶楠：《論語正義》，中華書局，1990 年，第 506 頁。

生，小青龍的名氣也就越傳越廣。它的名聲越傳越大，越來越引起官員們的嫉恨。後來，官員們共同商議之後，收羅了幾個無賴，由他們出面，殺了幾隻狗，將狗血悄悄地倒入龍潭裏。小青龍受了狗血的厭污，再也無法深居下去。它化成了一縷青煙，飄落到老東山白雲深處居住去了。

小青龍離開了清水龍潭，清水也就越來越少，漸漸地乾涸了。這事被當地的老百姓知道了，大家心中很是不平。特別是乾旱年景，人們特別思念小青龍。後來人們自動地組織起來，搭起了彩棚，抬上了花轎，敲鑼打鼓地去到東山，要接小青龍回來居住。接龍的活動一年比一年隆重，一年比一年規模大。有些地方紳士，看到這種活動有利可圖，也來參與，組織「接龍會」；一些巫婆神漢，也裝模作樣地前來參加，真是魚龍混雜。

小青龍看到一年一次的「接龍會」，越演越紅火，他就變成了一個花子模樣的人，要試探探人們的心是否真誠。

接龍的人們一面焚香磕頭，念經禱告，一面大吃大喝，十有八九喝得東倒西歪，瘋瘋癲癲的。

人們酒足肉飽之後，幾個巫婆裝模作樣到龍潭裏去捉來一條生魚，把魚放到彩轎上，往山下抬。這時小青龍也就隱身到花轎裏坐著。抬轎的越抬越重，大汗淋身，他們將轎子放下來，打開門簾一看，裏面竟端坐著一個人，他穿著麻布衣，腳蹬一雙山草鞋，花裏花子的一付模樣。

「你是誰，竟要我們抬著你下山去？」接龍的人們奇怪了，抬轎子的更是惡聲怪氣地斥問著。

「我就是小青龍，是你們朝思慕想的龍王爺。」小青龍不慌不忙地回答。

「狗屁，你這個樣子也像龍王爺？」

「人不可貌相，海水不可斗量。我化出的春水能灌滿整個禾甸壩。」小青龍穩穩重重地說。

「放屁不張大胯，看他這個花子樣，能撒得出三丈高的尿來！」一個紳士模樣的人接了腔。

「把他攆出轎子來，不要讓他厭污了我們的龍轎。」接龍隊伍

的管事，蠻橫地下了命令。幾個五短三粗的地痞，迎了上來，把轎子朝前一掀，龍王就從轎子裏滾落到草坪地上。

「你們接龍王是假，借機敲詐是實。我要你們望得見我，用不著我。」小青龍說完了，一陣清風吹過，人影都不見了。

接龍的人們一個個目瞪口呆。真心實意要迎歸龍王爺的人，一股勁地埋怨這些勢利小人，一個個垂頭喪氣。先時，大家敲鑼打鼓，又放鞭炮又跳神，現在大家都默默無聲了。

從此以後，儘管人們年年接龍王，年年辦龍王會，又建龍廟又塑神像的鬧，但小青龍再也不會回歸了。他看透了那些勢利小人的心。

龍王廟一直空有一個龍王神。〔註139〕

神話裏的小青龍「深居簡出，不願意跟凡夫俗子交往」，儼然得道高士，這是上體天道；而其「剛正不苟，最恨那些依勢欺人的達官貴人」，以化子模樣調笑偽善者，不與其同流合污之舉，則是修德於身，與老莊之淡泊名利，優游道德，妙相吻合。這既是道家行事之舉的真實寫照，也是對南方民族神話崇道德特質的最為形象的詮釋。

南方民族神話既以崇道德為主體特質，則其人神行事準則，一以道德為依歸，而非以神性為衡準。換言之，在南方民族神話中，人神如能體上天之德，修之於身，廣施於民，則為萬人景仰，或登而為神，或永葆神性；反之，則為百姓所棄，神性全無。或者說，在南方民族神話裏，人神之神性有無，並不取決於天賦血統，而取決於道德之有無。這既是祖神分離後宗法倫理的具體呈現，也是南方民族神話宗法化與北方民族神話宗法化時的不同面貌之所在。人神之神性有無，既取決於道德之有無，則人神欲登而為神或永葆神性，惟有致力於修道一途。而道「視之不見……聽之不聞……搏之不得」〔註140〕，得道之途，惟在悟入，故崇道德者，必任巧智，非尚勇武。《鶡子・擇吏》曰：「君子不與人謀之則已矣。若與人謀之，則非道無由也。故君子之謀，能必用道，而不能必見受；能必忠，而不能必入；能必信，而不能必見信。君子非人者，不出之於辭，而施之於行。故非非者行是，惡惡者行善，而道諭矣。」〔註141〕

〔註139〕 藺芳主編：《中國民間故事全書・雲南・祥雲卷》，知識產權出版社，2013年，第11～12頁。
〔註140〕 朱謙之：《老子校釋》，中華書局，1984年，第52頁。
〔註141〕 鍾肇鵬：《鶡子校理》，中華書局，2010年，第5頁。

謀之以道，一以遵道，勿論其餘，道在其中矣。因此，與南方民族神話崇道德相伴相生的，必然是以道為旨歸的任巧智。

南方民族神話的任巧智，雖與封建王權緊密關聯，比如說服務於封建王權，但在某種程度上，卻往往流露出對封建王權的嘲諷與戲謔，如神話中的智慧型主人公多為底層百姓而非有位者。這種「載笑輕公侯」〔註142〕的高蹈情懷，正與老莊精神相吻合。這一類神話，可以瑤族神話《盤王的傳說》之《龍犬》為代表：

　　古時候，有個皇帝，叫做高辛王。高辛王沒有王子，只有三個公主。個個長得如花似玉，都是高辛王的掌上明珠。皇宮裏養有一隻眼亮毛滑，身披二十四道斑紋的龍犬，像個雄赳赳的衛士，日夜巡邏，警衛著高辛王和宮殿。高辛王像疼愛女兒一樣愛護它，不論是升殿還是出遊，都帶它在身邊。滿朝文武百官也非常喜愛它。

　　高辛王是個軟弱無能的昏君，國境常受到海外番王的賊兵騷擾，領土被蠶食，弄得民眾惶恐不安。有一年，番王興師動眾，像驚濤駭浪一樣洶湧撲來，國家危在旦夕。高辛王心驚膽戰，叫大臣張貼告示出去，許了這樣的願：誰若滅了番王，重重有賞——金銀財寶任其拿取，三個公主任其選娶。

　　一天，龍犬口銜告示，昂頭擺尾，奔上殿來。高辛王看見，又驚又喜，便問道：「這張告示是要招募能人來除掉番王，你為什麼來阻攔？」龍犬搖了三下尾巴。高辛王又問：「你不阻攔，為什麼撕告示？朝中文官武將不敢應招，難道你有本事滅番王，為國效勞？」龍犬點了三下頭。高辛王便選擇吉日舉行國宴，召集王后、公主和大臣們為龍犬出征餞行。

　　龍犬離了金鑾寶殿，騰雲般飛跑，到了海邊，撲通一聲，跳將下去，像條蛟龍迎風擊浪，遊了七天七夜才到彼岸，登上番王國土，直奔番王宮殿。番王一見，原來是高辛王豢養的愛犬，心裏有幾分懷疑，便問道：「龍犬，你同高辛王形影不離，今天為什麼不在主人身邊？」龍犬搖了三下尾巴。番王又問：「樹倒猢猻散，你早早離開高辛王，是不是你看出他的國家將要完蛋？」龍犬點了三下頭。番

〔註142〕北京大學古文獻研究所編：《全宋詩》（第61冊），北京大學出版社，1998年，第38240頁。

王見龍犬點頭，心中大喜，便把龍犬收養在宮殿裏，還舉行國宴，為它洗塵。

宴席上，龍犬和番王並排坐在一起。番王剛舉杯要祝酒，龍犬突然站起，想一口咬掉番王的頭頸。不料，番王轉過身來，龍犬感到不妙，趕快與番王碰杯。叮的一聲響，番王大笑道：「龍犬真不愧是國王的愛犬，很懂禮貌。我們大家起立，為龍犬捨生忘死來投奔番王國乾杯！」大臣們紛紛來和龍犬碰杯對飲。

當天夜裏，龍犬躺在床上左思右想，究竟怎樣除掉番王呢？由於多喝了幾杯，酒勁發作，漸漸有幾分醉意，朦朦朧朧地即將進入夢鄉。哎，不能睡，龍犬又睜開眼睛。它想到番王必定酩酊大醉，正是下手的好時機，所以趕緊跑到番王寢室。果然不錯，番王鼾聲如雷，睡得正酣。龍犬想撲上去咬他的胸脯。不料，一個披甲佩劍的衛士過來警告：「龍犬，不得打擾國王休息，有事明天再辦吧。」龍犬回頭一看，見番王的床頭床尾有四個衛士守護著，只好伸出舌頭舔了三下番王的手背，裝作表示親熱的樣子，然後退出。

第二天清早，番王起身，洗漱後入廁，龍犬跟隨，番王說：「這裡臭烘烘，你到外面稍等一會吧！」龍犬搖頭擺尾，像個撒嬌的小孩不願離開爸爸那樣，依偎在番王身邊，番王慈愛地撫摸它那光滑柔軟的斑毛。龍犬趁著四下無人，猛然咬下番王的睪丸，番王未能叫出聲來，就昏倒在地。龍犬又三口兩口將番王的頭頸咬斷，銜著血淋淋的頭顱，飛速過海回國。

番王死後，賊軍潰退。從此，高辛王國又收復失地，民眾安居樂業。〔註143〕

在這則神話裏，龍犬所為自然是維護王權，而龍犬之所為，卻與高辛王及朝中大臣之所為，形成了鮮明的比照。高辛王「是個軟弱無能的昏君」，面對「海外番王的賊兵騷擾」，「心驚膽戰」，只能「叫大臣張貼告示」，招募能人除掉番王，而朝中文官武將則不敢應招。當此之際，唯有龍犬挺身而出，願意除掉番王，使民眾安居樂業。為除掉番王，龍犬三番五次設計，每到危急之時，往往能化險為夷，最終圓滿完成任務。神話正是在對王侯的極盡嘲諷與戲謔

〔註143〕陳慶浩、王秋桂主編：《中國民間故事全集⑥·廣西民間故事集（三）》，遠流出版事業股份有限公司，1989年，第13～15頁。

中，彰顯出以龍犬為代表的底層人民的忠誠與巧智的。

南方民族神話任巧智的另一類型，同樣與神權相關聯，但同樣流露出對神權的嘲諷與戲謔。此類神話往往在人神較量中，以神性不敵巧智的模式展開敘事，如侗族神話《捉雷公》之《雷公被捉》：

> 從前，有兄弟四人：老大叫長臂手，老二叫長腿腳，老三叫順風耳，老四叫千里眼。正像他們的名字一樣，每人都有一套本事。
>
> 有一天，他們的老媽媽得了病，到處求醫都治不好，有人說要吃雷公膽才能醫好，四兄弟就想辦法捉雷公。順風耳豎起耳朵一聽，就聽到有人說：竈神是個耳報神，但凡人世間的善惡，他都要到天上去稟報，誰要是糟蹋五穀，天王就打發雷公下來懲罰。
>
> 順風耳把聽來的話告訴了弟兄們。為要給母親治病，大家就商量出一個捉雷公的法子來。於是，長臂手和長腿腳去山上找來很多鼻膩槤的皮鋪滿屋頂，把水潑在上面。然後用黃飯花汁來泡糯米，把糯米飯蒸得黃黃的，好讓竈神誤認他們把飯和大糞攪在一起。長臂手故意拿棍攪動糞塘，臭氣薰到竈神那裡，竈神當真以為他們糟蹋五穀，就到天上稟報。天王聽了，馬上打發雷公來懲罰他們。哪料雷公剛剛下來，在屋頂上「吱留」一下，滑落下來，便被兄弟四人捉住了。
>
> 他們捉住了雷公，奪下他的錘子火鏈，把他關在鐵籠裏，等找來了鹽，再取雷公膽給媽媽治病。長腿腳去東海邊找鹽，順風耳、千里眼、長臂手三人在家看守雷公。誰知長腿腳剛走，他們三個就慢慢睡著了。
>
> 雷公關在鐵籠裏，正在發愁。恰好姜良、姜妹挑水路過，他就苦苦央求要一口水喝，兄妹倆見雷公怪可憐，就送他點水，雷公就拿一顆葫蘆籽送給他們，說：「你們把瓜種種下地後，就守在旁邊念：『寅時種，卯時生，辰時開花，巳時結瓜。』長出瓜來，你們自有好處。」雷公說完，接過水，喊他倆躲開，嘰裏咕嚕念了幾句，噗的一口噴去，鐵籠乒的一聲炸開了。雷公出了鐵籠搶回他的鐵錘火鏈，轟隆隆，轟隆隆，風風火火地飛上天去了。〔註144〕

〔註144〕陳慶浩、王秋桂主編：《中國民間故事全集⑭·貴州民間故事集（三）》，遠流出版事業股份有限公司，1989年，第18～20頁。

雷公雖有神性，但與兄弟四人對壘時卻一籌莫展，不僅墮入兄弟四人設下的陷阱，且被兄弟四人關在鐵籠後無法脫身，若非姜良、姜妹兄妹心存善念，恐怕就永無逃離之日了；而其所擁有的神性，也僅僅只能用來炸開鐵籠，一溜煙地逃跑。反觀兄弟四人，則僅略施小計，就矇騙了竈神與雷公，且讓雷公吃盡苦頭。於是，在消繳神性的同時，神話藉助任巧智，彰顯出了與北方民族神話宗法化的不同面貌。

如同所有的解構必然導向重構一樣，南方民族神話在消解神權與王權的同時，也必然會導向重構神權與王權。在這裡，中華民族神話宗法化的總體原則，再一次彰顯出其強大的搏合力。南方民族神話的重構神權與王權，集中體現在對天命的順從上；而這種順從，往往又與任巧智關聯在一起，呈現為以巧智闡釋天命之所在。這一類神話，可以土家族神話《補所和雍尼》為代表：

> 傳說，洪水到來的時候，補所和雍尼兩兄妹爬上梯子，跑到擱上的一個大櫃子裏頭躲起來。洪水越漲越高，櫃子在水面上浮著，漂著，漂了七天七夜，一直漂上了南天門。雨停了，洪水慢慢退了。兄妹倆打開櫃子一看，地面上牛羊沒有了，雞狗沒有了，人也沒有了。烏龜、青蛙和小蟲蟲，像剛從水裏爬上岸一樣。樹木，成了一些曲曲彎彎的光條條。江河湖泊，山川野嶺，都是渾渾濁濁的，大地上死氣沉沉，兄妹倆傷心地痛哭起來⋯⋯
>
> 一日三，三日九，天地才逐漸恢復了元氣。鳥兒嘰嘰喳喳的叫起來了；松樹、杉樹、柳樹⋯⋯發出了嫩芽，桃花李花也開放了，青草也長起來了。烏龜、青蛙它們，都來三番五次地勸補所和雍尼成親。雍尼總是以一母所生為理由，不肯和哥哥成親。烏龜說：「我們去搬個磨子來，補所拿著磨蓋在那邊山上往下滾，雍尼拿著磨底在這邊山上往下滾，如果合在一起了就成親。」雍尼想，那怎麼會在一起呢？就答應了。結果，磨蓋和磨底從山巔滾到坡腳，合在一起了。雍尼還是不答應。烏龜又想出個主意說：「我們砍一根竹子來，補所和雍尼各拿一把刀，從兩頭劈，如果兩道口子破在一起了，就成親。」雍尼想，那怎麼會破在一起呢？就又答應了。青蛙去砍來了竹子，補所和雍尼各拿一把刀，從兩頭劈下，兩道口子破在一起了，雍尼還是不肯成親。烏龜又出了個主意說：「你們兩兄妹在兩個山頭上各種一株葫蘆，如果兩株葫蘆藤纏在一起了，你倆就成親。」

雍尼想，那怎麼會纏在一起呢？就答應了。結果，兩株葫蘆長出來，以後，兩根藤纏在一起了，雍尼還是再三推卻不肯成親。

烏龜又想出個主意說：「你們倆圍著古王界轉，如果相遇了，你們倆就成親。」雍尼想，那怎麼會相遇呢？就又答應了。兩兄妹就繞著古王界轉起來，轉呀轉，轉了七天七夜，轉得頭暈腦脹，不知南北西東，碰著老烏龜上岸遊玩，老烏龜叫補所回轉頭，兩兄妹在槐樹下相遇了，雍尼沒有話說了，他們終於在槐樹下成了親。

成親百日以後，雍尼生孩子了，結果，生下來的不是人，是一個肉坨坨。補所看著發愁，雍尼看著痛苦。忽然，天空中一道道金光閃亮，「咔嚓」一聲，掉下一把雪亮的金刀，落在兩兄妹面前。接著又「刷」的一聲，刮來一個砧板，正正當當擺在金刀旁邊。天空中又想起如雷的吼聲：「補所，快拿金刀剁肉陀！」補所仰頭望去，只見一個金盔鐵甲的紅臉大漢，手握銅錘向他邊舞邊鼓眼睛。補所心頭嚇得咚咚跳，趕忙拿起金刀剁肉坨。剁呀剁呀，砍成一百二十個小坨坨。補所取出四十坨在地上和上三斗三升石砂子，二人合力朝前方撒出去。一會兒，都變成了人。從此，世間有了漢族人。補所又取出四十個肉陀坨，和上三斗三升泥巴，二人和力朝右方撒出去，一會兒，變成了人。從此，世間有了土家人。補所又把剩下的四十個肉陀坨，合上三斗三升嫩樹枝朝左方撒出去，一會兒，變成人。從此，世間有了苗族人。

世上的人就一天天地多起來了。〔註145〕

該神話的敘事線索有兩條：一條線索是烏龜三番五次想主意，以從不同途徑證實補所和雍尼成親是順應天命，這是故事的主線；一條線索則是雍尼五次三番食言，以不願成親而抗拒天命，這是故事的副線。在兩條線索的交互推進中，神話最終以補所和雍尼成親收結。於是，兩條線索合而為一，抗拒天命最終導向了順從天命。由於天命藉助烏龜所設巧計得以呈現，因此，天命也就在一定程度上淡去了神秘化色彩。這種對神秘的消解，與南方民族神話宗法化時所彰顯出的以消解神權、王權而重構神權、王權的總體特質，是一脈相承的。

〔註145〕中國民間文學集成全國編輯委員會、中國民間文學集成四川卷編輯委員會：《中國民間故事集成·四川卷（下冊）》，中國 ISBN 中心出版，1998 年，第 1213～1214 頁。

　　大巧雖拙，小智必慧。女性既雅擅聰慧，則其與巧智之間，本身就有著天然的關聯；且女性質尚柔弱，純乎與道同流，所謂「柔弱者勝，堅強者窮」〔註146〕，是以崇道德、任巧智者，必重女性。故《老子》有云：「無名，天地始；有名，萬物母」，「谷神不死，是謂玄牝。玄牝門，天地根」〔註147〕。兼之南方民族素以蠶桑、農耕為本，桑麻之事惟勿靈巧，田耕之業尤重韌性，此皆與勇力無涉，而獨與女性特質相吻合。因此，在這樣的背景下，南方民族神話宗法化時所秉持的女性觀，就必然會走向北方民族神話宗法化時所秉持女性觀的反面，也就是由輕女性而走向重女性。

　　南方民族神話的重女性，集中呈現出這樣一些特點：第一，女性為神話主人公甚至是神話中唯一出現的人物，而有些神話則徑以女性主人公命名；第二，神話敘事圍繞女性而展開，既著意彰顯女性聰慧與靈巧的特質，又注重張揚女性的頑強意志與堅韌不拔的精神，從而使女性在兼任男女之務的同時，集男女之優長於一身；第三，神話中的女性往往是道德宗人，其不僅肩負著以延後嗣的神聖職責，而且還擔負著造化蒼生、致天下太平的宏偉使命。上述諸般特點，均可從南方民族與女性相關的神話中逐一見出。如白族神話《石傢什》：

　　　　在雲南鶴慶朵美鄉境內，有一塘熱水，這塘熱水分別從形似一
　　　具男性生殖器和形似一具女性生殖器的石縫中冒出，人們稱它「石
　　　傢什」。傳說，不懷孕的婦女，只要在石傢什中洗個澡，再赤身裸體
　　　地在男石傢什上坐一坐，就會有喜，來年準會生個胖墩墩的娃娃。
　　　老輩子講，這是人王夫妻在當年造人種時留下的東西了。

　　　　傳說，古老時代，人類沒有生育能力。這樣，大地上的人死一
　　　個，就少一個。天長日久，大地上的人類快絕種了，只剩下植祖一
　　　個孤老媽媽。老媽媽眼看著自己的光景也不長了，若自己一死，人
　　　類就從此絕了。她想著想著就痛哭起來。

　　　　植祖的哭聲，驚動了老虎。當老虎問清了她痛哭的原因後，安
　　　慰說：「這事值不得傷心，若你怕人種絕了，把你的肚子借給我。我
　　　為你一月裝一次崽，滿一年，你肚子中就有十二個崽子。到那時，
　　　我用爪子把你的肚子撕開，取出崽子，你不就有了後代了嗎？」

　　　　植祖的頭搖得像貨郎鼓：「使不得，使不得！我的肚子借你裝崽，

〔註146〕嚴遵：《老子指歸》，中華書局，1994年，第111頁。
〔註147〕朱謙之：《老子校釋》，中華書局，1984年，第5、25～27頁。

生下的不是人類，我要它幹啥？」說著說著，她又痛哭起來。

　　植祖的哭聲，驚動了白鶴。當白鶴問清了她痛苦的原因後，勸慰說：「這事值不得傷心，若你怕人種絕了，把你的肚子借給我。我一月給你裝九個蛋，滿一年，你肚子中的一百零八個蛋就會變成崽。我用嘴撕開你的肚子，你就會有後代了。」

　　植祖的手搖得像風吹荷葉：「使不得，使不得！我的肚子借你抱蛋，生下的崽不是人，我要它幹啥？」說著說著，仍不停地哭。

　　麻蛇、蜜蜂、螞蟻、蚯蚓都來安慰植祖，願借她的肚子給他們傳種，植祖都謝絕了。

　　植祖的哭聲把人王公和人王婆吵醒了。這人王公和人王婆是天地分開時，用黃泥捏人和萬物的祖師。他倆造出了人類和萬物後，就睡覺歇息了。他倆這一覺，足足睡了九萬九千年。當他倆問清植祖痛苦的原因後，寬慰說：「我的孩子，你不必傷心。人類沒有了，我們自己再造。我倆眼睛看不見了，再不能用黃泥巴造人了。可還有你能造人！這樣吧，你脫光衣裳，在阿婆的胯縫裏泡一泡，再到阿公的胯根上坐一坐，你就會生出人種來。」

　　植祖按照人王公和人王婆的吩咐去做。脫光了衣裳，先在人王婆的胯縫裏泡了一泡，又到人王公的胯根上坐了一坐，後來，她果真懷孕了。過了一年，她生下了三十六對男女娃娃。這些娃娃成人後，植祖又叫他們去人王婆的胯縫裏泡，到人王公的胯根上去坐。後來，這些娃娃都懷孕了。到了一年後，女人們都生下了娃娃。男子們懷的娃娃沒出路出生，在他們的肚子裏又蹬又撞，痛得他們哭天嚎地。植祖看著自己的男娃受苦，心中不忍，去跟山神要來化胎藥，給男娃們吃了。胎化成血水屙出，他們才萬事大吉。

　　植祖怕自己的兒孫為懷孕受苦，就不再教他們去人王公和人王婆求種。教他們互相成婚交配生育兒女。因男人們吃過化胎藥，從此，就不會再懷孕。所以，直到如今，生兒育女，都成了婦女們的事。

　　千萬年後，人王公和人王婆化作了兩座大山，他倆的生殖器變成了石頭。

　　有一年，鶴慶府官的小姐去熱水塘裏洗澡。她看到水中露出的

石傢什好玩，就去上邊躺了一躺，坐了一坐，不久，就懷孕了。這可不得了，一個黃花閨女千金小姐，不成親就懷娃娃，傳了出去該有多醜。爹媽又打又罵，左審問右審問，姑娘也說不清。還是招呼小姐的丫頭心眼多，把小姐去熱水塘洗澡，坐石傢什的事給主子一股腦說了。老爺聽了，半信半疑，便叫丫頭去試了一試。丫頭洗澡回來後不久，果真也懷孕了。從此，這事就傳開了。後來，人們就把熱水塘邊的石山，稱作人王山；把石傢什尊作人種神。〔註148〕

為了使人類得以延續下去，植祖想方設法，費盡心機。這是對女性盡心於以延後嗣這一神聖職責的生動詮釋。又如傈傈族神話《長壽祖太》：

傳說，遠古時候，四角山上有個長壽祖太，她有多大歲數，誰也說不清，只曉得天上有太陽和月亮時，她就出世了。原先的名字叫呷奴。她同傈傈祖先一樣，在世上過著苦寒的日子。天神給人的歲數是人人五百歲，可是都沒有活那麼長。

有一天，呷奴爬在一棵大樹上摘野果，聽到一對斑鳩在樹下草叢中說話。呷奴生下地後，阿媽阿爹就先後死去，是飛禽走獸把她喂大的，所以，她懂得獸語和鳥語。她豎起耳朵聽，原來斑鳩在說人間的事。

「地上的人真夠可憐的，可他們咋個不想辦法，去尋找五穀來活命呀？」公斑鳩歎著氣說。

「那是人們還曉不得，只要去天眼洞拿點五穀回來，他們的日子就好過嘍。」母斑鳩搭腔。

「天眼洞在哪裏？」

「從這裡向著太陽一直往東走，走整整七十七天，就到了太陽藏身的大石洞──天眼洞，那是藏天下寶貝的地方。」

呷奴牢記著斑鳩的話，向著太陽升起的地方走去。爬了七十七座大山，趟過七十七條河，穿透七十七片黑林子，終於找到了天眼洞。她走進洞中，看到裏邊有七堆黃金、七堆白銀、七堆珍珠、七堆寶石……她沒在旁邊停留，繼續朝洞底走去。整個大洞中，淨是五光十色的寶貝，呷奴只是看了看，一樣也沒拿。快到洞底，眼前

〔註148〕楊誠森主編：《中國民間故事全書·雲南·鶴慶卷》，知識產權出版社，2013年，第26～27頁。

出現了一堆堆金光閃閃的五穀種、百花種、瓜果種。呷奴各抓了一把，正要離去時，隨著一聲炸雷樣的吼聲，出來一個三頭六臂、青面獠牙的天神。

「哪裏來的鬼怪，竟敢來寶洞盜寶，難道你不怕死嗎？」天神高舉石錘，直往呷奴身上砸來。

呷奴慌忙躲過，跪下哀求：「天神大王，我不是鬼，也不是怪，是地上的人。地上的人類沒有吃的東西，沒法活下去了。我來討一點種，給人們救命。」

天神放下石錘問：「你的好心腸我也佩服。可你要曉得，天有天規，誰拿洞中的一件寶貝，就要收回他的一百年壽歲。你為了地上人們拿這麼多的寶貝，收回你的全部壽歲也不夠呀。你年輕輕的就要死去，不感到可惜？」

「只要大家能活下去，個個長壽，我馬上死去也值得。不過，請天神讓我先把寶貝送回去，再取我的壽歲。」

天神不忍心讓這麼一個好心人過早死去，只在呷奴頭上、臉上、背上、腳上各取掉一百歲，留下一百歲給她，讓她帶著寶貝走了。從此，人類就只有一百歲的壽命了。呷奴被取去四百歲壽歲後，頭上的烏髮全變成了白髮，牙齒全脫落了，背弓腳跛，變成了一個老奶奶。可她半點也不後悔，一步一爬地把種子帶回鄉。帶領著傈僳人，把蕎種撒在山頂，把包穀種撒在半坡，把百花種撒在深菁，把瓜果種撒在洞外。一天、兩天，種子吐芽了，一月、二月，開花結果了，滿山遍野，全讓蕎子、包穀、瓜果蓋滿了。從此，人們根據各種果吐芽、長葉、開花、結果的時間，計算日月：花開月（三月）、鳥叫月（四月）、燒火山月（五月）、餓肚子月（六月）、採集月（七八月）、收穫月（九十月）、醉酒月（十一月）、狩獵月（十二月）、過年月（一）、蓋房月（二月）。

人們自從有了吃的，男人長得像牯牛，女人美得像山花，病也少了。可那時地上還沒有火，人們照舊還是吃生東西。這事又使呷奴犯愁。一天，呷奴在山泉邊洗麻，聽到老熊同紅魚閒談。

「熊大哥，我們生在這個世上，難處可大了。別的不講，一到下雪天，這日子就沒法過了，不知你是咋個熬過來的？」紅魚問。

「冰天雪地時只好找個山洞睡覺，等冰消雪化又再出洞。」

「我聽說世上有一種叫『火』的東西，只要用它點燃枯樹枝，就可照明、取暖，可要尋到它，那就太難了。」

「你略曉得火種在什麼地方？」

「就在月亮睡覺的地眼洞中。從這裡一直往西走七十七天，才能找得到地眼洞。」

老熊和紅魚一問一答，呷奴全聽清楚了。第二天，她朝月亮落下的西方走去。為人們尋火種去了。山洪發了七次，大雪下了七場，她走了七十七天，終於尋到了地眼洞。洞門口守火種的，是個牛頭馬面、渾身長毛、沒腳沒手的大長蟲。它看到人生得秀氣，要同呷奴換外殼，它說：「你把你身子的外殼換給我，我就給你火種！」為了讓人類得到火，呷奴忍痛讓長蟲剝去自己的外殼，把長蟲的外殼套在自己身上。從此，呷奴變成一條蟒蛇，不會說話了。大長蟲送呷奴一顆紅寶珠，呷奴含到口裏，連夜趕回家鄉。在自家的石洞口，堆了一些枯樹枝，吐出寶珠，頃刻，寶珠變成火苗，把枯枝點燃了，大地變得暖烘烘的。人們見了火光，歡呼著全湧來了，飛禽走獸也來了，大家圍著火堆又唱又跳。呷奴怕自己的相貌嚇壞人們，忙調頭想鑽進洞中躲起來，正好讓有一雙慧眼的貓頭鷹看見。貓頭鷹用鳥語給鳥們講述了呷奴的遭遇。鳥們嘰嘰喳喳地商量了一陣子，決定去天河中取天河水來給呷奴去殼洗身。

白鳥只用了三天就取來天河水，你一口，我一口，往呷奴身上噴，使呷奴又恢復了原貌。每個雀鳥又把自己的壽歲，各分給呷奴十年。這樣，呷奴就成了萬歲祖太。雀鳥因把自己的壽歲送給了呷奴，所以，如今的白鳥的壽命都很短。

呷奴恢復人形後，忘不了人們的苦難，便到各處去為人們送五穀種和火種。一年又一年，普天下都有了五穀種和火種，她才回到自己的家鄉。人死了一代又一代，呷奴還健在世上，人們便叫她長壽老太。〔註149〕

該神話則逕直以女性主人公命名。為了使人們活命——這實際上是以延

〔註149〕楊誠森主編：《中國民間故事全書·雲南·鶴慶卷》，知識產權出版社，2013年，第28〜30頁。

後嗣的另類表述，呷奴不憚犧牲自我，以其聰慧巧智及堅韌的毅力，克服重重困難，先後為人們取得了五穀種、百花種、瓜果種，以及火種，又到「各處去為人們送五穀種和火種」，使「普天下都有了五穀種和火種」，人們因而能一代又一代地幸福生活下去。呷奴五常兼備（大濟蒼生是為仁，求取百種是為義，善待萬物是為禮，聰慧靈巧是為智，不負神鬼是為信），正是典型的道德完人。以此而言，呷奴無疑就是人間的觀音菩薩。這一層意思，在彝族神話《大尖角石頭》和《天生橋》中，有著最為直接的表述：

> 傳說很古很古以前，陽瓜江一帶山清水秀，景色迷人。觀音老母為了讓這裡錦上添花，就到很遠很遠的地方背了一塊大石頭，準備放到瓜江的彎河嶺崗阻河，使這一帶成為湖光山色四季如春的小壩子。由於背石頭的路程相當遙遠，一時無法到達。不知走了多少路程，來到了瓜江北岸的太極山腰，忽然聽到附近村莊的狗咬雞叫聲，原來是天快要亮了。觀音老母怕人們知道，就放下石頭，急忙回天宮了。從此，人們就經常可以看到那拔地而起、屹立山腰的大石頭了。此石圓錐形，高約丈五，直徑丈餘，聳立於現在的南澗區太平鄉政府西北方向兩里多處。根據它的形狀和由來，人們把它命名為「大尖角石頭」。（《大尖角石頭》）〔註150〕

> 很古很古以前的一個冬天，觀音菩薩夜遊神州，救苦濟貧來到無量山，越過把邊江時，看到那寒冷的河水裏有過河的足跡。她沿著河岸走向上游，又嘗到人們為過橋而繞路的滋味。她凝神思忖，一個想法在心中形成。她冒著凜冽呼嘯的北風，到正北面的無量山上搬了一塊長三百多米、寬十多米的巨石。可是，她以最快速度也追不上時間的流逝，在雄雞報曉時，觀音只好把巨石放在北岸離去，巨石就在那裡生了根。現在巨石已被兩邊的積土掩埋，仍依稀可辨。這以後，觀音雖心中時時牽掛著把邊江艱難的通道，但沒有時間再來了，只好派一隻神鷹叼來一個橢圓形的石頭，橫放在河的兩岸，就成了今天的「天生橋」。人們就從這石頭上面爬過河。當地有一個善良的石匠，看著這樣過河有危險，就在上面鑿了些石階，這樣，

〔註150〕 吳家良主編：《中國民間故事全書·雲南·南澗卷》，知識產權出版社，2013年，第11頁。

便利了更多的人從這裡通過。(《天生橋》)〔註151〕

以上神話都以觀音菩薩為主人公，情節大體相似，一為觀音背石阻河，一為觀音搬石架橋；命意大致相近，一為使人們生活更美好，一為使人們生活更方便，可以視為姊妹篇。神話裏的觀音菩薩與其說是神，毋寧說就是如植祖、呷奴一樣的人間普通女性；因為除了僅有的神力外——這未嘗不可以看作「柔勝剛，弱勝強」〔註152〕的別樣表述，觀音的仁人之心、堅毅之舉、濟世之志，已然脫離了特定的佛教語境，而與植祖、呷奴等普通女性所具有的美德渾融為一了。正是在這樣的擬照式表述中，南方民族神話的重女性之意，得以完美地呈現出來。

特定自然環境催生的文化，以及女性在現實生活中所起到的實際作用，造就了南方民族對女性的充分肯定，從而使其神話在宗法化時，彰顯出重女性的獨特面貌；雖然神話重女性的相關表述，仍然出之於男性視角，也就是建立在男尊女卑的傳統觀念之上，這是由宗法社會的本質所決定的。在神權、族權、父權、夫權的共同宰制下，女性本質上始終無法擺脫受制於男性的宿命，甚至會在某種程度上異化為物。這一點，從前引相關文獻中已能反覆地見出。因此，南方民族神話在宗法化時，雖呈現出重女性的面貌，但仍然會不可避免地帶有女性受制於男性這一宗法社會所烙下的鮮明烙印。這一點，在侗族神話《捉雷公》之《找伴配對》與《兄妹成親》中，就能十分清晰地見出。神話敘述，「洪水滔天以後，地上沒有房屋，沒有人畜。他們重新造房架屋，開田開地，種瓜種豆，種棉種糧。不久姜良、姜妹年紀都大了，沒有人來配對成雙」〔註153〕，為了繁衍子孫，姜良就向姜妹提出成親；而姜妹雖然極力反對，認為「哪有兄妹配成雙！」〔註154〕但她所能做的，也僅僅只是提出三件事情，以此一再為難姜良：「東西兩堆火，火煙要匯合；嶺南嶺北兩條水，河水要匯合；東山西山兩扇磨，滾下坡腳要能合。」〔註155〕烏龜幫姜良辦好三件事後，「姜妹再也

〔註151〕吳家良主編：《中國民間故事全書・雲南・南澗卷》，知識產權出版社，2013年，第12頁。
〔註152〕朱謙之：《老子校釋》，中華書局，1984年，第144頁。
〔註153〕陳慶浩、王秋桂主編：《中國民間故事全集⑭・貴州民間故事集（三）》，遠流出版事業股份有限公司，1989年，第22頁。
〔註154〕陳慶浩、王秋桂主編：《中國民間故事全集⑭・貴州民間故事集（三）》，遠流出版事業股份有限公司，1989年，第23頁。
〔註155〕陳慶浩、王秋桂主編：《中國民間故事全集⑭・貴州民間故事集（三）》，遠流出版事業股份有限公司，1989年，第24頁。

難不倒他，就同意結親」〔註156〕。姜妹的屈從天命，正是宗法社會裏女性始終無法擺脫受制於男性這一宿命的形象寫照；而這一所謂的天意，從本質上來說，其實還是人為，比如說面對姜妹所出的「東山西山兩扇磨，滾下坡腳要能合」這一難題，烏龜給姜良出的主意就是：「你先合好一對磨子放在山腳，再上山去滾磨子，管它滾往哪裏，你只管帶她去看事先合上的那副磨子，不就行了嗎？」〔註157〕這就直觀形象地說明：所謂天命，就是宗法社會裏男權意志的主觀呈現。因此，南方民族神話的重女性，絕不意味著真正的男女平等，更不意味著重女權。這一點，是我們在討論南方民族神話重女性這一特質時，必須明確指出的。

但儘管如此，南方民族神話的重女性，仍然有著特定的積極意義。它有助於在一定層面上，矯正宗法社會對女性所抱有的偏見，以維持宗法社會的和諧與穩定。這是不難理解的。宗法社會既以男女及由此而來的婚姻為根基，因此，在一定限度內使男女關係趨於和諧，就是穩固宗法社會的必要前提，而任何過度拔高或貶抑其中某一方地位的做法，勢必會撼動宗法社會的根基，進而可能致使宗法社會大廈坍塌。南方民族神話重女性所帶有的這一特定意義，既使其彰顯出有別於北方民族神話輕女性的不同面貌，又使其成為北方民族神話獨張男權的必要補充。於是，中華民族神話既因宗法社會現實而宗法化，又在其宗法化進程中推動了宗法社會的前行。中華民族神話與宗法社會之間所具有的深層聯繫，於此可見一斑。

南方民族神話既重女性，則其自然與勇武無涉，而獨任巧智。巧智者，機心之流亞也。「機心存於胸中，則純白不備；純白不備，則神生不定；神生不定者，道之所不載也。」〔註158〕此即魯迅先生所言「機靈之弊也狡」〔註159〕，如侗族神話《捉雷公》之《兄妹成親》中，姜良遵從烏龜的計謀，預先在山腳放置合上的磨子之舉，就顯然帶有狡詐的成分。因此，欲使巧智不違於道，也就是使其導向善而不是惡，必得將其置於道德之下，使其為道德所約束。《兄妹成親》正是這樣處理的：雖然就單一行為來看，姜良此舉帶有作弊哄騙之嫌；

〔註156〕陳慶浩、王秋桂主編：《中國民間故事全集⑭·貴州民間故事集（三）》，遠流出版事業股份有限公司，1989年，第25頁。

〔註157〕陳慶浩、王秋桂主編：《中國民間故事全集⑭·貴州民間故事集（三）》，遠流出版事業股份有限公司，1989年，第24頁。

〔註158〕郭慶藩：《莊子集釋》，中華書局，1961年，第433～434頁。

〔註159〕魯迅：《魯迅雜文全集》，河南人民出版社，1994年，第656頁。

但由於神話文本將這一行為置於繁衍人類也就是好生之德視角的表述下，從而使其最終導向了善而不是惡。由此，南方民族神話的任巧智，最終得以與崇道德順利合流。正是在以崇道德為本根、任巧智為手段、重女性為輔翼的三位一體的表述中，南方民族神話以其特有的陰柔之質，彰顯出了與北方民族神話宗法化的不同面貌。

三、藏族神話宗法化的獨特面貌

　　論及藏之得名由來，《藏程紀略》有云：「藏之為言，藏也，無盡藏之謂也。意者以梵書三藏有經藏、律藏、輪藏之說，若是之無盡藏耶？」〔註160〕焦應旂所言，雖與呂思勉先生所言藏為羌之轉音有別，但卻指明了一點，藏民族與佛法之間有著天然的聯繫。劉立千先生在《續藏史鑒·緒言》中也指出：「西藏先有佛法，次有文字，再次始有歷史，先於佛法文字之前，雖有歷史傳述，然其記載，既無定憑，即其史事之是否確定，殊難置信。」〔註161〕這一點，與其他民族有著很大的不同。「佛教傳到中國，又分為二個文系，即漢地佛教、藏傳佛教及傣族佛教。」〔註162〕漢地佛教影響雖然至為深遠，但其僅僅只是以宗教形式而存在，並未與人們的日常生活混融為一。傣族佛教雖與人們的日常生活乃至政治活動關聯非常密切，但其僅為接受南部上座佛教而來，其原始教義和戒律，雖然在許多細節上已有變化，但在主要方面仍然繼承了早期佛教的基本宗旨和教理；而傣族人民對佛教的態度，則是虔誠與嘲諷並存，如西雙版納傣族民間有一組叫做《岩蘇、岩西、岩披格》的人物故事，其中岩蘇就專以老佛爺為嘲弄對象，甚至身為佛爺者也向他人笑著轉述岩蘇的故事。〔註163〕藏傳佛教則不然。藏傳佛教是8世紀時，由印度的密宗與西藏原始宗教苯教以及漢族的大乘教相結合的產物；而其中勢力最大的一派黃教，則是14世紀時，由青海藏族人宗喀巴（1357～1419）在西藏改革舊教的基礎上創立的。〔註164〕因此，與傣族佛教相比，藏傳佛教無疑帶有更多的創制意味。此外，藏傳佛教

〔註160〕　《西藏志》，成文出版社，1968年，第1頁。
〔註161〕　劉立千譯：《續藏史鑒·緒言》，華西大學華西邊疆研究所，1946年，第1頁。
〔註162〕　任繼愈：《藏傳佛教思想史綱·序》，見班班多傑《藏傳佛教思想史綱》，三聯書店上海分店，1992年，第1頁。
〔註163〕　參見張公瑾、王鋒：《傣族宗教與文化》，中央民族大學出版社，2002年，第20、27、32頁。
〔註164〕　參見劉嵐山《論〈江格爾〉——我國蒙古族英雄史詩〈江格爾〉漢譯本代序》。色道爾吉譯：《江格爾》，人民文學出版社，1983年，第16頁。

與傣族佛教一樣，同樣與人們的日常生活、政治活動密切相連，但藏民族敬佛之心，則遠超傣族。而同樣受到藏傳佛教影響的其他民族如蒙古族，其日常生活與佛教聯繫的深廣度，則遠不及藏族。這一點，從蒙古族與藏族英雄史詩的對比中，就能明顯地見出。《江格爾》雖然寫到宗教儀式的不少，「但是，無論從史詩裏的宗教作用和黃教傳入蒙古族的時期來看，都是沒有血肉聯繫、不起實質作用」〔註165〕的。而《格薩爾王傳》則不然，比如說，《格薩爾王傳·天界篇》便始終籠罩在化苯為佛的佛教思想之下，故事的主人翁格薩爾，按原始苯教的說法是人與神的混合體，但卻被解釋為佛的化身，於是，格薩爾將要出生的時候，便猶如佛將臨世一般，請求五方佛為他灌頂。〔註166〕由此而言，如果說「原始苯教的母腹孕育了哲學胚胎」〔註167〕的話；那麼，藏傳佛教「獨創的方法、糅合的方法、判教的方法」〔註168〕所賦予藏民族的哲理氣質，則經由藏傳佛教與人們日常生活、政治活動的緊密關聯，進一步強化了藏民族的思辨色彩。這一文化特質移之於神話，就使得藏族神話在宗法化時，富含濃鬱的思辨特質。

濃鬱的思辨色彩，是藏族神話與生俱來的氣質。這一點，從最早為《柱間史》所載錄的藏族起源神話——猴祖神話中，便可清晰地見出。神話敘述，當獼猴禪師眼見他的後代一個個餓得苟延殘喘，氣息奄奄時，他又回到普陀山，向觀音菩薩施禮後訴說道：「嗟乎，弟子我怎麼就不曾明白家室就是輪迴的牢獄，女人就是魔鬼的鎖鏈，後代就是生死的延續，交歡就是劇毒的花束呢？我慈悲為懷，竟誤陷淫邪之潭，又遭苦難之山壓頂；既中煩惱之毒，又受厄運之疫侵害。真是苦不堪言，雪上又加霜；身陷囹圄，作繭來自縛；鬼迷心竅，自投疑惑網。」〔註169〕獼猴禪師所說的這一大段話，除去其中所蘊含的宗教色彩，全然是有關人生的哲理思索。這一思索，既由化苯為佛的佛教思想所催生，也與藏民族生活環境的極其嚴酷有著直接的關聯。「窮

〔註165〕 劉嵐山：《論〈江格爾〉——我國蒙古族英雄史詩〈江格爾〉漢譯本代序》，見色道爾吉譯《江格爾》，人民文學出版社，1983年，第16頁。

〔註166〕 參見劉立千《〈格薩爾王傳·天界篇〉前言》。劉立千譯：《格薩爾王傳·天界篇》，民族出版社，2000年，第1～2頁。

〔註167〕 班班多傑：《藏傳佛教思想史綱》，三聯書店上海分店，1992年，第19頁。

〔註168〕 班班多傑：《藏傳佛教思想史綱·前言》，見班班多傑《藏傳佛教思想史綱》，三聯書店上海分店，1992年，第3～4頁。

〔註169〕 阿底峽發掘，盧亞軍譯：《柱間史——松贊干布遺訓》，甘肅人民出版社，1997年，第32頁。

極待呼天。」〔註170〕當險惡的生活環境將人們逼入生死存亡的絕境時，人們便自然會在對生存環境的審視中拷問上蒼，由此而步入天人合一之境。藏族之所以獨得漢文化之思辨特質，原因殆在於此。而藏族既獨秉漢文化之思辨特質，其神話在宗法化時，便自然不可能例外。又如前引藏族神話《大地和人》中有這樣一段敘述：「由於大地沒有東西支撐，老是晃晃蕩蕩的。後來，海中出現了一條巨大的鼇魚，鑽到海底將大地背在自己的背上。可是鼇魚老在動，它一動，大地又晃動起來。天神見了，便朝鼇魚的背上射了一箭。鼇魚中箭後翻了個身，大地就落在它的肚子上。從此，大地就穩穩當當的了。」〔註171〕神話中有關鼇魚總是在動而致使大地不穩，以及鼇魚中箭翻身後大地終於穩固的表述，雖然只是生活經驗的總結，但若非極富思辨性，則是無法從生活經驗中總結出一種帶有普泛意義的常識的；況且哲學本來就是對人生經驗所做的全面反省，而中國哲學更是如此。若將該神話從人生經驗中所得出的這一結論，與王通所言相應，則更能明顯地見出其中所富含的思辨特質。《中說·天地篇》有云：「圓者動，方者靜，其見天地之心乎！」〔註172〕大地之心為道，而道雖自然流化，但不思則不得，不辨則不明。於是，這一常識中所蘊涵的思辨性，也就一目了然了。正是在思辨特質的籠罩下，藏族神話在宗法化時，才彰顯出了與其他民族神話宗法化時所不同的獨特面貌。這一獨特面貌，可以集中概括為明死生、循中道、合陰陽。

　　「死生亦大矣」，「夫大塊載我以形，勞我以生，佚我以老，息我以死。故善吾生者，乃所以善吾死也」。〔註173〕藏族神話既以思辨為其特質，故自當以明死生為第一要務。這是不難理解的。從哲學層面而言，死生不僅是思維的原點，也是思維的終點。從宗法層面而言，死生不僅是宗法倫理衍生之本，宗法倫理以孝為核心，而「敬其所尊，愛其所親，事死如事生，事亡如事存，孝之至也」〔註174〕；也是宗族是否維繫之命脈所在，以延祖嗣是宗族存續的第一要務，而覆宗絕嗣則宗族無存。正因為如此，藏族神話在宗法化時，便往往會

〔註170〕北京大學古文獻研究所編：《全宋詩》（第32冊），北京大學出版社，1997年，第20186頁。

〔註171〕陳慶浩、王秋桂主編：《中國民間故事全集⑩·西藏民間故事集》，遠流出版事業股份有限公司，1989年，第15頁。

〔註172〕鄭春穎：《文中子中說譯注》，黑龍江人民出版社，2003年，第23頁。

〔註173〕郭慶藩：《莊子集釋》，中華書局，1961年，第189、242頁。

〔註174〕朱熹：《四書章句集注》，中華書局，1983年，第27頁。

將明死生這一首要特質，貫穿於文本的總體敘事之中。如藏族神話《女媧娘娘》：

> 遠古的時候，大地上雖然有著成百上千種動物，可是，這些動物都不能說話，只有女媧會說。女媧感到好孤單啊！她想教會這些動物說話，可是它們又聽不懂，怎麼辦好呢？
>
> 一天，女媧獨自來到河邊，坐在河邊用手捏泥巴。她捏了各式各樣的泥巴垞，先捏成圓的，然後又捏成長的。最後，她用泥巴捏成了一個個像她自己一樣的人。沒想到，她捏成的這些泥巴人一放到地上，都能說話，會走路，一個個活蹦亂跳，吵吵嚷嚷。女媧高興地帶著這些孩子們走進森林，當見到白兔、蜜蜂時，女媧告訴孩子們說：「這是朋友，可以跟它們玩。」當遇到老虎、豹子時，她又對孩子們說：「這是兇惡的敵人，不能跟它們在一起。」孩子們聽了，跟著白兔、蜜蜂跑到遠處的森林裏玩耍去了。不知過了多少年，女媧想念孩子們了，就到遠處的森林裏去找，果然見一個小姑娘呆呆坐在箐溝邊。女媧問：「你一個人坐在這裡幹什麼呀？」小姑娘回答：「我在聽河水唱歌呢。」女媧心想：「這些孩子們準是沒有什麼玩耍的，我得讓他們又唱又跳才行。」於是，女媧就給他們做了葫蘆笙、葫蘆簫一類的樂器。從此，人間才興吹葫蘆笙，邊唱邊跳，盡情歡樂。
>
> 可是，不幸的事出現了。一天，有一個小姑娘正在玩耍時，突然倒下去就死了。女媧見了心裏想：如果這樣的事多了，孩子們就會死光，得讓男的和女的配成對，生兒育女，繁衍後代。於是，女媧把孩子們叫攏來，讓他們成雙配對，然後叫他們願意去東邊過日子的就去東邊，願意去西邊過日子的就去西邊。也不知過了多少年，大地上便到處都是人了。當他們見到女媧時，都親熱地叫她「媽媽」或「奶奶」。
>
> 又過了不知多少年，人間遭了大難：天塌地陷，洪水滔天，怪龍吃人。這到底是怎麼回事呢？原來是水神和火神在爭鬥。一天，水神與火神在路上相遇，誰也不願相讓，爭執不下，便撕打起來。水神被火神打敗了，他怒氣衝衝，一頭撞在不周山上，將山撞倒了。塌倒下來的不周山壓在天河上，天塌了一角，天河的水傾瀉下來，

　　大地洪水翻滾。有一條怪龍，也趁機跑來作亂，到處吃人。女媧的子孫後代遭此大難，都跑來請求女媧制服怪龍，消除水患，拯救人類。女媧心疼兒孫，答應了這個請求。

　　女媧和怪龍惡戰了三天三夜，終於打敗了它。接著，女媧又去補天。最初，她用泥巴去補天，可是天河仍舊漏水；她用木頭去撐天，照樣被大河衝垮。女媧正著急時，在海邊遇到一隻大蝦。大蝦問女媧：「你碰到什麼不高興的事了嗎？為什麼發愁呢？」女媧歎了口氣說：「撐天的不周山垮啦，天河也在漏水，我正想辦法撐天補天呢。」她把自己怎樣用泥巴、木頭撐天補天，但都無濟於事的經過告訴了大蝦。大蝦聽了就說：「你砍去我的四隻腳，用這去撐天吧。」女媧不忍心這樣做，謝絕了大蝦的好意。大蝦看出了女媧的心思，便悄悄地咬斷了自己的四隻腳，讓女媧拿去撐天。女媧見了，十分感激大蝦，連忙從自己的裙子上撕下了四塊布，為大蝦包紮好傷口。接著女媧用大蝦的兩隻稍長的腳撐住東邊的天，用稍短的兩隻腳撐住西邊的天，總算把天給撐穩當了。因為撐東邊天的兩隻大蝦腳長些，所以東邊的天才高一些，太陽才從東往西落。

　　女媧把天撐好以後，就去太山上、海底下找來許多五彩石，把它們煉過以後來補天。這種五彩石又結實、又光滑、又漂亮，所以，當女媧把天補好後，天空不僅光滑明朗，而且色彩斑斕。接著，女媧又用剩下的五彩石來填地，把洪水排走。這回，她是從北邊開始的，等填到南邊時，五彩石用完了，就再也沒有填。所以，現在大地總是北邊高，南邊低，河水不斷地往南邊流。女媧把天補好，把洪水排走後，就死去了。據說，她的子孫們為了永遠紀念這位始祖母，還特意為她造了一座女媧宮。〔註175〕

　　除去女媧造人與補天的相關敘述外——這是女媧神話在不同民族中流傳演變時所共有的核心內容，該神話值得注意的地方有兩點：第一，神話以女媧造人開始，而以女媧補天、把洪水排走後死去收結，這是將神話的整體敘事置於生死這一大的背景之下；第二，女媧用泥巴捏成一個個像她自己一樣的人以後，首要任務就是告訴孩子們如何分辨朋友與敵人，這是教孩子們學會怎樣趨

〔註175〕陳慶浩、王秋桂主編：《中國民間故事全集⑩‧西藏民間故事集》，遠流出版事業股份有限公司，1989年，第11～13頁。

生避死。人們甫一出生，就開始直面生死，而神話又以死生為整體敘事框架，正是在這樣的文本表述中，藏族神話明死生的獨特面貌，得到了極為完美的呈現。

明死生不僅意味著直面生死，更意味著以通達平和的心態看待死生，進而不為生死所縛，優游於生死之間，並以之超越生死。藏族神話的明死生，正是以此為旨趣的，如《柱間史》所載天赤七王神話：

> 所謂「天赤七王」（他們父子相傳），次第為聶赤贊布、穆赤贊布、拉赤贊布、當赤贊布、傲赤贊布、貝赤贊布和貢赤贊布。這七位君王每人頭頂上都有一束叫作「天繩」的白色光芒，他們壽終昇天時，便足下生輝，騰空而去，沒有尸骨遺留下來。傳說天赤七王的陵墓都在天界。〔註176〕

天赤七王去世時，可以憑藉天繩乘著光芒昇天。如此一來，天赤七王之所謂生，不過是其肉身在世間的短暫停留；而其所謂死，則是其靈魂在天界的永恆存續。在生死界限的泯滅以及生死轉換中，天赤七王終得優游於生死之間，由此而超越生死。神話所持的生死觀，頗得莊周一死生之神髓，即所謂「方生方死，方死方生」〔註177〕也。與此相類的，還有《西藏王統記》所載觀音菩薩千手千眼來源神話：

> （聖觀世音菩薩）又復從布達拉山頂放眼觀察此雪域有情，得安樂者，百末得一，心極煩悶。忽然升起欲自求寂默之想。於剎那頃，由昔願力故，頭即破裂成為十片，身亦碎成千片，遂即禱請無量光如來。無量光佛剎那即至，將菩薩身首所裂碎片，用手收合，成為一束，並作示云：
>
> 「諸法皆眾緣，住欲想根中，若人有所願，如是得稱遂。何人願最猛，諸佛皆讚歎。用此真實語，剎那決成就。」
>
> 如是頌已。復云：「善男子，勿生苦惱。汝頭裂為十片，加持成為十頭。此十頭面，即十波羅蜜。此上再加阿彌陀佛加持，成十一面」。
>
> 「十一面中坐彌陀，廣作息增懷誅業，贊禮尊者觀世音。」

〔註176〕阿底峽發掘，盧亞軍譯：《柱間史——松贊干布遺訓》，甘肅人民出版社，1997年，第49頁。

〔註177〕郭慶藩：《莊子集釋》，中華書局，1961年，第66頁。

汝身如蓮辦，裂為千片，加持成為千手。千手即千轉輪王。千
手掌中，加持成為千眼。

「千眼即賢劫千佛，隨機應化教導師，敬禮尊者觀世音。千佛
共同所讚歎，教化邊地佛所記，隨緣教化利有情，敬禮尊者觀世音。」

如是贊已。為教化雪域眾生，尊者亦現眾多化身，使一切有情，
皆得成熟解脫。〔註178〕

觀音菩薩因為所生念頭違背了自己的諾言，故而頭顱、身體遂即應驗而
裂，最終得無量光佛用手收合，成為一束，且加持而為十一頭面與千手千眼。
這一生生不已的生死觀，與天赤七王神話的生死觀並無二致。神話所言雖為佛
法，實際上是經過宗教渲染的歷史，因為「在這個宗教信仰很普遍的地方，只
是記錄世俗政治的歷史，不談宗教，這種歷史在藏族學術界看來是沒有存在的
價值的」〔註179〕。神話主人公雖為觀世音，實際上是人間的藏王松贊干布；
而大慈大悲的觀世音利眾精神，則是藏民族頑強生存的精神支柱。這一點，可
以從《柱間史》又稱為《西藏的觀世音》中直觀地看出。「該書記述」吐蕃第
三十二代贊普松贊干布的業績及其以前歷代贊普的傳承和相關事蹟，並將松
贊干布奉為大悲觀世音菩薩的化身。大慈大悲的觀世音菩薩是藏民族誠實善
良崇高精神的象徵。這種慈悲精神在藏民族從桀驁不馴的原始狀態走向文明
開化的過程中，起到了不可估量的積極作用。在引進大乘佛教的慈悲思想、以
大慈大悲的觀世音精神締造藏民族方面，松贊干布起到了決定性的作用。因
此，藏民族將松贊干布視為千手千眼、大慈大悲、救苦救難、普渡眾生的觀世
音菩薩的化身。」〔註180〕因此，神話所流露出的生死觀，就是藏民族明死生
這一文化特質的直觀呈現。

優游於生死之間而超越生死，就是不以物喜，不以己悲；也就是在生死之
間，以中正平和之心而循中道。這就是說，藏族神話所秉持的生死觀，必然使
其呈現出循中道的特質；而從本質上說，藏民族循中道的文化特質，則源於雪
域觀世音文化。多識・洛桑圖丹瓊排指出：「經過多年征戰，吐蕃王朝各部落

〔註178〕索南堅贊著，劉立千譯注：《西藏王統記》，民族出版社，2000年，第24～25
　　　　頁。

〔註179〕劉立千：《西藏王統記・前言》，見索南堅贊著、劉立千譯注《西藏王統記》，
　　　　民族出版社，2000年，第3頁。

〔註180〕多識・洛桑圖丹瓊排：《西藏的觀世音・序言二》，見阿底峽尊者發掘、盧亞
　　　　軍譯注《西藏的觀世音》，甘肅人民出版社，2001年，第6～7頁。

表面上統一了，但在長期的你爭我奪中互相仇殺，積怨甚多，強制壓服很難奏效。要從內心平息仇恨的火焰，化干戈為玉帛，除了大乘佛教慈悲為懷、視眾如母的思想外，沒有更好的良方。於是深謀遠慮的松贊干布便選擇了觀世音的慈悲教化，使雪域子民學習觀世音的慈悲利眾精神來消除積怨，填平仇隙，與世無爭，化苦為樂。」〔註181〕正是觀世音的慈悲利眾精神，涵養了藏民族悲天憫人、與世無爭的中正平和之心；而當「觀世音度眾的傳說被溶進藏族的歷史神話，藏族的祖先獼猴和松贊干布等歷代有作為的政治領袖都被奉為各種名號的菩薩和觀世音化身這一文化現象」〔註182〕產生以後，大慈大悲的觀世音利眾精神，就成為藏民族頑強生存的精神支柱。在觀世音利眾精神的引領下，中正平和以循中道，就成為藏族神話宗法化的重要特質。在前引《狗皮王子》神話中，我們可以見到王子阿初矢志不渝的意志，不憚犧牲的勇氣，為民造福的仁心，卻見不到其絲毫的怨尤與憤激。神話所彰顯的，正是藏民族以中正平和為本而循中道的文化特質。又如《大地和莊稼的產生》：

> 從前，大地是漂浮在汪洋大海上面的，一點兒都不穩固，人們既不能在上面生存，也不能在上面種莊稼生長糧食。
>
> 天神降別羊用他的神箭射翻了一隻大洋中的烏龜，把烏龜的肚皮仰放著，牢牢地支撐著大地。從此，大地就穩固地有了東、南、西、北四個方向。
>
> 支撐大地的烏龜頭朝南，尾朝北，射在它肚皮上的箭頭向西，箭尾指東，所以大地的南方是炎熱的火，北方是水，東方是木，西方是金。藏族每到逢年過節祭祀神靈的時候，都要念經祈禱祝福烏龜和降別羊。
>
> 天神降別羊又從西南一個叫甲呷兒杜基佃的地方給人們找來了糧種。他起初找水中的魚和水獺拉犁耕地，水獺和魚不願意，逃到了水裏；他又找高山上的馬鹿，馬鹿也不願意；他再找天上的神鷹，神鷹也不願意。最後，天神降別羊找到了牛，給他套上犁頭，深深地耕犁大地，撒上糧種，長出了莊稼。從此，人們就在大地上耕耘

〔註181〕 多識·洛桑圖丹瓊排：《西藏的觀世音·序言二》，見阿底峽尊者發掘、盧亞軍譯注《西藏的觀世音》，甘肅人民出版社，2001年，第7～8頁。
〔註182〕 多識·洛桑圖丹瓊排：《西藏的觀世音·序言二》，見阿底峽尊者發掘、盧亞軍譯注《西藏的觀世音》，甘肅人民出版社，2001年，第8頁。

播種，繁衍後代，一直生活到現在。〔註183〕

　　除去前半部分與神話《大地和人》共有的內容之外，神話敘述，當魚、水獺、馬鹿、神鷹不願犁地播種時，天神降別羊並未以神力威服，而是聽之任之，別令牛犁地播種。這一敘述本身，正說明降別羊之心是以慈悲為懷，利眾為上，而導向中正平和的。

　　又如《洪水潮天》神話的前半部分：

　　　　很久很久以前，天上有九個太陽，一個管陸地，八個管海洋。

　　　　有一天，管陸地的太陽對大家說：「我管這麼寬的陸地，太吃虧了。我要和你們交換，我來管海洋。」由於它一定要換，八個太陽只得同意試試看。在太陽還沒有交換崗位的時候，天神對格薩爾說：「明天要出八個太陽，會把所有活著的東西曬死，還要發大水把全部陸地都淹掉。你用一張犛牛皮縫成口袋，還要準備一隻鴿子、一隻公雞和一個鹽棒錘，這樣你就能活出來。」天神說完後，翻過山就不見了。

　　　　第二天，太陽交換崗位了。八個太陽掛在空中，火辣辣的，像要把整個大地烤焦。大水上來了，淹了田，淹了地，淹了屋，淹了樹。格薩爾帶著公雞、鴿子和鹽棒錘鑽進了皮口袋。

　　　　他在水上漂啊，漂啊！漂了三天三夜後，他把鴿子放出去，一會兒，鴿子就飛回來了，說明沒有它停留的地方。又漂了三天三夜，他把鹽棒錘丟出去，只聽得「咚」的一聲響，水已經淺了。又過了三天三夜，他把公雞放出去，一會兒，聽見了公雞「喔喔喔」的叫聲，大水已經消退了。

　　　　這時，太陽又恢復了原先的分工。格薩爾從皮口袋裏鑽出來。他向四周看，沒有一間房屋，沒有一棵樹，沒有煙火，沒有人跡，沒有雞叫，也沒有狗叫，世界上就只有他一個人了。他在茫茫的大地上走啊，走啊！他要看看大地上到底還有沒有人。

　　　　一天，他看見一個山溝裏在冒煙，便來到山溝裏。看見兩個老人，一男一女，他們的頭髮、眉毛全白了。奇怪的是他們的眼皮很

〔註183〕中國民間文學集成全國編輯委員會、中國民間文學集成四川卷編輯委員會：
　　　　《中國民間故事集成‧四川卷（下冊）》，中國 ISBN 中心出版，1998 年，第
　　　　935 頁。

長，弔下來遮住了眼睛。男的在捏糌粑，女的在煮酥油茶。

格薩爾又渴又餓，便悄悄地來到他們中間。男的遞過來糌粑，他接過來吃了；女的遞過來酥油茶，他接過來喝了。一會兒，兩個老人互相埋怨：「你捏的糌粑呢，咋個不給我吃？」「你煮的酥油茶呢，咋個不給我喝？」又同樣回答：「給你了不是嗎？」

他們都覺得奇怪，就用一根短棍棍兒把眼皮撐起來看，格薩爾被嚇跑了。他們發現了格薩爾很高興，把格薩爾喊了回來。兩位老人告訴格薩爾：「海邊有一頭白牛和一頭黑牛在打架。明天，你帶著弓箭去海邊，把那頭黑牛射死。」

第一天，格薩爾到了海邊，確實有一頭白牛和一頭黑牛在打架，打得難解難分。他不忍心射死任何一頭牛，看了一天就回來了。回來後給兩個老人說：「他們打得很好看，我只顧看就忘記射死黑牛了。」

第二天，兩個老人又叫他去射死黑牛，可是他還是沒有射。

第三天，兩個老人說：「你今天一定要射死黑牛。」怕他又忘記了，就把弓箭綁在他的背上，箭頭正對後腦勺。格薩爾在海邊看了一天，起身回來，一抬頭腦殼被箭頭戳了一個槽槽（所以現在人的後腦勺是凹下去的），想起了老人的叮囑，他就抽出這支箭射死了黑牛。

原來，兩位老人是天上的神。白牛是龍王，黑牛是妖魔，龍王派人把格薩爾請到龍宮，要重重地報答他的救命之恩。〔註184〕

這則神話可注意的地方有這樣幾點：第一，管陸地的太陽和管海洋的太陽的職權轉移，是以協商而非征戰的方式實行的；第二，八個太陽管陸地後，致使洪水潮天，人類幾乎滅絕，但神話並未如漢族神話《羿射十日》那樣，以激烈的抗爭方式消災彌禍，而是讓太陽又恢復原先的分工，使萬物重新回歸既定的秩序；第三，格薩爾雖為曠世英雄，卻因「誤食」兩個老人的糌粑、酥油茶而被發現後，竟然嚇得逃跑，且連續兩天一直不忍射殺黑牛，即便它是妖魔。所有這些，無不指向以「觀世音的慈悲利眾精神來消除積怨，填平仇隙，與世

〔註184〕中國民間文學集成全國編輯委員會、中國民間文學集成四川卷編輯委員會：《中國民間故事集成·四川卷（下冊）》，中國 ISBN 中心出版，1998 年，第940～941 頁。

無爭，化苦為樂」。這正是藏族神話以中正平和而循中道特質的最形象詮釋。

以中正平和之心而循中道，若以佛法言之，是為不二法門；如以思維言之，則為合於陰陽。合於陰陽，是藏民族化苯為佛的佛教思想的重要特質。班班多傑指出：「陽苯陰佛的苯教，實質上即是最富有藏民族特色的佛教思想，是藏傳佛教的重要組成部分。」〔註185〕「陽苯陰佛」，意味著藏民族思維先天地帶有合陰陽於一身的特質，而當這一文化特質移之於神話時，其神話也就自然會彰顯出合陰陽於一身的獨特面貌。

藏族神話的合陰陽，呈現為集陰柔與陽剛兩種不同的文化特質於一身，也就是呂思勉所生所言的兼具南北民族之性質。〔註186〕具體而言，藏族神話既帶有北方民族神話的陽剛特質，如尚勇武、輕女性，同時又帶有南方民族神話的陰柔特質，如任巧智、重女性，而呈現出合陰陽於一體的特點。

藏族神話的尚勇武，可以從其英雄史詩《格薩爾王傳》中最為鮮明地見出，「為了讓格薩爾能夠完成降妖伏魔、抑強扶弱、造福百姓的神聖使命，史詩的作者們賦予他特殊的品格和非凡的才能，把他塑造成神、龍、念三者合一的半人半神的英雄。……格薩爾施展天威，東討西伐，征戰四方，降伏了入侵嶺國的北方妖魔，戰勝了霍爾國白帳王、姜國的薩丹王、門域的辛赤王、大食國的諾爾王、卡切松耳石的赤丹王、祝古的托桂王等，先後降伏了幾十個『宗』——古代的部落和小邦國家」〔註187〕，其間所呈現出的尚勇武的特質，自是毋庸質疑的；而藏族神話輕女性的特質，則可從其他神話中見出。如《西藏王統記》所載猴祖神話最後有這樣一段敘述：

> 如是此雪域人種，其父為獼猴，母為巖魔二者之所繁衍，故亦分
> 為二類種性：父猴菩薩所成種性，性情馴良，信心堅固，富悲憫心，
> 極能勤奮，心喜善品，出語和藹，善於言辭。此皆父之特性也。母巖
> 魔所成種性，貪欲瞋恚，俱極強烈，從事商賈，貪求營利，仇心極盛，
> 喜於譏笑，強健勇敢，行不堅定，剎那變易，思慮煩多，動作敏捷，
> 五毒熾盛，喜窺人過，輕易惱怒。此皆母之特性也。〔註188〕

〔註185〕班班多傑：《藏傳佛教思想史綱·前言》，見班班多傑《藏傳佛教思想史綱》，三聯書店上海分店，1992年，第6頁。

〔註186〕參見呂思勉：《中華民族史》，東方出版社，1996年，第6頁。

〔註187〕降邊嘉措、吳偉：《格薩爾王全傳·前言》，見降邊嘉措、吳偉編纂《格薩爾王全傳（修訂本）》，作家出版社，1997年，第1～2頁。

〔註188〕索南堅贊著，劉立千譯注：《西藏王統記》，民族出版社，2000年，第32頁。

　　神話將雪域人種分為二類種性，認為父猴菩薩所成種性獨擅世間諸般美
德，而母巖魔所成種性則集人間惡念於一身。其所流露出的對女性的蔑視，是
非常明顯的。又如《柱間史》所載「拉薩瘋婆」神話：

　　　　曾給阿底峽尊者授記的那位時哭時笑、時而又赤身裸體流落街
　　頭的瘋婆子老嫗，有人說她是文成公主的轉世，有人說她是綠度母
　　的化身，也有人說兩者說的是一回事。這老嫗時哭時笑不無原由：
　　她時而哭泣，是因為她看到眾生不信解善法，隨心所欲行五毒之惡，
　　罪孽深重，紛紛墮入三惡趣；她時而歡笑，是因為她看到諸有情積
　　善成德，化五毒為五智，成二障清淨二智圓滿之佛；她時而又赤身
　　裸體流落街頭，是因為人本來就生時赤裸裸，死亦赤條條，與生俱
　　來的身軀和衣食、首飾等盡皆無常；她靠施捨度日的原因則是，凡
　　和合之物，如房屋、財產等一切皆空，人死後是無法帶走的，故生
　　計隨遇而安足矣；至於說她無權面稟神殿的由來，是因為她身為女
　　人，出身卑微；而她之所以又能給阿底峽尊者授記的原因，是她與
　　尊者乃前世有緣。〔註189〕

　　「拉薩瘋婆」因為「身為女人，出身卑微」，所以雖然知道松贊干布本尊
神殿的由來，卻無權稟告，只能對阿底峽尊者說：「在此神殿寶瓶柱的三庹半
處，藏有此神殿建造者寫下的文字，你取而視之，真相便可大白。」〔註190〕
這是顯見的輕女性觀念的表述。但神話顯然未將這種輕女性的觀念貫徹到底，
因為偏偏又是這個出身卑微的女人給阿底峽尊者授記；儘管神話將其解釋為
「是她與尊者乃前世有緣」，但這一描述本身所含有的對女性的尊崇之意，卻
是可以想見的。正是在這一矛盾式表述中，我們見出了藏族神話合陰陽於一體
的文化特質，雖然這裡的合陰陽帶有機械調合的成分，遠未達致陰陽混一之
境，而這也正是藏族神話合陰陽的真實面貌。如果說，在這則神話裏，其對女
性的態度是陽抑陰尊的話；那麼，在其他神話中，其對女性的態度，便直接導
向了推崇。這一點，從藏族眾多的女神神話中，最能明顯地見出，如《十二丹
瑪女神》《長壽五姊妹》，又如《北斗星和七姊妹星》：「傳說天上的北斗星是七

〔註189〕 阿底峽發掘，盧亞軍譯：《柱間史——松贊干布遺訓》，甘肅人民出版社，1997
　　　　年，第3頁。
〔註190〕 阿底峽發掘，盧亞軍譯：《柱間史——松贊干布遺訓》，甘肅人民出版社，1997
　　　　年，第3頁。

個男孩，七姊妹星是七個女孩。有天，他們打賭比賽看哪一家能在一個夜晚從東方走到西方，要在天亮前把路程趕完。七個女孩體弱、膽小，她們天剛黑就走出來，緊緊地挨在一起專心致志地趕路。天剛亮，她們已經走到天的西邊翻山下去了。七個男孩體質好，認為怎樣都能贏過女孩子，天黑了好一陣，他們才慢吞吞地走出來，走得前的前，後的後，稀稀拉拉的，一路上又貪玩，東看看西逛逛，結果，天大亮了，他們才走了一半路程。所以在天剛亮時，我們看不到七姊妹星了，北斗星卻還掛在天空中。」〔註191〕七個女孩最終在賭賽中戰勝了男孩，神話由此所流露出的尊女性的用意，自是不言而喻的。

　　如同南方民族神話一樣，由重女性而來的任巧智，也是藏族神話的顯著特色。《西藏王臣記》所載松贊干布迎娶文成公主神話中，有這樣一段敘述：

　　　　時有天竺法王，大食富王，格薩武王，英俊昌王，亦各遣婚使，
　　來迎公主。四國使臣，各率五百騎，一時齊集帝京。唐人雖多不喜
　　吐蕃，然礙於禮法，未便分別親疏。於是巧言，「諸使臣中，有識見
　　銳敏者，則許之以婚」。唐王乃出魂魄璁玉一枚，極為珍奇，狀如藤
　　盾，一孔在側，一孔在中。其內孔道，曲折盤旋，如藤盾層。謂誰
　　能以此絹綢貫入玉孔，則許婚公主。他國使臣，窮極方便，歷時多
　　日，而無有能縆之者。噶爾先捕一漢地螞蟻，飼之大如拇指，乃以
　　絲線繫於蟻腰，絲線它端，連於絹綢之上，推蟻入於玉孔中央，用
　　力吹之，蟻即自玉側出，絹亦隨之而出矣。乃請婚公主。以不欲許
　　婚吐蕃，故為作難，言所試之事，僅此未足，尚需再試。於是又發
　　難母難雛各百隻，令各辨其母子；取圓木令識別其首尾；又令人各
　　殺羊一隻，食其肉，揉其皮，一日之內，務畢其功；又令各飲酒一
　　壇而不迷醉者，諸如是等極難成辦之事，使之互相競比。噶爾乃以
　　撒布酒糟，別難母子；投木於河，辨其首尾；堆羊皮肉，各作一聚，
　　先以少量之肉，和之以鹽，依次取食，食之罄盡，同時將皮，從隊
　　首揉搓，展轉傳遞，至於隊尾，即已竣事；又以小酒器盛酒，次第
　　輪流傳飲，酒已飲盡，亦不迷醉。而他國使臣，無一能者。即此亦
　　未允婚公主。某夜，城鼓大作，他邦使者，皆赴宮中，噶爾心知此
　　鼓有異，於是於館舍門前，以朱砂作金剛杵形，畫於戶限；以萬字

<hr />

〔註191〕《中國各民族宗教與神話大詞典》編審委員會：《中國各民族宗教與神話大詞典》，學苑出版社，1993年，第749頁。

形，圖於門楣。其他門戶，皆作暗記，比至宮中，唐王傳詔：今夜
各歸館舍，若不迷途者，當以公主許之。其他使臣則皆迷途。獨噶
爾高舉燈炬，沿前所塗暗記而行，則安抵己寓，然猶未允。帝又降
旨，謂明日以三百妙齡女子，會集廣場，若有能識別公主者，即許
以婚。先是噶爾私一漢婦，乃以黃金賄之，又施巧計，使漢地星算
者不能測知。然後詢問公主之儀容、服飾，明記於心。翌晨，他國
使者，僅觀服飾、容顏，攜女子數人而去。吐蕃使臣始以箭栝扣公
主衣領而引之，公主有不欲之色。噶爾為歡公主心，遂引吭而歌，
吐米桑布扎及止·塞汝恭頓二人和之。……聞此悅耳歌聲，公主心
轉安舒。帝為公主短短送行。〔註192〕

噶爾妙計層出不窮，無疑是藏民族智慧型人物的傑出代表。又如《兄妹成
親》：

很早很早的時候，火山爆發，大地上一切的生物完全被大火毀
滅了。大火過後，只留下哥哥和妹妹兩個人。

一天，哥哥對妹妹說：「天底下就只剩下我們兩個人了，我們成
親吧。」

妹妹不同意，說：「哪有哥哥和妹妹成親的道理？」

哥哥說：「我倆不成親，人類就要絕種。」

妹妹說：「要成親，上沒有喇嘛，下沒有巫師，找誰打卦算命呢？」
哥哥說：「那就看天意吧。我們各背一扇磨子從山頂上滾下來，兩扇
磨子在山腳下合攏了，我倆就成親。」妹妹說：「磨的上扇在上面，
下扇在下面，我才同意。」

哥哥背了上扇磨子，妹妹背了下扇磨子，一同來到山頂，把兩
扇磨子一起往下滾，滾到山腳，兩扇磨子合攏了，而且上扇在上面，
下扇在下面。哥哥說：「我們成親吧。」

妹妹說：「這一回不能算數。我們再把一個圓根從中剖開，各拿
一半，你拿上半，我拿下半，還是從山頂滾下去，滾到山腳下，看
圓根合不合攏，要是合攏了，上半到上面，下半在下面，我就同意
成親。」

〔註192〕五世達賴喇嘛著，劉立千譯注：《西藏王臣記》，民族出版社，2000年，第22
～24頁。

　　　　哥哥和妹妹各拿一半圓根從山頂滾下去，圓根滾到山腳下合攏了，上半在上面，下半在下面。哥哥說：「我們成親吧。」

　　　　妹妹又說：「這回還不能算數。我們再拿一根茅草，你拿一頭，我拿一頭，各自從中間剖條口，一齊分開，如果撕到中間，同路了，我就同意成親。」

　　　　哥哥找來茅草，他們各拿一頭，剖了一條口，兩人一齊撕茅草，到了中間，同路了。哥哥說：「我們成親吧。」

　　　　妹妹又說：「最後一次才作數。你在山那邊去燒堆煙煙，我在山這邊燒堆煙煙，要是兩堆煙煙到了天空合成一股了，我就同意成親。」

　　　　哥哥和妹妹燒起了煙煙，兩股煙煙升到天空合在一起了。妹妹沒得話說了，兄妹才成了親。

　　　　哥哥和妹妹成親後，生了很多子女，人類又才繁衍起來。〔註193〕

　　這則神話的主體內容與其他民族相關神話大體相近，但與其他民族同類神話有所不同的是，該神話不只是簡單地求兩扇磨子合攏，而是要求兩扇磨子合攏時，「磨的上扇在上面，下扇在下面」；對滾圓根的要求，同樣也是如此。不僅要求巧，而且要求巧中運思，也就是要思考如何使其更好更完美地達成巧，這就意味著，藏族神話的任巧智，已從單一的「巧」的層面跳離出來，而為其注入了特定的思辨色彩。這正是藏族神話的任巧智，有別於南方民族神話任巧智之所在。

　　這一點，在《人為啥比其他動物聰明》中見得更加清楚。神話的前半部分是這樣敘述的：

　　　　遠古的時候，人和其他動物一樣，全身都長滿了毛，同野獸一起生活在森林中，居住在巖洞裏。他們靠採摘野菜、野果充饑。有時獵些弱小動物吃，生活非常艱苦。這樣經歷了很多年代，也沒能改變。

　　　　後來，觀音菩薩看了下界的貧苦，觸動了她的慈悲心腸，決心幫助他們擺脫困難的境地。她給了一碗叫「智慧」的食物，叫貓拿去分給所有的動物吃，說吃了就會變得聰明能幹。

　　　　那天，貓從觀音菩薩那裡得到「智慧」以後，首先想到好朋友

〔註193〕中國民間文學集成全國編輯委員會、中國民間文學集成四川卷編輯委員會：《中國民間故事集成·四川卷（下冊）》，中國 ISBN 中心出版，1998 年，第942～943 頁。

——人。它便悄悄地對人說：「哎，夥計，觀音菩薩給了一碗『智慧』，叫我分給動物們吃，使大家變得聰明點，好改變我們的生活。明天分吃『智慧』時，我把『智慧』放在桌子上，等來齊了分吃。但你稍來遲點，來了你就說：『你們等都不等我就動手了，吃得差不多了吧？這碗大概是留給我的吧？』不等動物們回答，你端起碗就吃，給我留點點就行了。」人聽了貓的話，心裏很佩服貓。

第二天，全部野獸到齊了，就剩下人還沒有來。貓對大家說：「這碗『智慧』是觀音菩薩給大家的，吃一點後，就會變得聰明能幹起來，就會有辦法改變自己的生活。等人來以後就分來吃。」

等了一會兒，人還沒有來。又等了好久，人才匆匆地趕來，一來就說：「我來遲了，你們都吃過了吧？這是留給我的吧？」邊說邊端過碗來，幾口就把「智慧」吞下肚去。〔註194〕

神話不僅呈現出任巧智的特色，如貓設計讓人吃「智慧」，而且以反思人的智慧之所從來為主線組織敘事，從而在巧智與思辨的合體中，彰顯出了與南方民族神話的任巧智不一樣的獨特面貌。除此之外，觀音菩薩讓貓把「智慧」拿去分給所有的動物吃，這一行為本身所含有的慈悲利眾精神，也明顯帶有雪域觀世音文化的獨特氣質。當然，神話中人依從貓所設計謀得以獨吃「智慧」之舉，其中所蘊含的「狡詐」意味，則是與南方民族神話的任巧智並無二致的。這正好說明了，各民族神話在其發展過程中，既有著源於自身文化特質的獨特面貌；又在其演變過程中，因不可避免地受到了其他民族神話的影響，而呈現出「你中有我，我中有你」〔註195〕的共同性。

藏族神話的合陰陽，既是南北民族神話陰柔與陽剛文化特質的綜合，也是對本於陰陽思維的宗法倫理的形象詮釋。「一陰一陽之謂道。」〔註196〕析而言之，則「天為陽，地為陰，日為陽，月為陰。……故在下者為陰。……故在上者為陽」〔註197〕。以道言之，則「立天之道，曰陰與陽。立地之道，曰柔與

〔註194〕 中國民間文學集成全國編輯委員會、中國民間文學集成四川卷編輯委員會：《中國民間故事集成·四川卷（下冊）》，中國 ISBN 中心出版，1998 年，第943～944 頁。

〔註195〕 費孝通主編：《中華民族多元一體格局》（修訂本），中央民族大學出版社，2003 年，第 133 頁。

〔註196〕 阮元：《十三經注疏》，中華書局，1980 年，第 78 頁。

〔註197〕 河北醫學院校釋：《靈樞經校釋（下冊）》，人民衛生出版社，1982 年，第 1 頁。

剛。立人之道，曰仁與義」〔註198〕。以次第言之，則「有天地，然後有萬物。有萬物，然後有男女。有男女，然後有夫婦。有夫婦，然後有父子。有父子，然後有君臣。有君臣，然後有上下。有上下，然後禮義有所錯」〔註199〕。於是，在陰陽、天地、剛柔、仁義、上下、禮義的一體同構中，宗法倫理得以推衍生成，此即《孟子‧滕文公上》所云：「父子有親，君臣有義，夫婦有別，長幼有敘，朋友有信。」〔註200〕藏族神話合陰陽的諸般表述，正是以此為核心而展開的，比如說，觀世音的慈悲利眾精神植於仁，噶爾的窮神竭智本於義，將雪域人種分為二類種性則為別上下，等等。而藏族神話的循中道，則是用以指導合陰陽的具體原則。正是有了這一原則的指引，藏族神話才能夠以陰柔主陽剛，化陽剛為陰柔，總體上呈現出中正平和的氣象。而這一種中正平和的氣象，則源自於藏民族對死生的獨特審視與思考。於是，在思辨特質的引領下，藏族神話在宗法化時，以其明死生、循中道、合陰陽，而呈現出與其他民族神話宗法化時的不同面貌。

　　當然，正如上文所指出的那樣，受中華民族神話宗法化時一體交互的影響，南北民族神話宗法化時所帶有的某些特點，同樣為藏族神話宗法化時所兼有；與此相應，藏族神話宗法化時所呈現出的某些特點，也不可避免地為南北民族神話宗法化時所兼具。而南方民族神話與北民族神話宗法化時的情形，也大抵與此相同。比如說，在南方民族神話中，既有尚勇武一類的神話，如苗族神話「盤古開天闢地」〔註201〕就是這樣，也有合陰陽一類的神話，如高山族神話《宇宙發生，天地定位》〔註202〕就是這樣；而在北方民族神話中，除了

〔註198〕阮元：《十三經注疏》，中華書局，1980年，第93頁。

〔註199〕阮元：《十三經注疏》，中華書局，1980年，第96頁。

〔註200〕焦循：《孟子正義》，中華書局，1987年，第386頁。

〔註201〕《苗族古歌‧創造宇宙‧開天闢地》是這樣演唱盤古開天闢地的：「盤古公公老人家，他從東方走過來，拿來一把大斧子，來劈兩塊薄板兒，兩塊裂開去兩邊，天上得到了一塊，地上也得了一塊。」（貴州省少數民族古籍整理出版規劃小組辦公室編、燕寶整理譯注：《苗族古歌》，貴州民族出版社，1993年，第24頁）盤古以斧子劈開天地，顯然是尚勇武的直接體現。此外，布依族的《安王與祖王》（望謨縣民族事務委員會編：《安王與祖王》，貴州民族出版社，1994年），更是英雄史詩。

〔註202〕神話說，瑪瑞嘉與瑪思媧生下一子一女，兄長亞拉穹搖身一變成為天，妹妹瑪亞烈媧則是靈魂與影子的神；此後，亞拉穹與瑪亞烈媧兄妹結婚，生下許多子女，其中，女神彌曬烈變成太陽，男神阿那維喬變成月亮（參見陳慶浩、王秋桂主編：《中國民間故事全集①‧臺灣民間故事集》，遠流出版事業股份

前文所提到的滿族神話《白雲格格外》呈現出尊女性的面貌之外，其他神話同樣也會呈現出尊女性的面貌，比如說蒙古族神話《日月和晝夜》〔註203〕就是這樣。這種一如魯迅先生所言的「北人南相，南人北相」〔註204〕，正是中華民族神話在宗法化進程中，既保有自身特色，又帶有共同性的一體而多元的明證；而漢族神話則在其宗法化進程中，以兼備南北民族及藏族神話之所長，成為中華民族神話宗法化時趨於一體化的核心支柱。這一點，可以從漢族神話的剛柔並濟中明顯看出。漢族神話既有夸父逐日、精衛填海似的勇武決絕，也有娥皇女英、韓憑夫婦似的婉轉纏綿；而其任巧智者，則往往獨出機杼，如元好問《續夷堅志》卷二所載《狐鋸樹》：「陽曲北鄭村中社鐵李者，以捕狐為業。大定末，一日張網溝北古墓下，繫一鴿為餌，身在大樹上伺之。二更後，群狐至，作人語云：『鐵李鐵李，汝以鴿賺我耶？汝家父子驢群相似，不肯做莊農，只學殺生，俺內外六親，都是此賊害卻。今日天數到此，好好下樹來，不然，鋸倒別說話。』即聞有拽鋸聲，大呼：『搘鑊煮油，當烹此賊！』火亦隨起。鐵李懼不知所為，顧腰惟有大斧，思樹倒則亂斫之。須臾天曉，狐乃去，樹無鋸痕，旁有牛肋數枝而已。鐵李知其變幻無實，其夜復往。未二更，狐至，泣罵俱有倫。李腰懸火罐，取卷爆潛爇之，擲樹下，藥火發，猛作大聲。群狐亂走，為網所冒，瞑目待斃，不出一語，以斧椎殺之。」〔註205〕鐵李以智勇殺狐，而狐亦故弄玄虛，緊張中並見諧趣。又其尚思辨者，亦復情趣盎然，如劉斧《青瑣高義》別集卷四所載《王榭》神話小說，述王榭風濤飄入烏衣國，為皂衣翁嫗所救，引見其王，後與翁女成婚，居久思歸，女知不可留，置酒悲泣，

有限公司，1989年，第351頁）。亞拉穹為天，瑪亞烈媧是影子，這是以陽屬陽，還陰於陰；而彌曬烈變成太陽，阿那維喬變成月亮，則是化陰為陽，轉陽成陰。這一表述所導向的，正是合陰陽於一體。

〔註203〕神話說，王母娘娘給她的九女牡丹青姆一面鏡子，派她下凡給人間造光，於是，牡丹青姆下凡來到馬蓬海上，拿出那面金鏡在海面上磨起來，一直磨到太陽出來了；因為太陽熱得人們不能在外面走路，玉皇大帝和王母娘娘收回金鏡後，又給牡丹青姆一面銀鏡，讓她再去磨海造出陰光來，以使陰陽交替，涼熱平衡，牡丹青姆又順利地完成了任務（參見中國民間文學集成全國編輯委員會、中國民間文學集成吉林卷編輯委員會編：《中國民間故事集成·吉林卷》，中國文聯出版公司，1992年，第6頁）。這一表述所導向的，顯然是對女性的尊崇。

〔註204〕魯迅：《魯迅雜文全集》，河南人民出版社，1994年，第656頁。

〔註205〕元好問、無名氏：《續夷堅志·湖海新聞夷堅續志》，中華書局，2006年，第24～25頁。

為詩贈別，「榯辭拜，王命取飛雲軒來。既至，乃一烏氈兜子耳。命榯入其中，覆命取化羽池水，洒之其毡乘。又召翁嫗扶持。榯回，王戒榯曰：『當閉目，少息即至君家。不爾即墮大海矣。』榯含目，但聞風聲怒濤，既久，開目，已至其家。坐堂上，四顧無人，惟梁上有雙燕呢喃。榯仰視，乃知所止之國，燕子國也」〔註206〕。神話所含死生一體之超然，華胥一夢之深喟，人生一瞬之悵惘，於跌宕的敘述中宛轉呈現出來。因此，可以這樣說，中華民族神話宗法化的一體與多元，正是以漢族神話宗法化為主體，其他民族神話宗法化為輔翼的一體共存與多元發展。這種一體共存與多元發展，是中華民族歷史與現實生活的真實寫照，是中國文化傳統與現實氣象的形象注腳。

〔註206〕劉斧：《青瑣高義》，上海古籍出版社，1983 年，第 229～230 頁。

第四章　中華民族神話的敘事策略與宗法闡釋

　　中華民族神話的宗法化，不僅體現在中華民族神話的一體與多元上，更具體落實在中華民族神話的敘事策略與文化闡釋中。為更好地達成宗法化的目的，中華民族神話無論在敘事策略還是文化闡釋上，都是以宗法為依歸的。具體而言，中華民族神話的敘事策略，是圍繞宗法的核心內容而展開的，即在陰陽為本的敘事框架中，以陰陽合德為敘事導向，以生生不息為敘事目的；而中華民族神話的文化闡釋，則是在中華民族神話敘事策略的基礎上，對其所富含的宗法內涵的揭示，其可概括為立足明德的敬德保民、根基繁衍的宗族祖先崇拜，以及本於陰陽的秩序重建。可以這樣說，中華民族神話的敘事策略、文化闡釋與宗法之間，構成了一體兩翼的關係。正是在這種一體兩翼的關係之中，中華民族神話的宗法化得到了最為直觀形象的呈現。

第一節　中華民族神話的敘事策略

　　列維─施特勞斯「斷定神話是處於二元對立之中並在無數變體裏重複的概念系統，神話的意義不存在於構成神話的單個因素中，而存在於這些因素結合的方式中，存在於一組神話所構成的體系中」〔註1〕。中華民族神話的意義，正是在「這些因素結合的方式中」，即陰陽為本的敘事框架、陰陽合德的敘事導向、生生不息的敘事目的中，以及「一組神話所構成的體系中」彰顯出來的。

〔註1〕 胡亞敏：《敘事學》，華中師範大學出版社，2004年，第8頁。

一、陰陽為本的敘事框架

中華民族神話文本敘事框架的形成，與中國傳統思維範式息息相關。中國傳統思維範式為太極圖式思維範式，即「將宇宙萬物視為一個和諧的整體，以陰陽之象勾連萬物，從而在抱一的空間和生生不息的時間中確立事物的普遍聯繫的思維方式」〔註2〕。《周易·繫辭上》將其表述為「一陰一陽之謂道。……是故，易有太極，是生兩儀，兩儀生四象，四象生八卦，八卦定吉凶，吉凶生大業」〔註3〕。這一思維範式本於無極，而以陰陽為樞紐。周敦頤《太極圖說》將這一關係揭示得最為明晰：「無極而太極。太極動而生陽，動極而靜；靜而生陰，靜極復動。一動一靜，互為其根；分陰分陽，兩儀立焉。陽變陰合，而生水、火、木、金、土；五氣順布，四時行焉。五行，一陰陽也；陰陽，一太極也；太極，本無極也。」〔註4〕簡而言之，陰陽思維模式是太極圖式思維的核心，亦即中國傳統思維範式的核心；而中華民族神話既在某一層面奠定了這一思維模式，同時也是這一思維模式的直接產物。正是在這一思維模式的引領下，中華民族神話確立了陰陽為本的敘事框架。

陰陽為本的敘事框架，在中華民族神話文本中，集中呈現為兩種敘事架構：其一，形下層面的男女妃合；其二，形上層面的陰陽和合。

男女是陰陽屬性最為直觀的載體，由此而來的男女妃合，則是陰陽義理最為直接的呈現。因此，以男女妃合為文本的基本敘事架構，就成為中華民族神話以陰陽為本的敘事框架的首要選擇。而「婚姻在本質上是一種宗桃繼承的行為」〔註5〕，宗法社會之所以尤重婚姻，其原因正在於此。這一點，可以從東漢吳祐仁愛毋丘長一事中鮮明地見出。據《後漢書·吳祐列傳》記載：「安丘男子毋丘長與母俱行市，道遇醉客辱其母，長殺之而亡，安丘追蹤於膠東得之。祐呼長謂曰：『子母見辱，人情所恥。然孝子忿必慮難，動不累親。今若背親逞怒，白日殺人，赦若非義，刑若不忍，將如之何？』長以械自繫，曰：『國家制法，囚身犯之。明府雖加哀矜，恩無所施。』祐問長有妻子乎？對曰：『有妻未有子也。』即移安丘逮長妻，妻到，解到桎梏，使同宿獄中，妻遂懷孕。至冬盡行刑，長泣謂母曰：『負母應死，當何以報吳君乎？』乃齧指而吞之，

〔註2〕 韓璽吾：《中國傳統思維的典型範式》，《河北師範大學學報（哲學社會科學版）》，2009 年第 6 期。

〔註3〕 阮元：《十三經注疏》，中華書局，1980 年，第 78～82 頁。

〔註4〕 朱熹、呂祖謙：《朱子近思錄》，上海古籍出版社，2000 年，第 28 頁。

〔註5〕 程維榮：《中國繼承制度史》，東方出版中心，2006 年，第 56 頁。

含血言曰：『妻若生子，名之「吳生」，言我臨死吞指為誓，屬兒以報吳君。』因投繯而死。」〔註6〕吳祐使毌丘長之妻與之同宿於獄中，直待其妻有身孕後，才於冬末對毌丘長行刑。殺人者死乃國家之法，不絕人後則為宗法社會之常。執法雖嚴，必以不悖人倫為尚。這是宗法社會的常態，也是仁者愛人的根本體現。吳祐為政仁愛簡易，而其仁愛毌丘長的出發點，正是使其有後而以承宗廟。不悖人倫之常，則「殺之而不怨，利之而不庸，民日遷善而不知為之者」〔註7〕。宗祧繼承之於宗法社會的莫大意義，於此畢然彰顯。宗法社會既以婚姻為重，則中華民族神話在描摹人神淆雜的宗法社會也就是宗法化時，必然會在文本敘事層面，以男女妃合為其最為基本的敘事架構。

最為完整地依循男女妃合這一敘事架構建構神話文本的，自然是中華民族神話中的婚配型神話。如《述異記》卷下所載的河間聖姑神話：

> 河間郡有聖姑祠，姑姓郝，字女君。魏青龍二年四月十日，與鄰女樵采於㶚、㴱二水處。忽有數婦人從水而出，若今之青衣，至女君前曰：「東海使聘為婦，故遣相迎。」因敷茵於水上，請女君於上坐，青衣者侍側，順流而下。其家大小奔到岸側，惟泣望而已。女君怡然曰：「今幸得為水仙，願勿憂憶。」語迄，風起而沒於水。鄉人因為立祠。又置東海公像於聖姑祠側，呼為姑夫。〔註8〕

又如《稽神錄》所載《番禺村女》神話：

> 庚申歲，番禺村女有老姥與之餉田。忽雲雨晦冥，及霽，反失其女。姥號哭，乃求訪。諸鄰里相與尋之，不能得。後月餘，復雲雨晝晦，及霽，而庭中陳列筵席，有鹿脯、乾魚、果實、酒醴，甚豐腆。其女盛服至，而姥驚喜持之。女自言為雷師所娶，將至一石室中，親族甚眾。婚姻之禮，一同人間。今使歸返，而他日不可再歸矣。姥問：「雷郎可得見耶？」曰：「不可得。」留數宿，一夕，忽風雨晦冥，遂不可見矣。〔註9〕

上述兩則神話都以男女妃合為敘事架構建構神話文本，又循陰陽之理，以男求女推動故事發展進程。與此稍有不同的，則是《廣異記》所載的《華岳神

〔註6〕范曄：《後漢書》，中華書局，1965年，第2101頁。
〔註7〕焦循：《孟子正義》，中華書局，1987年，第894頁。
〔註8〕任昉：《述異記》，中華書局，1985年，第29～30頁。
〔註9〕徐鉉、張師正：《稽神錄·括異志》，中華書局，1996年，第7頁。

女》神話：

> 近代有士人應舉之京，途次關西，宿於逆旅，舍小房中。俄有貴人奴僕數人，云：「公主來宿。」以幕圍店及他店四五所。人初惶遽，未得移徙。須臾，公主車聲大至，悉下，店中人便拒戶寢，不敢出。公主於戶前澡浴，令索房內，婢云：「不宜有人。」既而見某，群婢大罵。公主令呼出，熟視之，曰：「此書生頗開人意，不宜挫辱，第令入房。」浴畢召之。言甚會意，使侍婢洗濯，舒以麗服，乃施絳帳，鋪錦茵，及他寢玩之具，極世奢侈為禮之好。明日，相與還京。公主宅在懷遠裏，內外奴婢數百人，榮華盛貴，當時莫比。家人呼某為駙馬，出入器服車馬，不殊王公。某有父母在其故宅，公主令婢詣宅起居，送錢億貫，他物稱是。某家因資，鬱為榮貴。如是七歲，生二子一女。公主忽言欲為之娶婦，某甚愕，怪有此語，主云：「我本非人，不合久為君婦，君亦當業有婚媾，知非恩愛之替也。」其後亦更別婚，而往來不絕。婚家以其一往，輒數日不還，使人候之，見某恒入廢宅，恐為鬼神所魅。他日，飲之致醉，乃命術士書符，施衣服中，乃其形體皆遍。某後復適公主家，令家人出止之，不令入。某初不了其故，倚門惆悵，公主尋出門下，大相責讓，云：「君素貧士，我相擡舉，今為貴人，此亦於君不薄，何故使婦家書符相間，以我不能為殺君也。」某視其身，方知有符，求謝甚至。公主云：「吾亦諒君此情，然符命已行，勢不得住。」悉呼兒女，令與父訣，某涕泣哽咽。公主命左右促裝，即日出城。某問其居，兼求名氏，公主云：「我華嶽第三女也。」言畢訣去，出門不見。〔註10〕

得益於篇幅的加長，這則神話完整地描寫了士人與華岳神女成婚、生育子女的全部過程，而且在這一敘事架構中，又插入了一則華岳神女為士人別娶，士人另為婚媾的故事，形成了男女妃合的雙重敘事架構。這則神話雖然在敘事架構上，遠較上兩則神話複雜，但其敘事架構在本質上仍與上兩則神話沒有區別，同樣是男女妃合的敘事架構；唯一不同的是，上兩則神話裏的男求女型婚配，在這則神話裏則轉變成了女求男型婚配。表面上看來，女求男型婚配似乎有悖於陽進陰退的陰陽義理，但實則不然。在這則神話裏，華岳女神為神，士

〔註10〕唐臨、戴孚：《冥報記・廣異記》，中華書局，1992 年，第 60～61 頁。

子為人，而在神人範疇下，神則屬陽，人則屬陰，因而這裡的女求男型婚配，只不過是上兩則神話中男求女型婚配的別樣表現形式，本質上仍然合於陰陽義理。

當然，如同現實一樣，並非所有的婚姻都導向美好的結局，以男女妃合為文本敘事架構的中華民族神話自然也不例外，如《異苑》卷一所載美人虹神話：「古者有夫妻，荒年菜食而死，俱化成青絳。故俗呼美人虹。」〔註11〕如果說，美人虹神話的悲劇只是因為生活的艱難造成的話，那麼，另外一些以男女妃合為文本敘事架構的中華民族神話所導向的悲劇結局，則顯然是由封建時代的社會矛盾所造成的。如《古今圖書集成·方輿彙編·山川典》卷一九五引《大理府志》所載望夫雲神話：

> 俗傳昔有人貧困，遇蒼山神，授以異術，忽生肉翅，能飛。一日入南詔宮攝其女入玉局峰為夫婦，凡飲食器用皆能致之。後問女安否？女云太寒耳。其人聞河東高僧有七寶袈裟，飛取之。及還，僧覺，以法力制之，遂溺死水中。女望夫不至，疊鬱死，精氣化為雲，倏起倏落，若探望之狀。此云起洱河，即有雲應之，颶風大作，舟不敢行，因呼為望夫雲，又呼為無渡雲。〔註12〕

與這則神話相似的，是《琅嬛記》卷中引《江湖紀聞》所載石尤風神話：

> 石尤風者，傳聞為石氏女嫁為尤郎婦，情好甚篤。為商遠行，妻阻之，不從。尤出不歸，妻憶之，病亡。臨亡，長歎曰：「吾恨不能阻其行，以至於此。今凡有商旅遠行，吾當作大風，為天下婦人阻之。」自後商旅發船，值打頭逆風，則曰：「此石尤風也。」遂止不行。婦人以夫姓為名，故曰石尤。〔註13〕

上兩則神話都立足於夫妻情深，展現出在諸般矛盾衝突下，如望夫雲神話中的階級對立，石尤風神話中的為生計所迫，以男子為依託的女子在失去丈夫後的悲慘結局。這一類神話持續向前發展，其中的怨女形象便一變而為妒婦形象，如《酉陽雜俎·諾皋記上》所載妒婦津神話：

> 臨清有妒婦津。相傳言，晉泰始中，劉伯玉妻段氏，字明光，性妒忌。伯玉常於妻前誦《洛神賦》，語其妻曰：「娶婦得如此，吾

〔註11〕劉敬叔、陽松玠：《異苑·談藪》，中華書局，1996 年，第 1 頁。
〔註12〕陳夢雷編：《古今圖書集成》（第 198 冊），中華書局，1934 年，第 56 頁。
〔註13〕《叢書集成新編》（第 87 冊），新文豐出版公司，1985 年，第 430～431 頁。

無憾矣。」明光曰：「君何得以水神美而欲輕我？吾死，何愁不為水神。」其夜乃自沉而死。死後七日，託夢語伯玉曰：「君本願神，吾今得為神矣。」伯玉寤而覺之，遂終身不復渡水。有婦人渡此津者，皆壞衣枉粧，然後敢濟，不爾，風波暴發。醜婦雖粧飾而渡，其神亦不妬也。婦人渡河無風浪者，以為己醜，不致水神怒；醜婦諱之，無不皆自毀形容，以塞嗤笑也。故齊人語曰：「欲求好婦，立在津口。婦立水旁，好醜自彰。」〔註14〕

這一類妬婦神話，從本質上說，與上述怨婦神話並沒有區別，仍然是女子以夫為天命運的揭示，其所強化的仍然是陰陽之理，只不過其表現方式更為決絕罷了。與此稍有不同的，則是《朝野僉載》卷六所載妬女泉神話：

并州石艾、壽陽二界有妬女泉，有神廟，泉水沉潔澈千丈。祭者投錢及羊骨，皎然皆見。俗傳妬女者，介子推妹，與兄競，去泉百里，寒食不許舉火，至今猶然。女錦衣紅鮮，裝束盛服，及有人取山丹、百合經過者，必雷風電雹以震之。〔註15〕

一般意義上的妬婦之妬，都是因為丈夫別戀其他女子而引發嫉妬之心，而妬女泉神話中的妬女之妬，卻是因為與其兄競爭而引發嫉妬之心。這一點，是妬女泉神話不同於其他妬婦神話的地方；但雖然如此，從妬女嫉妬的對象仍然指向女子而非男人這一點來看，其所謂的「與兄競」大約只是一種託詞，而其本質上可能仍然本於丈夫別戀他人。如此，這則神話自然可以當作妬婦神話的變體來看。

無論是妬婦也好，怨婦也罷，抑或是夫妻恩愛相守不離不棄，上述神話表述的內容雖然不盡相同，但其在敘事上所依循的結構卻是相同的，都無一例外地指向男女妃合，而這一敘事結構所導向的神話意義也是相同的，都指向女以夫為天。男女本為秉受陰陽而賦形，而女性相對於男性的從屬地位，以及其臣服於夫權之下而不得自專的命運寫照，既是陰陽義理的生動呈現，更是陰陽義理統攝下宗法社會現實生活的形象反映。於是，男女妃合的敘事架構，就自然地導向了陰陽為本的敘事框架；而其中某一則神話的意義，以及這一類神話——婚配型神話——的意義，便在陰陽為本的敘事框架中得以呈現出來。

秉受陰陽而賦形的男女，誠然是陰陽屬性最為直觀的載體，但其絕非陰陽

〔註14〕段成式：《酉陽雜俎》，中華書局，1981年，第132頁。

〔註15〕劉餗、張鷟：《隋唐嘉話·朝野僉載》，中華書局，1979年，第135頁。

屬性的唯一載體；因此，中華民族神話陰陽為本的敘事框架，雖以男女妃合為基本敘事架構，但絕非僅止於此，而一定會在此基礎上，導向以陰陽為核心的，更為周全且更高層面的敘事架構——形上層面的陰陽和合。所謂形上層面的陰陽和合，是指在陰陽序列中牢籠萬物，並依循陰陽義理，展示萬物之間彼此對應相互轉化的關係，由此而在天人合一的視域下，最終導向陰陽的圓融合一。因陰陽所具有的化生功能，陰陽和合這一敘事架構，最為顯豁地體現於中華民族神話的創世神話與始祖神話中。如《繹史・太古第一》引《五運曆年紀》所載盤古神話云：

> 元氣濛鴻，萌芽茲始，遂分天地，肇立乾坤。啟陰感陽，分布元氣，乃孕中和，是為人也。首生盤古，垂死化身，氣成風雲，聲為雷霆，左眼為日，右眼為月，四肢五體為四極五嶽，血液為江河，筋脈為地理，肌肉為田土，髮髭為星辰，皮毛為草木，齒骨為金石，精髓為珠玉，汗流為雨澤，身之諸蟲，因風所感，化為黎甿。〔註16〕

其又引《三五曆紀》所載盤古神話云：

> 天地渾沌如雞子，盤古生其中，萬八千歲，天地開闢，陽清為天，陰濁為地。盤古在其中，一日九變，神於天，聖於地。天日高一丈，地日厚一丈，盤古日長一丈，如此萬八千歲，天數極高，地數極深，盤古極長，後乃有三皇。數起於一，立於三，成於五，盛於七，處於九，故天去地九萬里。〔註17〕

又，《述異記》卷上所載盤古神話云：

> 昔盤古氏之死也，頭為四嶽，目為日月，脂膏為江海，毛髮為草木。秦漢間俗說，盤古氏頭為東嶽，腹為中嶽，左臂為南嶽，右臂為北嶽，足為西嶽。先儒說，盤古氏泣為江河，氣為風，聲為雷，目瞳為電。古說，盤古氏喜為晴，怒為陰。吳楚間說，盤古氏，夫妻陰陽之始也。〔註18〕

《五運曆年紀》所載盤古神話的敘事背景為「元氣濛鴻，萌芽茲始……啟陰感陽，分布元氣，乃孕中和」，這正是無極而太極的直接表述；而盤古垂死化身，則是由此而來的陰陽化生功能的形象敘述。而「由老子『道生一，一生

〔註16〕馬驌：《繹史》，中華書局，2002年，第2頁。
〔註17〕馬驌：《繹史》，中華書局，2002年，第3頁。
〔註18〕任昉：《述異記》，中華書局，1985年，第1頁。

二，二生三，三生萬物』說，一，即天地未剖，四時未分之代名詞」〔註19〕，因此，《三五曆紀》所載盤古神話，以渾沌之卵為天地之始，以陽清陰濁為天地之端，以陰陽相生之極數為天地之成，是陰陽相生的直觀敘述。《述異記》所載盤古神話，除承襲《五運曆年記》所載盤古神話的相關表述，如「頭為四嶽，目為日月，脂膏為江海，毛髮為草木」之類外，更直接以盤古氏夫妻為陰陽之始。凡此種種，無不表明，《五運曆年紀》《三五曆紀》《述異記》所載盤古神話的整體敘事架構，正是陰陽和合。與此相類的藏族卵生神話則是這樣表述的：

> 元始之初，由自然形成一隻大蛋，蛋殼化為白色神崖（指山峰），蛋白化為白螺色大海，蛋黃化為人和各種動物。其蛋又化生出 18 隻蛋，其中的第二隻蛋中生成了一位沒有五官和肢體的混沌人，但他有思維的能力。他想要有一雙看大地的眼睛，一對眼睛便生成了；他想要有聽見聲音的耳朵，一雙耳朵便生成；他想要有站立和行走的雙腳，兩隻腳便長出來了……他想要的人的五官肢體都按他的想法一一生出來了。由混沌漸漸地明朗化了，所以，他的名字叫蒙吾蘭蘭。他和一個叫水滴的女人結合，生了三個兒子，此三子中幼子下傳數代，便形成了藏人的原始四大氏族，是藏族人的始祖。〔註20〕

神話中的大蛋、混沌、蛋殼與蛋白的陰陽屬性，以及由陰陽相生而來的 18 與 3 等數字，無不表明，其同樣是依循陰陽和合的敘事架構而展開敘事的。另一則西藏卵生神話也是如此：

> 在作為五行之精華的一個卵誕生之後，從外殼中誕生了上部神仙的白色巖石（在藏文中是陽性），內部液汁形成了大海螺的白色湖（在藏文中為陰性），所有的生物都是從其中間黏液部分誕生的。卵的軟體部分共變成 18 枚卵，其中中間的那個是一個海螺卵。這是一個無形的人，既無四肢又無感官，但卻具有思想。根據他的心願，感覺器官則生出來了，他變成了一個漂亮的年青人，這就是益門贊普或桑保布木赤贊普。他與王後生了一個兒子。在經過數代人之後，

〔註19〕 丁山：《古代神話與民族》，商務印書館，2005 年，第 371 頁。
〔註20〕 《中國各民族宗教與神話大詞典》編審委員會：《中國各民族宗教與神話大詞典》，學苑出版社，1993 年，第 745～746 頁。

終於變成了神，其中之一就是俄帶貢甲。〔註21〕

　　神話中的五行、蛋殼與內部液汁的陰陽屬性、陰陽相生而來的數字18、陰陽之始的1，以及無形的混沌，無不表明，其同樣是依循陰陽和合的敘事架構而展開敘事的。又如五世達賴喇嘛阿旺羅桑嘉措《西藏王臣記》所記載的西藏天光感生神話：「朵奔篾兒干絕嗣後，其妻阿蘭因日月光明懷孕生子。」〔註22〕「阿蘭因日月光明懷孕生子」，也是陰陽化生的典型表述。在不同的典籍中，這一神話的表述儘管有所不同，但其敘事核心都是毫無例外地圍繞陰陽和合而展開的。如《紅史》云：「喀楚的兒子是朵奔篾兒干，他死以後，其妻阿蘭豁阿感太陽和月亮的光明生了孛端察兒孟干。」〔註23〕又如《元史·本紀第一·太祖》云：「阿蘭寡居，夜寢帳中，夢白光自天窗中入，化為金色神人，來趨臥榻。阿蘭驚覺，遂有娠，產一子，即孛端叉兒也。」〔註24〕而記載這一神話最為詳細的，則是《蒙古秘史》：

　　　　朵奔篾兒干死了以後，他的妻子阿蘭豁阿寡居，又生了三個兒子；一名不忽合塔吉，一名不合禿撒勒只，一名孛端察兒蒙合黑。以前朵奔篾兒干活著的時候，他所生的別勒古訥台、不古訥台兩個兒子暗地裏議論母親阿蘭豁阿說：「我們的母親沒有近親男子，也沒有丈夫，生了這三個兒子。家裏只有馬阿里黑巴牙兀惕族的僕人。這三個兒子是他的兒子吧？」阿蘭豁阿母親知道了他們的暗地裏的議論。春間的一天……阿蘭豁阿母親說：「別勒古訥台、不古訥台你們兩人懷疑這三個兒子怎麼生的，是誰的孩子。你們的懷疑是對的。然而你們不知道情由。每夜有個黃白色的人從天窗上照耀進來，撫摸著我的肚皮，那光透入我的肚皮。那個人是隨著日月的光亮像黃狗似的爬著出去。你們亂說些什麼？這樣看起來將是天子吧？怎麼可以和凡人相比。將來做了普天下的皇帝，人們才能夠曉得這個道理。」〔註25〕

〔註21〕林繼富：《西藏卵生神話源流》，《西藏研究》，2002年第4期。
〔註22〕謝繼勝：《藏族本教神話探索》，《民族文學研究》，1988年第4期。
〔註23〕蔡巴·貢噶多吉著，陳慶英、周潤年譯：《紅史》，西藏人民出版社，1988年，第25～26頁。
〔註24〕宋濂等：《元史》，中華書局，1976年，第1頁。
〔註25〕（蒙古）策·達木丁蘇隆編譯，謝再善譯：《蒙古秘史》，中華書局，1956年，第31～32頁。

又如《蒙古秘史》所載也速該把阿禿兒帶帖木真向他的母舅索女求婚的神話：

> 帖木真九歲的時候，也速該把阿禿兒把他帶往他母親訶額侖家的斡勒忽訥兀惕族處，向他的母舅索女求婚。路上走到扯克徹兒、赤忽兒古兩山之間，遇見翁吉剌惕部人德薛禪。德薛禪說：「……也速該親家，我今天夜裏做了一個夢。夢見白海青兩爪攫取日月飛來，落在我的手上。日月只是我們眼睛看見的東西。可是海青攫著日月落在我的手上，這是奇異的，這是極大的幸運，我已經對旁人說過了。也速該親家你領著兒子前來，就是應了我的夢。你們乞顏惕人的吉兆來了，正是應了我的夢。」〔註26〕

上述神話既立足於男女妃合這一基本敘事架構，又以陰陽化生為核心引領敘事，進而在形下層面與形上層面構成了本於陰陽的雙向敘事。這正是陰陽為本這一敘事框架在中華民族神話中的典範運用。當然，需要指出的是，在某一類神話中，陰陽和合這一敘事架構有時僅僅只是以一個核心情節而存在，但由這一核心情節所關聯的神話因素，或者說由這一核心情節所推動的神話文本的敘事，仍然指向陰陽化生，如《江格爾》所載少布西古爾的降生神話：「這位夫人（江格爾夫人）有了娠孕，過了十個月生了一個男孩，用陰陽寶劍割斷了臍帶。過了三天，這孩子便騎上阿蘭扎爾，上山打獵供養父母。父母親嬌愛他，起名叫少布西古爾。」〔註27〕江格爾夫人選擇「用陰陽寶劍割斷了臍帶」，正說明少布西古爾是由陰陽化生的。又如傣族創世史詩《巴塔麻嘎捧尚羅》所載英叭神降生神話：「最初的這個神，由於是氣浪變成，福名就叫英叭。他母親是氣浪，他父親是大風。它們是遠古時代的神種。」〔註28〕英叭是氣浪或光波之神，由氣浪與大風和合而生，這正是陰陽和合的敘事架構。而在另一類神話中，陰陽和合這一敘事架構，有時又會呈現出另外一種面貌，如《格薩爾王全傳》所載格薩爾王降生神話：

> 初十那天，是一個空行勇父聚會的喜慶節日。白瑪陀稱王決定在這一天裏讓神子降生。他在「法界遍及」的三昧裏坐定後，口中

〔註26〕（蒙古）策‧達木丁蘇隆編譯，謝再善譯：《蒙古秘史》，中華書局，1956年，第41頁。

〔註27〕色道爾吉譯：《江格爾》，人民文學出版社，1983年，第246頁。

〔註28〕西雙版納州民委編，岩溫扁譯：《巴塔麻嘎捧尚羅》，雲南人民出版社，1989年，第4頁。

默誦著，頓時從他的頭頂發出一道綠色的光。這光又分作兩道，一道射進了法界普賢的胸口，另一道射進了聖母朗卡英秋瑪的胸口。從法界普賢的胸口裏，閃出一支五尖的青色金剛杵，杵的中間標著「吽」字。這金剛杵一直飛到扎松噶維林園裏，鑽進了天神太子德却昂雅的頭頂，天神太子頓時變成了「馬頭明王」。從聖母朗卡英秋瑪的胸口裏，閃出一朵十六瓣的紅蓮花，花蕊上有一個「啊」字。這朵蓮花飄呀飄，一直飄到天女居瑪德澤瑪的頭頂，天女變成了「金剛亥母」。化身為「馬頭明王」的神太子和化身為「金剛亥母」的天女，雙雙進入三昧之中，發出一種悅耳的聲音，這聲音震動著十方如來佛的心弦。十方如來佛將他們的各種事業化作一個金剛交叉的十字架，飛入神太子的頭頂中，被大樂之火熔化後，注入天女的胎中。頃刻間，一個威光閃耀，聞者歡喜、見者得到解脫的孩子，被八瓣蓮花托著，降生在天女的懷抱中。〔註29〕

佛法廣大，能覺悟眾生，能使人「於生死岸得大自在，向六道四生中游戲三昧」〔註30〕，因此，佛光就是日月之光的別樣表述，而由佛光而生的格薩爾王，本質上也就是由陰陽和合而生。這一點，還可以從「十方如來佛將他們的各種事業化作一個金剛交叉的十字架，飛入神太子的頭頂中，被大樂之火熔化後，注入天女的胎中」的表述中，更為直觀地見出。由此而言，格薩爾王降生神話所依循的敘事架構，同樣是男女妃合、陰陽和合的雙向敘事架構，雖然在神話有關佛法的表述中，這一點多少被遮掩或者說被淡化了。

形下層面男女妃合與形上層面陰陽和合敘事架構的合流，構築了中華民族神話陰陽為本的敘事框架。這一敘事框架的確立，既為中華民族神話意義的彰顯奠定了基礎，也為中華民族神話陰陽合德的敘事導向築牢了根基。

二、陰陽合德的敘事導向

《周易·繫辭下》云：「天地之大德曰生」，「陰陽合德，而剛柔有體，以體天地之撰」。〔註31〕孔穎達疏：「陰陽合德，而剛柔有體者，若陰陽不合，則剛柔之體無從而生，以陰陽相合乃生萬物。或剛或柔，各有其體，陽多為剛，

〔註29〕降邊嘉措、吳偉編纂：《格薩爾王全傳（修訂本）》，作家出版社，1997年，第9頁。

〔註30〕于亭譯注：《禪林四書》，崇文書局，1998年，第1頁。

〔註31〕阮元：《十三經注疏》，中華書局，1980年，第86、89頁。

陰多為柔也。」〔註32〕陰陽或剛或柔的性質就是陰陽之德,「陰陽相合乃生萬物」,則是陰陽合德的具體顯現。《周易經疑》云:「萬物之情,雷風山澤之類,是即天地之撰。」〔註33〕因此,牢籠天地萬物,依循陰陽性質揭示萬物之間相待相生關係的陰陽敘事框架,也就是中華民族神話文本的敘事框架,必然會以陰陽合德為其敘事導向。

陰陽合德具體體現在兩個層面上,此即《易‧大傳》所云「神明之德」與「天地之撰」。《周易經疑》云:「《大傳》曰:以通神明之德,以類萬物之情。又曰:以體天地之撰,以通神明之德。其旨同歟異歟?……前章以聖人畫卦而通乎造化,故以神明居萬物之先。後章推陰陽之畫以成卦之體,故以神明居天地之後。至於齋戒以神明其德,此聖人教人用《易》,使己之神明如《易》之神明也。」〔註34〕既然通乎造化需通神明之德,陰陽成體應體天地之撰,而用《易》之道又在通神明其德,因此,於陰陽合德而言,通神明之德實為其體,體天地之撰則為其用。中華民族神話文本陰陽合德的這一敘事導向,正是由上述兩個層面之間的關係所界定的。

《周易經疑》云:「神明之德,即健、順、止、說之類。」〔註35〕這是以八卦各自所具有的特性來言說的。八卦各自所具有的特性,依《周易‧說卦》所云,其分別為:「乾,健也。坤,順也。震,動也。巽,入也。坎,陷也。離,麗也。艮,止也。兌,說也。」〔註36〕這種以象言說的方式,雖括天地萬物之理於其中,但一言以蔽之,其皆本於順性命之理,而一歸之於陰陽。故《周易‧說卦》云:「昔者聖人之作《易》也,將以順性命之理。是以立天之道,曰陰與陽。立地之道,曰柔與剛。立人之道,曰仁與義。」〔註37〕天道即地道,地道即人道,故《五經通義》云:「王者所以祭天地何也?王者以父事天,母事地,子道也。」〔註38〕父天母地,畢於子道,這正是敬天法祖的本意。這一宗法層面至為簡易的形象表述,正是中華民族神話宗法化時,以通神明之德為其先在敘事導向的內在理路。與此相應,在中華民族神話中,通神明之德這一

〔註32〕阮元:《十三經注疏》,中華書局,1980年,第89頁。
〔註33〕阮元輯:《宛委別藏4‧周易經疑》,江蘇古籍出版社,1988年,第63～64頁。
〔註34〕阮元輯:《宛委別藏4‧周易經疑》,江蘇古籍出版社,1988年,第63～64頁。
〔註35〕阮元輯:《宛委別藏4‧周易經疑》,江蘇古籍出版社,1988年,第63頁。
〔註36〕阮元:《十三經注疏》,中華書局,1980年,第94頁。
〔註37〕阮元:《十三經注疏》,中華書局,1980年,第93～94頁。
〔註38〕陶宗儀:《說郛》(第一冊),中國書店,1986年。

敘事導向，則既有合天道、地道、人道於一體的混一表述，也有立足於健、順、止、說之類的分層言說。合天道、地道、人道於一體的混一表述，著眼於道的層面，是道的義理的強化。立足於健、順、止、說之類的分層言說，則著眼於德的層面，是道的外化的彰顯。兩者合在一起，構成了道內德外的複合言說方式。其既與道德的本來意義相吻合，也更好地彰顯了中華民族神話這一本體敘事導向——通神明之德。

合天道、地道、人道於一體的混一表述，是中華民族神話通神明之德敘事導向最為經典的表達方式。這一敘事導向的表達方式通常為：神話文本在天、地、人三位一體的立體敘事結構中，彰顯神話主人公本於陰陽之道的造化之功。如《拾遺記》卷一所載《炎帝神農》神話：

> 炎帝始教民耒耜，躬勤畎畝之事，百穀滋阜。聖德所感，無不著焉。神芝發其異色，靈苗擢其嘉穎，陸地丹蕖，駢生如蓋，香露滴瀝，下流成池，因為蓁蘢之圃。朱草蔓衍於街衢，卿雲蔚靄於叢薄，築圓丘以祀朝日，飾瑤階以揖夜光。奏九天之和樂，白獸率舞，八音克諧，木石潤澤，時有流雲灑液，是謂「霞漿」，服之得道，後天而老。有石璘之玉，號曰「夜明」，以闇投水，浮而不滅。當斯之時，漸革庖犧之樸，辨文物之用。時有丹雀銜九穗禾，其墜地者，帝乃拾之，以植於田，食者老而不死。採峻鍰之銅以為器。峻鍰，山名也。下有金井，白氣冠其上。人升於其間，雷霆之聲，在於地下。井中之金柔弱，可以織縢也。〔註39〕

神話以炎帝之人道——「教民耒耜」為敘事基點，依照道上下流被而廣及萬物的敘事脈絡，使其造化之功上與天應——「奏九天之和樂」，又使其造化之功下及於地——「下流成池」「在於地下」，又使其造化之功達於萬類——「百獸率舞，八音克諧，木石潤澤」，進而在天、地、人三位一體的立體敘事結構中，彰顯出炎帝上合天道、下應地道、中致人道的造化之功；而神話極力彰顯炎帝本於陰陽之道的通神明之德的這一敘事導向，也就在這一敘事結構中表露無疑。

又如《格薩爾王傳‧賽馬七寶之部》所載格薩爾王降生神話：

> 黑魔的鎮伏人、黃霍爾的亞頸木、黑頭藏人的總主、世界大丈

〔註39〕王嘉：《拾遺記》，中華書局，1981年，第5頁。

　　夫格薩爾‧寶珠制敵王，由於上界天神的鼓勵，中界凡人的祈禱，
下界神龍的佑助，在東方上花白嶺的吉索雅地方三岔口處，降生為
龍神、寧神和凡人三者的神子。〔註40〕

　　神話以格薩爾王所具有的人間身份為敘事基點，合上界、中界、下界的佑
助於一體，凸顯出格薩爾王之所以為「龍神、寧神和凡人三者的神子」的緣由。
神話的敘事脈絡，同樣是在天、地、人三位一體的敘事層次中依次展開的，只
不過在化苯為佛的佛教思想的影響下，普泛意義上的天、地、人這一敘事層次，
為佛法的上界、下界、中界所替代，而由陰陽開出的造化之功，也一一歸之於
佛；但神話所極力彰顯的佛法慈悲利眾的精神，與炎帝神話所極力彰顯的本於
陰陽之道的神明之德，並無二致。這一點，可以從《格薩爾王全傳》所敘格薩
爾王降生原因中清晰地見出：

　　很久以前，藏族的祖先就生活在這雪山環繞、雄偉壯麗的雪域
之邦。人們安居樂業，和睦相處，過著幸福美滿的生活。突然，不
知從什麼地方刮起了一股罪惡的妖風。這股風，帶著罪惡、帶著魔
鬼刮到了藏區這個和平安寧的地方。晴朗的天空變得陰暗，嫩綠的
草原變得枯黃，善良的人們變得邪惡，他們不再和睦相處，也不再
相親相愛。霎時間，刀兵四起，烽煙彌漫。人們向天祈禱，祈求慈
悲的菩薩拯救眾生。〔註41〕

　　神話敘述，因為一股妖風帶著罪惡、魔鬼刮到了藏區，攪碎了藏區的和平
安寧，使「晴朗的天空變得陰暗，嫩綠的草原變得枯黃，善良的人們變得邪惡」，
藏區因而「刀兵四起，烽煙彌漫」。天空陰暗、草原枯黃、人們邪惡，顯然是
死亡的象徵性表述，而這一表述，又是在天、地、人三位一體的敘事層次中得
以展開的。在這樣的敘事背景下，肩負「拯救眾生」使命的佛的化身的格薩爾
王，其所彰顯出的佛法慈悲利眾的精神，自然也就指向了使天、地、人從死亡
中復生，也就是本於陰陽之道造化萬物的神明之德。

　　又如《酉陽雜俎‧諾皋記上》所載竈神神話：

　　竈神名隗，狀如美女。又姓張名單，字子郭。夫人字卿忌，有

〔註40〕王沂暖、唐景福譯：《格薩爾王傳‧賽馬七寶之部》，甘肅人民出版社，1988
　　　　年，第1頁。
〔註41〕降邊嘉措、吳偉編纂：《格薩爾王全傳（修訂本）》，作家出版社，1997年，第
　　　　1頁。

六女皆名察。常以月晦日上天白人罪狀，大者奪紀，紀三百日，小者奪算，算一百日。故為天地督使，下為地精。己丑日，日出卯時上天，禹中下行署，此日祭得福。其屬神有天地嬌孫、天帝大夫、天帝都尉、天帝長兄、硎上童子、突上紫宮君、太和君、玉池夫人等。一曰竈神，名壤子也。〔註42〕

　　這則神話以竈神所肩負的察人罪狀的職能為核心，敘其「上天白人罪狀」，「下為地精」，同樣是在天、地、人三位一體的敘事層次中展開敘事的，而竈神的察舉之職所導向的使人棄惡揚善的內在寓意，以及祭祀竈神所蘊含的使人得福的顯豁意義，正是神話所內含的造化之功的表露。只是與炎帝神話、格薩爾王降生神話相比，這則神話通神明之德的敘事導向，顯得稍為宛曲一些。如果說，炎帝神話、格薩爾王降生神話是正面導向通神明之德的話，那麼，竈神神話則是側面導向通神明之德的。以中華民族神話而言，這種或正面闡述（陽）或側面隱含（陰）的言說方式，又恰好構成了中華民族神話文本的陰陽敘事架構，從而使中華民族神話無論在敘事結構上，還是在敘事導向上，都成為陰陽義理的最佳載體。

　　另一類中華民族神話，則立足於健、順、止、說之類，在不同的層面上彰顯道的外化，進而使其分別指向通神明之德這一敘事導向。如《列仙傳》所載《馬師皇》神話：

馬師皇者，黃帝時馬醫也。知馬形生死之，診治之輒愈。後有龍下，向之垂耳張口。皇曰：「此龍有病，知我能救。」乃針其脣下口中，以甘草湯飲之而愈。後數數有疾，龍出其波，告而求治之。一旦，龍負皇而去。〔註43〕

　　馬師皇「知馬形生死」，這是明於陰陽，而龍有病「向之垂耳張口」，馬師皇即「針其脣下口中，以甘草湯飲之而愈」，有求必應，應手而除龍疾，則是順於萬物而使萬物悅。其順、說之類，正是陰陽之道的外化，也就是仁德的具體體現。「龍負皇而去」的敘事，正是通神明之德的最好頌讚。

　　與這一神話較為接近的，有《夢溪筆談·補筆談·雜志》所載鍾馗神話：

禁中舊有吳道子畫鍾馗，其卷首有唐人題記曰：「明皇開元講武驪山，歲□，翠華還宮，上不懌，因痁作，將踰月，巫醫殫伎不能

〔註42〕段成式：《酉陽雜俎》，中華書局，1981年，第128頁。
〔註43〕王叔岷：《列仙傳校箋》，中華書局，2007年，第6頁。

致良。忽一夕，夢二鬼，一大、一小。其小者衣絳，犢鼻屨，一足跣，一足懸一屨，搢一大筠紙扇，竊太真紫香囊及上玉笛，繞殿而奔。其大者戴帽，衣藍裳，袒一臂，鞹雙足，乃捉其小者，刳其目，然後擘而啖之。上問大者曰：『爾何人也？』奏云：『臣鍾馗氏，即武舉不捷之士也。誓與陛下除天下之妖孽。』夢覺，痁若頓瘳，而體益壯。乃詔畫工吳道子，告之以夢，曰：『試為朕如夢圖之。』道子奉旨，恍若有覩，立筆圖訖以進，上瞠視久之，撫几曰：『是卿與朕同夢耳。何肖若此哉！』道子進曰：『陛下憂勞宵旰，以衡石妨膳，而痁得犯之。果有蹴邪之物，以衛聖德。』因舞蹈，上千萬歲壽。上大悅，勞之百金，批曰：『靈祇應夢，厥疾全瘳。烈士除妖，實須稱獎。因圖異狀，頒顯有司。歲暮驅除，可宜遍識，以祛邪魅，兼靜妖氛。仍告天下，悉令知委。』」熙寧五年，上令畫工摹搨鐫板，印賜兩府輔臣各一本。是歲除夜，遣入內供奉官梁楷就東西府給賜鍾馗之象。觀此題相記，似始於開元時。皇祐中，金陵上元縣發一冢，有石誌，乃宋征西將軍宗愨母鄭夫人墓。夫人，漢大司農鄭眾女也。愨有妹名鍾馗。後魏有李鍾馗，隋將喬鍾馗、楊鍾馗。然則鍾馗之名，從來亦遠矣，非起於開元之時；開元之時，始有此畫耳。「鍾馗」字亦作「鍾葵」。〔註44〕

唐明皇因染病致陰陽失和，故夢二鬼追逐。鍾馗本為「武舉不捷之士」，廓清妖氛，護主周全，是其分內職責，故其捉小鬼「擘而啖之」，是為順其所執之事。而小鬼既除，明皇「痁若頓瘳」，則為悅鍾馗之所為。既順且悅，則陰陽和合，「而體益壯」。其順、說之類，同是陰陽之道的外化，也就是仁德的具體體現。順於君意，悅於君心，是陰陽義理在宗法社會現實層面倫理化的真實寫照。正因為鍾馗神話富有這一層意涵，宋神宗才會於「除夜，遣入內供奉官梁楷就東西府給賜鍾道之象」。

又如《摭言》所載馬當神風送滕王閣神話：

王勃字子安，文中子之孫，早負俊聲。其父福畤官洪都。勃自汾省覲，舟次馬當，阻風濤不得進。因泊廟下，登岸縱觀。忽見一叟坐石磯上，鬚眉皓白，顧盼異常，遂謂勃曰：「少年子何來？明日重九滕王閣，有高會，若往會之，作為文詞，足垂不朽矣。」勃笑曰：「此

〔註44〕胡道靜：《新校正夢溪筆談》，中華書局，1957年，第320～321頁。

距洪都為程六七百里，豈一夕所能屆耶？」叟曰：「茲乃中元水府，
是吾所司，子若決行，吾當助汝。」勃方拱謝，忽失叟所在。依其言
發舟，清風送帆，倏抵南昌，次旦入謁，果不爽期。〔註45〕

王勃省親之時，雖然「舟次馬當，阻風濤不得進」，但其省觀之心不已，
故其「泊廟下，登岸縱觀」。這一積極進取的寓意，是從健這一層面言說的。
此後，馬當神推知王勃之志，以一夕風送王勃抵達南昌，這一順遂王勃之意的
敘事，則是從順這一層面言說的。得馬當神「清風送帆」，王勃「次旦入謁，
果不爽期」，且在高會中「作為文詞」，獲不朽盛名，這一終遂己志的敘事，則
是從說這一層面言說的。健、順、說之德，都是道的具體外化，明乎此可明神
明之德，進乎此則可通神明之德。於是，在立足於健、順、說的分層言說中，
神話所富含的通神明之德的敘事導向，昭然若揭。

又如《法苑珠林·忠孝篇第四十九·業因部第五》引劉向《孝子傳》所載
牛郎織女神話：

董永者，少偏孤，與父居。乃肆力田畝，鹿車載父自隨。父終，
自賣於富公，以供喪事。道逢一女，呼與語云：願為君妻。遂俱至
富公。富公曰：女為誰？答曰：永妻。欲助償債。公曰：汝織三百
疋遣汝。一旬乃畢。女出門謂永曰：我天女也，天令我助子償人債
耳。語畢，忽然不知所在。〔註46〕

董永「鹿車載父自隨」，天女遵天令為董永妻，這是順於孝道。為董永妻
後，天女「一旬」「織三百疋」助其「償人債」，這是順於夫道。等到董永的欠
債還清後，天女即別董永而去，「不知所在」，這是明其使命，知其所當止。順、
止之類，正是神明之德之所在，故曹植《靈芝篇》有云：「董永遭家貧，父老
財無遺，舉假以供養，傭作致甘肥。責家填門至，不知何用歸！天靈感至德，
神女為秉機。」〔註47〕董永賣身，神女秉機，其實都是至德的顯現；而神話的
敘事導向，則正潛存於上述層面至德的表述之中。

通神明之德的目的，在於類萬物之情，因此，體天地之撰，就成為通神明
之德的必然補充。於中華民族神話而言，其以陰陽合德為敘事導向的所謂體天

〔註45〕王文濡輯：《說庫》（上冊），浙江古籍出版社據 1915 年上海文明書局石印本
　　　　影印，1986 年。

〔註46〕周叔迦、蘇晉仁：《法苑珠林校注》，中華書局，2003 年，第 1488 頁。

〔註47〕曹操、曹丕、曹植：《三曹集（魏武帝集·魏文帝集·陳思王集）》，嶽麓書社，
　　　　1992 年，第 343 頁。

地之撰，是指在以「萬物之情，雷風山澤之類」為敘事因素的組合中，以陰陽之德為樞紐，揭示諸因素之間彼此相待相生的複雜關係，由此而體會陰陽合德的天地之道。這一推衍過程，就是《大學》所謂的「物格而後知至」〔註48〕，也就是朱熹所說的「物理之極處無不到也⋯⋯吾心之所知無不盡也」〔註49〕。中華民族神話以陰陽合德為敘事導向的體天地之撰，其所遵循的理路，正是格物致知。如《酉陽雜俎·諾皋記上》所載太原崖山百姓燒山求雨神話：

> 太原郡東有崖山，天旱，土人常燒此山以求雨。俗傳崖山神娶
> 河伯女，故河伯見火，必降雨救之。今山上多生水草。〔註50〕

河伯司雨，其女既然嫁給了崖山神，見崖山神失火，自然就負有往救之責。因此，「土人常燒此山以求雨」這一敘事所遵循的義理，就是基於由陰陽和合（男女婚配）而來的陰陽相化（以水滅火）；而這一義理的推衍，就是類萬物之情，也就是格物而致知。

又如《異苑》卷三所載桑樹煮龜神話：

> 吳孫權時，永康縣有人入山，遇一大龜，即束之以歸。龜便言
> 曰：「遊不量時，為君所得。」人甚怪之，擔出欲上吳王。夜泊越里，
> 纜舟於大桑樹。宵中，樹忽呼龜曰：「勞乎元緒，奚事爾耶？」龜曰：
> 「我被拘繫，方見烹臛，雖然盡南山之樵，不能潰我。」樹曰：「諸
> 葛元遜博識，必致相苦，令求如我之徒，計從安簿？」龜曰：「子明
> 無多辭，禍將及爾。」樹寂而止。既至建業，權命煮之，焚柴萬車，
> 語猶如故。諸葛恪曰：「燃以老桑樹乃熟。」獻者乃說龜樹共言。權
> 使人伐桑樹煮之，龜乃立爛。今烹龜猶多用桑薪，野人故呼龜為元
> 緒。〔註51〕

世間萬物都是由陰陽和合而成的，而萬物所遵循之理，無外乎陰陽相生相化。老桑樹與龜相剋，正是如此。諸葛恪深諳此理，自然可以稱得上博識；而其博識，正緣於格物致知，也就是類萬物之情。

又如《珊玉集·感應篇》引《列士傳》所載伯夷叔齊神話：

> 伯夷，殷時遼東孤竹君之子也，與弟叔齊俱讓其位而歸於國，

〔註48〕朱熹：《四書章句集注》，中華書局，1983年，第4頁。
〔註49〕朱熹：《四書章句集注》，中華書局，1983年，第4頁。
〔註50〕段成式：《酉陽雜俎》，中華書局，1981年，第130頁。
〔註51〕劉敬叔、陽松玠：《異苑·談藪》，中華書局，1996年，第22～23頁。

見武王伐紂，以為不義，遂隱於首陽之山，不食周粟，以薇菜為糧。
時有王摩子往難之曰：「雖不食我周粟，而食我周木，何也？」伯
夷兄弟遂絕食七日。天遣白鹿乳之，逕由數日。叔齊腹中私曰：「得
此鹿完噉之，豈不快哉！」於是鹿知其心，不復來下，伯夷兄弟俱
餓死也。〔註52〕

　　這則神話與《史記》所載伯夷、叔齊最終餓死的原因有所不同。《史記·
伯夷列傳》云：「武王已平殷亂，天下宗周，而伯夷、叔齊恥之，義不食周粟，
隱於首陽山，采薇而食之。及餓且死，作歌。其辭曰：『登彼西山兮，采其薇
矣。以暴易暴兮，不知其非矣。神農、虞、夏忽焉沒兮，我安適歸矣？于嗟徂
兮，命之衰矣！』遂餓死於首陽山。」〔註53〕《史記》展現的，是伯夷、叔齊
寧可飢餓而死，也義不食周粟的清高形象。這則神話雖然保留了伯夷、叔齊故
事的主體情節，卻將伯夷、叔齊飢餓而死的原因，解釋為叔齊忘恩負義所致。
這就在某種程度上，顛覆了長期以來伯夷、叔齊在人們心中的形象。從這一形
象的改變中，我們可以見到伯夷、叔齊故事在發展衍變的過程中，是如何受到
不同時期的觀念影響的。正是在這一意義上，我們才會認為，中華民族神話是
中華民族歷史記憶的後代轉述。但神話既然是留存歷史記憶的載體，就必然會
延續前代的歷史記憶。也就是說，某一則神話在後代的轉述中，雖然會因為受
到不同時期人們觀念的影響，而產生不同於前代的異文，但留存於其中的神話
的核心意義，卻是不會改變的。這則神話正是如此。這則神話雖然在某種程度
上，顛覆了長期以來伯夷、叔齊在人們心中的形象，但伯夷、叔齊故事所導向
的高潔之義，卻並沒有被改變。這就是袁珂先生所指出的：「把罪責完全推在
叔齊的身上，而為伯夷的清高開脫。」〔註54〕正因為如此，這則神話的敘事導
向仍然是清高，也就是伯夷之德；而伯夷的清高之德，則是在與叔齊忘恩失德
的對比中彰顯出來的。因此，神話的整體敘事策略，就是在體天地之撰的多層
表述中，彰顯陰陽合德的敘事導向。伯夷兄弟不食周粟，這是固守君臣之義，
也就是體陽剛陰柔的天地之心。這是第一個層面。伯夷兄弟絕食七日後，「天
遣白鹿乳之」，這是以德生德，也就是「德不孤，必有鄰」〔註55〕，從中見萬

〔註52〕王雲五主編：《叢書集成初編·瑣玉集》，商務印書館，1936年，第50頁。
〔註53〕司馬遷：《史記》，中華書局，1959年，第2123頁。
〔註54〕袁珂：《中國神話史》，上海文藝出版社，1988年，第239～240頁。
〔註55〕朱熹：《四書章句集注》，中華書局，1983年，第74頁。

物以類相從之理。這是第二個層面。叔齊私下裏欲「得此鹿完噉之」，「於是鹿知其心，不復來下」，這是「人心生一念，天地悉皆知。善惡若無報，乾坤必有私」〔註56〕，也就是循陰陽相應之理。《張子正蒙·至當篇》云：「循天下之理之謂道，得天下之理之謂德。」〔註57〕王夫之注云：「理者，物之同然，事之所以然也。」〔註58〕循事物之理，就是體天地之撰。這是第三個層面。叔齊忘恩失德，致使伯夷無辜受牽連，與其「俱餓死」，這是禍福相因，也就是陰陽一體。這是第四個層面。上述四個層面的表述，又組合為或正或反的陰陽複合敘事結構，在體天地之撰中，共同彰顯出神話陰陽合德的敘事導向。

體天地之撰是為了通神明之德，惟有通神明之德，方能體天地之撰。於是，在通神明之德、體天地之撰的雙重表述中，中華民族神話陰陽合德的敘事導向，得以清晰地呈現出來。

三、生生不息的敘事目的

陰陽合德的目的既然在於化生萬物，因此，以其為敘事導向的中華民族神話，其敘事目的也就必然地指向由此而來的生生不息。

「大化流行，天地萬物渾然一體，『生生不息』。」〔註59〕中華民族神話生生不息的敘事目的，正是在以陰陽為樞紐、渾融萬物於一體的敘事架構中呈現出來的。合而言之，這一敘事架構，就是陰陽「相待而並立」〔註60〕。分而言之，這一敘事架構又可分為兩個層級：其相待，則指陰陽互化而不已；其並立，則指陰陽相生而不息。中華民族神話生生不息的敘事目的，正是借助於這一層級性表述而得以達成的。

陰陽互化而不已，是在「天地萬物渾然一體」的敘事背景下，遵循陰陽互為前提、彼此轉化的思維理路，在萬物相仍不已的轉化中，而達成中華民族神話生生不息的敘事目的。也就是說，物物之間本於陰陽義理的轉化，是中華民族神話生生不息這一敘事目的在這一層級的突出顯現。這樣一種轉化，在中華民族神話中，有兩種最為經典的表述方式。

其一，物（動植物）化而為人，如《宣室志》卷一所載七聖畫神話：

〔註56〕吳承恩：《西遊記》，人民文學出版社，1980年，第1053頁。
〔註57〕章錫琛點校：《張載集》，中華書局，1978年，第32頁。
〔註58〕王夫之：《張子正蒙注》，中華書局，1975年，第168頁。
〔註59〕梁漱溟：《梁漱溟全集》（第8卷），山東人民出版社，2005年，第4頁。
〔註60〕梁漱溟：《梁漱溟全集》（第8卷），山東人民出版社，2005年，第3頁。

　　　　雲花寺有聖畫殿，長安中謂之七聖畫。初殿宇既制，寺僧求畫
工。將命施彩飾繪，責其直，不合寺僧所酬，亦竟去。後數日，有
二少年詣寺來謁曰：「某，善畫者也。今聞此寺將命畫工，某不敢利
其直，願輸工，可乎？」寺僧願先閱其筆，少年曰：「某兄弟凡七人，
未嘗畫於長安諸寺，寧有跡乎？」僧以為妄，稍難之。少年曰：「某
既不納師之直，苟不可師意，即命圬其壁，未為晚也。」寺僧利其
無直，遂許之。後一日，七人果至。各挈彩繪，將入殿宇，且為僧
約曰：「從此去七日，慎勿啟吾之戶，亦不勞賜食，蓋以畏風日侵鑠
也。當以泥錮之，無使有縫隙，不然，則不能施其妙矣。」僧從其
語。自是凡六日，闃無有聞。僧相語曰：「此必怪也。當不宜果其約。」
遂相與發其封。戶既啟，有七鴿翩翩望空飛去。其殿中彩繪，儼若
四隅，惟西北墉未盡飾焉。後畫工來見之，大驚曰：「真神妙之筆也。」
於是莫敢繼其色者。〔註61〕

　　而《墨莊漫錄‧襄陽天仙寺千手眼菩薩像》所載一鴿繪壁神話，則顯然是
七聖畫神話在後世的演變：

　　　　襄陽天仙寺，在漢江之東津，去城十里許。正殿大壁畫大悲千
手眼菩薩像。世傳唐武德初，寺尼作殿，求良工圖繪，有大婦攜一
女子應命，期尼以扃殿門，七日乃開。至第六日，尼頗疑之，乃闢
戶，闃其無人，有二白鴿，翩然飛去。視壁間，聖像已成，相好奇
特，非世工所能，獨其下有二長臂結印手未足，乃二鴿飛去之應
也。〔註62〕

　　七鴿或二鴿化而為人的初衷，本於圖繪佛殿，覺悟眾生；而其化而為人的
最終實現，則得益於萬物渾然一體中其所自有的神性。陰陽相化是謂神，覺悟
眾生是謂德。於是，在七鴿或二鴿忽而為人，忽而為鴿的神而化之之中，神話
以德為關捩的生生不息的敘事目的，得到了形象生動的呈現。既然陰陽能神而
化之，則從神話敘事層面而言，其既可以表述為物（動植物）整體地化而為人，
也可以表述為物（動植物）部分地化而為人。因此，物（動植物）化而為人的
這一表述方式，在中華民族神話中，又常常表現為物（動植物）部分地化而為

〔註61〕李冗、張讀：《獨異志‧宣室志》，中華書局，1983 年，第 10 頁。
〔註62〕張邦基、范公偁、張知甫：《墨莊漫錄‧過庭錄‧可書》，中華書局，2002 年，
　　　　第 265 頁。

人，如《漢唐地理書鈔》錄《郭璞山海經圖贊》所載橐𩾋神話：「有鳥，人面，一腳，孤立，性與時反，冬出夏蟄，帶其羽毛，迅雷不入。」〔註63〕在橐𩾋的形象與性情中，物與人的特徵集於一身，寒與暖的特性融於一體，這正是萬物渾然一體中陰陽相化的最為形象生動的詮釋。

其二，人化而為物（動植物），如《漢唐地理書鈔》錄《括地圖》所載越俚之民神話云：「越俚之民，老耆化為虎。」〔註64〕人老化而為虎，是老而為神的別樣表述。老而為神，自然導向死而為神。流傳於雲南大理南澗縣的彝族開天闢地神話，正是遵循死而為神、化而為虎的思路而展開敘述的：

> 遠古時候，宇宙間沒有天和地。相傳彝族祖先俄羅布開天闢地。他用一張紙做天，又用另一張紙做地。由於做天的紙圓而小，做地的紙方而大，因而就合不攏了。他只好把做地的紙撮攏些成皺紋，由此大地上就產生出山脈、丘陵、平地來，做天的紙仍是小而圓，所以天圓地方。

> 俄羅布把天地做好以後，為了種草煙吃，就到處撈下種草煙山埂埂。現在彝族居住的地方山峰特別的多而且大，就是這位彝族先民大力士撈種草煙的煙溝溝造成的。

> 由於俄羅布崇拜虎，他死了以後變成了老虎。虎的屍體化生成為萬物：皮肉變成了土地，毛變成了草木樹林，骨骼變成了山脈，腸胃變成了江河湖海，筋絡變成了道路，眼睛變成了太陽和月亮，牙齒變成了滿天星斗。虎呼出來的氣變成了風和雲彩，虎睜眼為白天，虎閉眼為黑夜，虎身上的汗垢變成了人類和動物……所以，彝族人民把自己看做是「虎的後裔」。〔註65〕

用紙做天地以解釋天圓地方的成因，這是天地本於一物也就是陰陽的形象敘述。俄羅布既然開天闢地，俄羅布就是陰陽之始。俄羅布死後變成老虎，這是陰陽的轉化。虎的屍體又化生成為萬物，這是陰陽的再次轉化。由其化生而成的土地道路、草木樹林、山河湖海、太陽月亮、白天黑夜、人類動物等等，既是陰陽的載體，又在陰陽流轉中生生不息。神話正是在這一系列敘述中，彰

〔註63〕 王謨輯：《漢唐地理書鈔》，中華書局，1961年，第65頁。
〔註64〕 王謨輯：《漢唐地理書鈔》，中華書局，1961年，第52頁。
〔註65〕 吳家良主編：《中國民間故事全書·雲南·南澗卷》，知識產權出版社，2013年，第3頁。

顯其陰陽互化而不已的敘事目的。

又如流傳於雲南大理雲龍縣的玄天神話：

> 玄天原名武當，曾在深山修道。一天，觀音欲試他是否誠心修道，便變成了一個漂亮的女子，嬉皮笑臉地說道：「師父，你一人在此修行，難道不覺得孤獨？今夜我來伴你宿好嗎？」
>
> 說完，便將身子挨著武當。武當怒道：「我在此修道，你為何來引誘我，快走開！」
>
> 女子並不生氣，反而伸出手，在武當大腿上擰了一下。
>
> 武當大怒，拔出寶劍，欲殺女子。女子「啊」了一聲，轉身便走，武當緊追不捨。武當追得快，女子也跑得快，武當追得慢，女子也跑得慢。追著，追著，女子騰空飛了起來。武當也雙腳離了地面，跟著女子飛起來了。女子在前面飛，武當在後面趕。女子忽然回過頭來，對武當大聲叫道：「你往下面看看，那是什麼？」
>
> 武當低頭一看，自己的身子從半空中掉落下去，腸子和胃也掉了出來。
>
> 武當說：「那有什麼好看呢？不過是牛屍馬骨！」
>
> 此後，觀音便將武當招到西天，封他為玄天。
>
> 玄天的腸子變成了蛇，胃變成了龜。所以，後來人們在雕塑玄天像時，總要在他腳下雕塑上一條蛇和一隻龜，名為蛇龜二將。〔註66〕

玄天的腸胃變成蛇龜，以及其中所含的天地萬物不過是牛屍馬骨的意蘊，也就是「色不異空，空不異色，色即是空，空即是色。……諸法空相，不生不滅，不垢不淨，不增不減」〔註67〕的佛理，與陰陽互化而周流不息的陰陽義理，本質上是一體的。

以陰陽義理而言，陰陽互化是為了通神明之德。以宗法而言，自從祖神分離後，德便成為溝通祖神的唯一中介。因此，以德為陰陽互化的樞紐，必然為中華民族神話文本依從陰陽為本的敘事框架展開敘事時，也就是中華民族神話宗法化時所遵循。既然德為陰陽互化的樞紐，那麼，萬物之間的互化不僅由

〔註66〕李勇主編：《中國民間故事全書·雲南·雲龍卷》，知識產權出版社，2013年，第4頁。

〔註67〕《永樂北藏》整理委員會：《永樂北藏》（第18冊），線裝書局，2008年，第939頁。

德而推動，德也成為萬物轉化的最終目的。這就是萬物以德而化。在中華民族神話中，這種萬物以德而化不僅體現在萬物相應的直接轉化中，如上面所舉的七鴿或二鴿化而為人、俄羅布化而為虎再由虎化而為萬物等，還體現在萬物相應的間接轉化中。如果說，萬物之間的直接轉化，為以德而化的第一重境界的話；那麼，萬物之間的間接轉化，就是以德而化的第二重境界。如《堅瓠集·餘集》卷二引周八龍《挑燈集異》所載《聚寶盆》神話：

> 明初，沈萬山貧時，夜夢青衣百餘人祈命。及旦，見漁翁持青蛙百餘，將事刲刳。萬山感悟，以鏹買之，縱於池中。嗣後喧鳴達旦，聒耳不能寐。晨往毆之，見俱環踞一瓦盆。異之，持其盆歸，以為盥手具，初不知其為寶也。萬山妻於盆中灌濯，遺一銀記於其中，已而見盆中銀記盈滿，不可數計。以金銀試之，亦如是，由是財雄天下。高皇初定鼎，欲以事殺之，賴聖母諫，始免其死，流竄嶺南，抄沒家資。得其盆，以示識古者，曰「此聚寶盆也」。後築金陵城不就，命埋其盆於城下，因名其門曰聚寶。〔註68〕

這則神話裏，既有萬物之間的直接轉化——「青蛙百餘」化而為「青衣百餘人」，也有萬物相應的間接轉化——青蛙「環踞一寶盆」。因沈萬山有好生之德，所以青蛙用這種奇特的方式暗示他此盆非同尋常，而青蛙的這一舉動，也是青蛙報恩之德的顯現。從這一意義上說，聚寶盆是由青蛙間接轉化而成的，也就是德化萬物的結果；而聚寶盆本身所有的化而不息的功能，也就成為德化萬物而不息的形象寫照。沈萬山最終失去聚寶盆，「流竄嶺南」，則是其與封建王權尖銳衝突下德之不存的別樣表述。家族與封建王權之間的衝突，正是封建宗法的主要特徵之一。於是，在這一宗法化表述中，神話以德為關捩，在萬物的間接轉化中，達成了化而不息的敘事目的。

這一表述方式在中華民族神話中的進一步抽象化，便是只保留了德化萬物的神髓，而徹底捨棄了萬物之間間接轉化的形跡。這正是萬物以德而化的第三重境界，也是陰陽互化的最高境界。如《西京雜記·籙術制蛇御虎》所載東海黃公神話：

> 有東海人黃公，少時為術，能制蛇御虎。佩赤金刀，以絳繒束髮，立興雲霧，坐成山河。及衰老，氣力羸憊，飲酒過度，不能復

〔註68〕《筆記小說大觀（七）》，江蘇廣陵古籍刻印社，1984年，第545頁。

行其術。秦末，有白虎見於東海，黃公乃以赤刀往厭之。術既不行，
遂為虎所殺。〔註69〕

東海黃公少時「能制蛇御虎」，「立興雲霧，坐成山河」，這是德化萬物的
形象表述。及其衰老，「飲酒過度」，致使陰陽失和而傷其德，故其「為虎所殺」。
正如張衡《西京賦》所云：「東海黃公，赤刀粵祝，冀厭白虎，卒不能救。挾
邪作蠱，於是不售。」〔註70〕有德則久生，失德而不存，這一寓意所指向的，
正是以德為關捩的陰陽化而不已。

又如《殷芸小說・秦漢魏晉宋諸帝》所載海神神話：

> 齊禹城東有蒲臺，秦始皇所頓處。時始皇在臺下縈蒲繫馬，至
> 今蒲生猶縈，俗謂之始皇蒲。始皇作石橋，欲過海觀日出處。時有
> 神人能驅石下海，石去不速，神人輒鞭之，皆流血，至今悉赤。陽
> 城十一山石盡起東傾，如相隨狀，至今猶爾。秦皇於海中作石橋，
> 或云：非人功所建，海神為之豎柱。始皇感其惠，乃週敬於神，求
> 與相見。神云：「我形醜，約莫圖我形，當與帝會。」始皇乃從石橋
> 入海三十里，與神人相見。左右巧者潛以腳畫神形。神怒曰：「速去。」
> 即轉馬，前腳猶立，後腳隨崩，僅得登岸。〔註71〕

始皇左右背棄始皇與海神的約定，「潛以腳畫神形」，海神遂恐而去，海岸
為之崩塌，以致始皇及左右「僅得登岸」，這正是失德而不存的形象表述。

陰陽互化而不已，則陰陽相生而不息。陰陽所具有的這種化生之德，已內
在地蘊含於陰陽相待化而不已的敘事層級中，而其最為顯豁的表述，則集中體
現於陰陽並立生而不息的敘事層級中。所謂陰陽並立生而不息，是在「天地萬
物渾然一體」的敘事背景下，遵循還陰於陰、以陽為陽的思維理路，在萬物相
續不已的生息中，而達成中華民族神話生生不息的敘事目的。最為直觀地彰顯
這一敘事目的的中華民族神話，是各民族族源神話，如鄂溫克族神話《鄂溫克
人的起源》：

> 有一個獵人進山打獵的時候，突然被一隻母熊抓住了。母熊把
> 他帶進山洞，強逼獵人與它成婚。獵人被逼無奈，便在山洞裏和母

〔註69〕成林、程章燦譯注：《西京雜記全譯》，貴州人民出版社，1993年，第87頁。
〔註70〕蕭統編：《文選》，上海古籍出版社，1986年，第77頁。
〔註71〕上海古籍出版社編：《漢魏六朝筆記小說大觀》，上海古籍出版社，1999年，
　　　　1016頁。

熊共同生活了幾年，直到他們生了一隻小熊。後來獵人趁機從山洞
中逃了出來。母熊發現獵人逃走了，便抱著小熊去追趕獵人。追到
江邊的時候，發現獵人乘木排跑了。母熊為此十分氣惱，就把小熊
當場撕成兩半，一半拋向獵人，一半留在身邊。留在身邊的成了後
來的熊；拋給獵人的就是後來的鄂溫克人。〔註72〕

獵人與母熊結合而生小熊，小熊的一半成為鄂溫克人，此後鄂溫克人又男
女相合，生生不息。神話正是在以男為陽、以女為陰的陰陽屬性相對固化的表
述中，借助男女相合也就是陰陽相合，而達成生生不息的敘事目的。

與此稍有不同的是另一類神話，如臺灣布農族狗糞生人神話：

古時候，路旁有一堆狗糞。有一天，有一個男人經過，看到狗
糞，就跑開了，因為狗糞很臭。那天晚上他妻子在裝粟米的簍子裏
看到一堆狗糞；誰把狗糞放在這兒？她覺得很奇怪，就把狗糞丟到
外面去。第二天早上她在簍子裏又看到一堆狗糞，她感到很驚訝，
又把狗糞丟出去。半夜時，狗糞突然跳起來，質問這一對夫婦道：
「為什麼老是把我攆出去？難道你們不知道我的指甲染了敵人的
血，都是鮮紅的嗎？」於是這一對夫婦就收養狗糞為兒子，以後成
了 Tansikian 一姓的祖先。〔註73〕

在這則神話中，狗糞是這一對夫婦收養的兒子，而不是他們所生的兒子，
這是其與上一類神話所不同的地方。狗糞生人神話的這一表述，雖然與男女相
合而生子有所不同，但這正是民間故事習見的表述方式。一家人，夫婦沒有孩
子，後來男的撿到什麼東西變成孩子，或是在較晚期的故事中，夫婦撿到一個
不知哪兒來的孩子，正是民間故事習見的開端，這說明這一神話已經開始向民
間故事發展，但還沒有發展為正式的民間故事；而在布農傳說中，狗是生長在
海中的動物，狗與水有聯繫，與此相應，在阿爾泰山較原始的哈加斯族民間故
事水王之子中，狗是水王之女，這個故事與中國、朝鮮、日本流傳很廣的龍女
故事相同，是同一個類型。〔註74〕因此，這則神話中夫婦收養狗糞為兒子這一
因素，實際上就是男女相合生子這一因素在民間故事中的變形。這種糅合了民

〔註72〕谷德明編：《中國少數民族神話》，中國民間文藝出版社，1987年，第60頁。
〔註73〕（俄）李福清：《神話與鬼話——臺灣原住民神話故事比較研究（增訂本）》，
社會科學文獻出版社，2001年，第101頁。
〔註74〕參見（俄）李福清：《神話與鬼話——臺灣原住民神話故事比較研究（增訂本）》，
社會科學文獻出版社，2001年，第102頁。

間信仰的因素與神話的合體，是中華民族神話向民間故事發展時所帶有的突出特徵。如《苗族古歌》所唱的：「我倆來看那神仙，是個什麼媽媽生，才有這個神仙呀？西汪婆婆好心人，架起那座遠古橋，天空架橋才能生，才能生下那神仙。」〔註75〕苗族信仰民俗認為，架橋可以生兒育女。在這裡，男女相合生子為架橋生子所替代。這就是說，架橋生子所指向的，與狗糞生人一樣，同樣是男女相合而生子。而從另一層面來看，架橋生子與狗糞生人，同樣又指向陰陽相化。《莊子·知北遊》云：「東郭子問於莊子曰：『所謂道，惡乎在？』莊子曰：『無所不在。』東郭子曰：『期而後可。』莊子曰：『在螻蟻。』曰：『何其下邪？』曰：『在稊稗。』曰：『何其愈下邪？』曰：『在瓦甓。』曰：『何其愈甚邪？』曰：『在屎溺。』」〔註76〕「立天之道，曰陰與陽。」〔註77〕既然道無處不在，則萬物皆陰陽相化而成，屎溺也就是狗糞既與瓦甓相等，也與螻蟻、架橋、男女相等。於是，陰陽互化與陰陽相生這兩條敘事線索，在中華民族神話裏，就合二為一了。

在陰陽互化與陰陽相生的合流中，中華民族神話達成了生生不息的敘事目的，而陰陽互化與陰陽相生的合流，又建立在化生之德這一核心上，因此，中華民族神話生生不息的這一敘事目的，也就自然由陰陽合德這一敘事導向所界定。中華民族神話的敘事目的與敘事導向，又都是在陰陽元素的組合中，依循陰陽義理而呈現出來的，也就是在陰陽為本的敘事結構中顯現出來的，於是，陰陽為本的敘事結構、陰陽合德的敘事導向、生生不息的敘事目的，就共同成為中華民族神話的敘事策略。在這一敘事策略的統攝下，中華民族神話以敬天法祖為起點，以陰陽、剛柔、仁義為核心，以宗法社會現實生活為藍本，在天人合一境界的達成中，闡明了人神淆雜的神話世界所應遵循的宗法原則，所應恪守的宗法倫理。正是在這一系列因素的結合，以及由此而構成的神話體系中，中華民族神話宗法化的意義才得以最終彰顯出來。

第二節　中華民族神話的宗法闡釋

中華民族神話的文化闡釋，與中華民族神話的敘事策略互為表裏。中華民

〔註75〕貴州省少數民族古籍整理出版規劃小組辦公室編，燕寶整理譯注：《苗族古歌》，貴州民族出版社，1993年，第38頁。

〔註76〕郭慶藩：《莊子集釋》，中華書局，1961年，第749～750頁。

〔註77〕阮元：《十三經注疏》，中華書局，1980年，第93頁。

族神話的敘事策略，不僅界定了中華民族神話的文化闡釋路徑，也決定著中華民族神話文化闡釋的具體內涵。中華民族神話是圍繞宗法原則、宗法倫理而展開敘事的，因此，中華民族神話的文化闡釋也必然以宗法為依歸，由宗法原則、宗法倫理所開出。中華民族神話宗法闡釋的確立與延展，以及由此生發的宗法闡釋的典型範式及其目標指向，正是中華民族神話敘事策略所對應層面的文化意義的具體彰顯。

一、宗法闡釋的確立與延展

如果說，一以貫之的天人合一思維，為中華民族神話接續原始思維提供了必要的前提的話；那麼，「延續並包容了中國原始文明及夏商二朝文化的精華」〔註78〕的宗法制，則在文化上，為中國神話時代與文明時代的連結起到了重要的橋樑作用。這就使得載錄傳承神話時人們的思維方式、文化理念，能與原始思維、原始文化理念無痕對接。換句話說，天人合一的思維模式，以及由此催生的宗法制，使得中華民族神話在載錄傳承過程中，能最大限度地彰顯中華民族神話的文化特質。從另一層面而言，由於中華民族神話載錄傳承過程中所特有的「零散、片段、歷史化、文學化與哲學化」〔註79〕等特點，中華民族神話始終未能獲得獨立的發展，而僅被當作呈現載錄傳承者文化理念的素材加以使用，因此，中華民族神話自載錄之時起，就自覺地肩負起了文化闡釋這一歷史使命；而當文化闡釋與中國文化精神的源頭——宗法合流時，這就意味著，宗法闡釋必然成為中華民族神話的文化闡釋之維。這一點，在中華民族神話的初始載錄時期，就已經鮮明地體現出來了。

最早載錄中國神話的典籍為《尚書》。《尚書》張揚的是以敬德保民為內核的天命觀。這一天命觀，是以鬼神為內核的商代絕對天命觀的革命。於是，在改造商代祖神合一宗族祖先崇拜觀的基礎上，周代的祖神分離宗族祖先崇拜觀正式形成。祖神分離宗族祖先崇拜觀的核心是「以德配天」，即以德溝通天人，將祖神融為一體。這就意味著，貫穿《尚書》的文化精神，是以尊祖敬宗為原則，宗君合一為指向，以延祖祀為目的的周代宗法制。因此，《尚書》中所載錄的零散的神話片段，自然就成為天人合一思維模式指引下，闡釋這一宗法精神的生動載體。

〔註78〕錢宗範：《周代宗法制度研究》，廣西師範大學出版社，1989年，第386頁。
〔註79〕楊利慧：《神話與神話學》，北京師範大學出版社，2009年，第121頁。

如《尚書·堯典》曰：「曰若稽古帝堯，曰放勳。……克明俊德，以親九族，九族既睦。……帝曰：『咨！四岳：湯湯洪水方割，蕩蕩懷山襄陵，浩浩滔天。下民其咨，有能俾乂？』僉曰：『於！鯀哉。』帝曰：『吁，咈哉！方命圮族。』岳曰：『異哉，試可乃已。』帝曰：『往，欽哉！』九載，績用弗成。」〔註80〕明德則可溝通天人，親睦九族，喪德則「放棄教令，毀其族類」〔註81〕，因此，堯為後人所尊崇，而「鯀不可用」〔註82〕。孫星衍疏：「九族，今文為異姓，古文為同姓。……《喪服小記》說服之義曰：『親親，以三為五，以五為九。』」〔註83〕敬德保民，親親尊尊，這正是依託於天人合一思維的周代宗法制的核心內容。又如《尚書·堯典》曰：「舜讓於德弗嗣。正月上日，受終於文祖。……肆類於上帝，禋於六宗，望於山川，徧於群神。……流共工於幽州，放驩兜於崇山，竄三苗於三危，殛鯀於羽山，四罪而天下咸服。」〔註84〕惟德可溝通天人，因此，舜告攝，先「讓於德弗嗣」，繼之以祭上帝、六宗，續之以尊卑次秩祭山川群神，終之以流四凶。舜之所以為「天下咸服」，在於其為政28年間所採取的這一系列舉措，而這一系列舉措，正是天人合一思維模式引領下行為方式的形象表述。四凶，孫星衍注引鄭康成曰：「《左傳》帝鴻氏不才子謂之渾敦，少皞氏不才子謂之窮奇，顓頊氏不才子謂之檮杌，縉雲氏不才子謂之饕餮。命驩兜舉共工，則驩兜為渾敦也，共工為窮奇也，鯀為檮杌也，而三苗為饕餮可知。禹治水事畢，乃流四凶。舜不刑此四人者，以為堯臣，不忍刑之。」〔註85〕由此而言，舜一系列舉措所欲維繫的社會制度，正是因於敬德，繼以尊尊，續以保民，而復歸敬德的宗法制。這就意味著，當《尚書》將共工、驩兜、鯀等置於這一語境中敘述時，自然就將其人其事的相關表述，納入了宗法的框架之中，使其成為闡釋宗法精神的生動載體。由此，中華民族神話正式確立了宗法闡釋這一文化闡釋維度。

這一文化闡釋維度一經確立，不僅為此後中華民族神話的載錄傳承提供了可資借鑒的範式；更因「宗法制度所界定、規範的中國歷史模式和中國文化精神，以及它所給予中國人性格、精神、智慧的深刻影響及其對日常生活廣泛

〔註80〕孫星衍：《尚書今古文注疏》，中華書局，1986年，第2～28頁。
〔註81〕班固：《漢書》，中華書局，1962年，第3382頁。
〔註82〕范曄：《後漢書》，中華書局，1965年，第1221頁。
〔註83〕孫星衍：《尚書今古文注疏》，中華書局，1986年，第7～8頁。
〔註84〕孫星衍：《尚書今古文注疏》，中華書局，1986年，第34～57頁。
〔註85〕孫星衍：《尚書今古文注疏》，中華書局，1986年，第57～58頁。

而又潛在的作用」〔註86〕，其得以成為此後中華民族神話文化闡釋路徑的自覺
選擇。如《墨子·非攻下》在載錄相關神話時，就是如此：

> 昔者有三苗大亂，天命殛之。日妖宵出，雨血三朝，龍生廟，
> 大哭乎市，夏冰，地坼及泉，五穀變化，民乃大振。高陽乃命玄宮
> 禹親把天之瑞令，以征有苗。四電誘祗，有神人面鳥身，若瑾以侍，
> 搤矢有苗之祥，苗師大亂，後乃遂幾。禹既已克有三苗，焉磨為山
> 川，別物上下，卿制大極，而神民不違，天下乃靜。〔註87〕

三苗無德引發天怨神怒，這正是天人合一思維模式的生動寫照；而舜命禹
征伐有苗以安撫人民，以及禹攻克有苗後「別物上下，卿制大極，而神民不違」
等所闡釋的，正是敬德保民、親親尊尊的宗法精神。換句話說，《墨子》載錄
傳承神話時所遵循的文化闡釋路徑，同樣是《尚書》所確立的宗法闡釋之途；
而這一文化闡釋路徑，同樣為其他文獻載錄傳承中華民族神話時所遵從。這一
點，將在後面的論述中得到更進一步的證明。由此而言，中華民族神話自初始
載錄之日起，就以闡釋宗法精神為務；而此後中華民族神話的不斷載錄傳承，
則是這一文化闡釋路徑的自然延展。

二、宗法闡釋的典型範式

宗法闡釋一經確立為中華民族神話的文化闡釋之維，而且為後世所傳承
時，中華民族神話便走上了這樣的一條道路：以宗法精神為根底，由載錄傳承
神話時的文化理念出發，從不同層面不同角度圖解原始文化理念。雖因載錄傳
承神話者立場的不同，多層面多角度闡釋宗法，成為中華民族神話文化闡釋的
必然選擇；但既然中華民族神話一歸於宗法精神，其多樣化闡釋便自然具有了
共性，即圍繞宗法的核心內容而展開，由此鍛造出中華民族神話宗法闡釋的典
型範式。

與宗法的核心內容相呼應，中華民族神話宗法闡釋的典型範式有三：其
一，立足明德的敬德保民範式；其二，根基繁衍的宗族祖先崇拜範式；其三，
本於陰陽的秩序重建範式。

敬德是周代文化有別於殷代文化的核心所在，也是周代宗法得以確立的

〔註86〕錢宗範：《周代宗法制度研究》，廣西師範大學出版社，1989年，第392頁。
〔註87〕辛志鳳、蔣玉斌等：《墨子譯注》，黑龍江人民出版社，2003年，第120～121
頁。

根基；保民則是天人合一思維模式下，敬德觀的自然發展。正是在這一意義上，敬德保民範式得以成為中華民族神話文化闡釋的首選範式。

所謂敬德保民範式，是指載錄傳承神話的具體語境以及神話的主體內容，都導嚮明德之下的保民。這一文化闡釋範式往往具備如下幾個基本元素：其一，君上「克明俊德」；其二，惡神罔顧天德，禍亂平民；其三，君上或自己或命人懲罰惡神；其四，惡神既除，「天下乃靜」。敬德保民範式所包含的這些要素，在上文所引堯、舜神話中，已能完整地見出，為更好地說明問題，再舉數例以明之。盤瓠神話是中國廣為流傳的人類起源神話，最早見於東漢應劭的《風俗通義・佚文・四夷》：

> 昔高辛氏有犬戎之寇，帝患其侵暴，而征伐不克，乃訪募天下有能得犬戎之將吳將軍頭者，購黃金千鎰，邑萬家，又妻以少女。時帝有畜狗，其毛五采，名曰盤瓠，下令之後，盤瓠遂銜人頭，造闕下。群臣怪而診之，乃吳將軍首也。帝大喜，而計盤瓠不可妻之以女，又無封爵之道，謀欲有報，而未知所宜。女聞之，以為帝皇下令，不可違信，因請行；帝不得已，乃以女配盤瓠。盤瓠得女，負而走，入南山，止石室中，所處險絕，人跡不至。於是女解去衣裳，為僕鑒之結，著獨立之衣。……經三年，生子一十二人，六男六女，盤瓠死後，因自相夫妻。……其後滋蔓，號曰蠻夷。〔註88〕

《搜神記・狗祖盤瓠》在傳承這一神話時，情節雖有所增添，但主線仍承《風俗通義》而來：

> 高辛氏有老婦人，居於王宮，得耳疾歷時。醫為挑治，出頂蟲，大如繭。婦人去後，置以瓠蘺，覆之以盤，俄而頂蟲乃化為犬，其文五色，因名盤瓠，遂畜之。時戎吳強盛，數侵邊境，遣將征討，不能擒勝。乃募天下有能得戎吳將軍首者，購金千斤，封邑萬戶，又賜以少女。後盤瓠銜得一頭，將造王闕。王診視之，即是戎吳。為之奈何？群臣皆曰：「盤瓠是畜，不可官秩，又不可妻。雖有功，無施也。」少女聞之，啟王曰：「大王既以我許天下矣。盤瓠銜首而來，為國除害，此天命使然，豈狗之智力哉？王者重言，伯者重信，不可以女子微軀，而負明約於天下，國之禍也。」王懼而從之，令少女從盤瓠。盤瓠將女上南山，草木茂盛，無人行跡。於是女解去

〔註88〕王利器：《風俗通義校注》，中華書局，1981年，第489～490頁。

衣裳，為僕豎之結，著獨力之衣，隨盤瓠升山，入谷，止於石室之中。……蓋經三年，產六男六女。盤瓠死後，自相配偶，因為夫婦。……號曰蠻夷。〔註89〕

上引盤瓠神話的基本情節線索為：犬戎（戎吳）殘民以逞—高辛氏征伐不克—高辛氏以重賞募天下能除犬戎（戎吳）首惡者—盤瓠擒殺犬戎（戎吳）首惡—高辛氏不欲賞犬—女以王者重言諫高辛氏—高辛氏以女妻盤瓠。整個故事都是圍繞敬德、保民兩大核心線索展開敘事：犬戎（戎吳）無德殘民，盤瓠立德安民，高辛氏重德順民。非常有意思的是，與上引《尚書》《墨子》中的堯、舜神話相較，盤瓠神話的文化闡釋雖然同樣指向敬德保民，但其基本含義已在某種程度上發生了位移：由《尚書》《墨子》所載神話中的君上「克明俊德」，轉向了《風俗通義》《搜神記》所載神話中的君上為女所迫而不得不守信重德。如果單純從神話文本來看，這一轉向似乎無關宏旨，只是為了使故事情節更為生動曲折；但如果將其置於特定的文化背景——宗法的演變歷程中來看的話，我們就會發現，這一位移的出現，恰好與宗法的下移相呼應。周代宗法的突出特點是宗君合一。王國維先生指出：「周人嫡庶之制，本為天子諸侯繼統法而設，復以此制通之大夫以下，則不為君統而為宗統，於是宗法生焉。……是故天子諸侯，雖無大宗之名，而有大宗之實。……惟在天子諸侯，則宗統與君統合，故不必以宗名。」〔註90〕周天子既為天下大宗，則其上應天德，下統百姓的神聖地位無可撼動，故《尚書》《墨子》所載神話中的君上，不僅天生盛德，且能「克明俊德」。到了東漢之際，宗法已從宗君合一的原初狀態中走出，取而代之的是宗統與君統兩分，且宗法的統攝對象，也由周代的大夫以上下移至士民，故《風俗通義》《搜神記》所載神話中的君上已不復天生盛德，而「少女」則能守信不移。從高辛氏德行的瑕疵，以及「少女」話語權的提升中，我們能分明見出漢魏宗法對盤瓠神話所施加的影響。這就在證明宗法闡釋是中華民族神話文化闡釋之維的同時，也印證了本文前面所提出的觀點：神話是後人以其時文化理念圖解原始文化理念的產物。

又如《穆天子傳》卷三所載西王母神話：

〔註89〕干寶著，馬銀琴、周廣榮譯注：《搜神記》，中華書局，2009年，第250～251頁。

〔註90〕王國維：《王國維文集》（第四卷），中國文史出版社，1997年，第46～47頁。

　　　　吉日甲子，天子賓於西王母。乃執白圭玄璧以見西王母，好獻
　　錦組百純，□組三百純。西王母再拜受之。□乙丑，天子觴西王母
　　於瑤池之上。西王母為天子謠曰：「白雲在天，山陵自出。道里悠
　　遠，山川間之。將子無死，尚能復來。」天子答之曰：「予歸東土，
　　和治諸夏。萬民平均，吾顧見汝。比及三年，將復而野。」天子遂
　　驅陞於弇山，乃紀其跡於弇山之石，而樹之槐，眉曰：「西王母之
　　山」。西王母還歸其□，世民作憂以吟曰：「比徂西土，爰居其野。
　　虎豹為群，於鵲與處。嘉命不遷，我惟帝女。天子大命，而不可稱。
　　顧世民之恩，流涕卉隕。吹笙鼓簧，中心翔翔。世民之子，惟天之
　　望。」〔註91〕

　　周穆王與西王母相約，等他回歸東土，「和治諸夏」，三年之後再回來見她。
「和治諸夏」是天子之職。當周穆王與西王母兩情繾綣之時，仍然不忘自身所
肩負的職責，這正是周穆王忠於職守也就是敬德的體現。「萬民平均」是「和
治諸夏」的結果，其所指向的國泰民安，自然就是立足於敬德的保民。由此而
言，貫穿這則綺麗愛情神話故事核心的，同樣是敬德保民的宗法文化內涵。
　　又如梁載言《十道志》卷下所載鼎鼻山神話：

　　　　鼎鼻山。周道衰微，九鼎淪沒於此山之下，其水清澄，今民猶
　　或見其鼎耳。〔註92〕

　　周道雖然衰微，但由周道所奠定的敬德保民的宗法文化內涵卻為後世所
遵循，依此治國，便能河清海晏，承載這一政治文化內涵的九鼎後人猶或可見，
以及九鼎所處之地「其水清澄」，就是明證。反之，如果悖德棄民，則宗廟傾
覆。《金樓子·箴戒篇》所載褒姒神話，正指向這一層面：

　　　　周幽王嬖愛褒姒，褒姒生子白服，廢太子而立之，用褒姒為后。
　　褒姒者，周宣王時歌云：「檿弧箕服，實亡周國。」宣王下國內有白
　　服者殺之。時褒姒初生，父母不養而棄。白服者聞嬰兒啼，因取以
　　奔褒。後褒人以姒贖罪，因名褒姒焉。〔註93〕

　　周幽王廢太子宜臼而以褒姒子伯服為太子，這是有違宗法原則的悖德之

〔註91〕上海古籍出版社編：《漢魏六朝筆記小說大觀》，上海古籍出版社，1999年，
　　　　第14頁。
〔註92〕王謨輯：《漢唐地理書鈔》，中華書局，1961年，第287頁。
〔註93〕北京師聯教育科學研究所編：《中國古典文化大成·古典名著卷·金樓子》，學
　　　　苑音像出版社，2001年，第15頁。

舉。《春秋公羊傳·隱公元年》曰：「立適以長，不以賢。立子以貴，不以長。」
〔註94〕周幽王廢申后，以褒姒為后，又以伯服為太子，這一系列悖德行為，是
對宗法原則的一再沖決。而周宣王為了消除亡國之徵，「下國內有白服者殺
之」，又是對宗法保民目的的徹底背棄。悖德而棄民，這是周道衰微的徵兆，
也是西周滅亡的根本原因所在。

《史記·周本紀》所載褒姒神話，則更為直接地點明了悖德棄民與宗廟傾
覆之間的因果關係：

> 三年，幽王嬖愛褒姒。褒姒生子伯服，幽王欲廢太子。太子母
> 申侯女，而為后。後幽王得褒姒，愛之，欲廢申后，并去太子宜臼，
> 以褒姒為后，以伯服為太子。周太史伯陽讀史記曰：「周亡矣。」昔
> 自夏后氏之衰也，有二神龍止於夏帝庭而言曰：「余，褒之二君。」
> 夏帝卜殺之與去之與止之，莫吉。卜請其漦而藏之，乃吉。於是布
> 幣而策告之，龍亡而漦在，櫝而去之。夏亡，傳此器殷。殷亡，又
> 傳此器周。比三代，莫敢發之。至厲王之末，發而觀之。漦流于庭，
> 不可除。厲王使婦人裸而譟之。漦化為玄黿，以入王後宮。後宮之
> 童妾既齔而遭之，既笄而孕，無夫而生子，懼而去之。宣王之時童
> 女謠曰：「檿弧箕服，實亡周國。」於是宣王聞之，有夫婦賣是器者，
> 宣王使執而戮之。逃於道，而見鄉者後宮童妾所棄妖子出於路者，
> 聞其夜啼，哀而收之，夫婦遂亡，犇於褒。褒人有罪，請入童妾所
> 棄女子者於王以贖罪。棄女子出於褒，是為褒姒。當幽王三年，王
> 之後宮見而愛之，生子伯服，竟廢申后及太子，以褒姒為后，伯服
> 為太子。太史伯陽曰：「禍成矣，無可奈何！」〔註95〕

周幽王起初欲「以褒姒為后，以伯服為太子」時，周太史伯陽就預料到
「周亡矣」。此後，周幽王最終「廢申后及太子，以褒姒為后，伯服為太子」，
周太史伯陽則感歎周亡國之禍已成。太史伯陽斷定周亡的理據，正在於周宣
王、周幽王父子背棄宗法原則與目的的悖德棄民之舉。後來，周幽王身死鎬
京，西周滅亡，則是其悖德棄民行為所導致的直接後果。在敬德保民與宗廟
社稷之緊密關係的表述中，中華民族神話文本從正反兩方面入手，形象生動
地闡明了中華民族神話所包蘊的宗法文化內涵。

〔註94〕阮元：《十三經注疏》，中華書局，1980 年，第 2197 頁。
〔註95〕司馬遷：《史記》，中華書局，1959 年，第 147 頁。

　　宗法本於尊祖，「尊祖故敬宗；敬宗，尊祖之義也」〔註96〕，由此，宗族
祖先崇拜範式成為中華民族神話宗法闡釋的另一典型範式。

　　所謂宗族祖先崇拜範式，是指中華民族神話以敘述宗族始祖婚配繁衍後
代為主體內容，進而表達對宗族始祖化生萬物的崇拜之情。這一文化闡釋範式
往往具備如下核心元素：其一，宗族始祖與同類或異類婚配而生子女；其二，
其子女或自相婚配或與異類婚配繁衍後代（在不同的文本中，這一元素或隱或
顯）；其三，其子女或為一族之祖或為一國之君。中國人類起源神話、文化起
源神話中的絕大部分，都是這一文化闡釋範式的產物。這些神話中，比較有名
的有玄鳥生商、大禹生啟。最早載錄玄鳥生商神話的，是《詩·商頌·玄鳥》：
「天命玄鳥，降而生商，宅殷土芒芒。」〔註97〕而較為完整地載錄大禹生啟神
話的，則是《吳越春秋·越王無餘外傳》：

> 禹三十未娶，行到塗山，恐時之暮，失其度制，乃辭云：「吾娶
> 也，必有應矣。」乃有白狐九尾造於禹。禹曰：「白者，吾之服也；
> 其九尾者，王之證也。塗山之歌曰：『綏綏白狐，九尾厖厖。我家嘉
> 夷，來賓為王。成家成室，我造彼昌。天人之際，於茲則行。』明矣
> 哉！」禹因娶塗山女，謂之女嬌。取辛、壬、癸、甲，禹行。十月，
> 女嬌生於啟。〔註98〕

　　因受敘述方式與敘述目的所限，這兩則神話只保留了宗族祖先崇拜範式中
的兩大基本元素：其一，宗族始祖與異類婚配而生子女，即玄鳥與簡狄婚配生子
契，禹與九尾白狐婚配生姒啟；其二，其子女或為一族之祖或為一國之君，即子
契為商族始祖，姒啟為夏帝。至於其子女或自相婚配或與異類婚配繁衍後代這一
元素，即子契、姒啟婚配以繁衍後代，則隱藏於文本敘述之中。雖則如此，其所
傳達出的宗族祖先崇拜意味，依然是非常明顯的。較為完整地保留了宗族祖先崇
拜範式三大基本元素的神話，有《山海經·海經》所載錄的盤瓠神話異聞：

> 大荒之中，有山名曰融父山，順水入焉。有人名曰犬戎。黃帝
> 生苗龍，苗龍生融吾，融吾生弄明，弄明生白犬，白犬有牝牡，是
> 為犬戎。〔註99〕

〔註96〕王國維：《王國維文集》（第四卷），中國文史出版社，1997 年，第 46 頁。
〔註97〕阮元：《十三經注疏》，中華書局，1980 年，第 622 頁。
〔註98〕張覺：《吳越春秋全譯》，貴州人民出版社，1993 年，第 248 頁。
〔註99〕袁珂：《山海經校注》，上海古籍出版社，1980 年，第 434 頁。

　　將這則神話與上引盤瓠神話參看，不難發現，該神話已較為完整地具備了宗族祖先崇拜範式的三大基本元素：弄明與犬婚配生白犬，白犬與人婚配生子女，其子女自相婚配而繁衍後代，其後代聚為犬戎，弄明為犬戎始祖。

　　自此而後，這三大基本元素，便較多地以顯豁的方式，存留於此類神話文本之中，如流傳於怒族的《臘普和亞妞》：

> 　　臘普和亞妞生育了七個子女，這些孩子長大後，有的是兄妹結為夫妻，有的是跟會說話的蛇、蜂、魚、虎交配，繁育下一代。後來人類逐步地發展起來，就以一個始祖所傳的後裔稱為一個氏族，與蛇所生的為蛇氏族，與蜂所生的為蜂氏族，與魚所生的為魚氏族，與虎所生的為虎氏族。每一個氏族都有一個共同的圖騰崇拜，蛇氏族崇拜蛇，虎氏族崇拜虎。〔註100〕

　　這則神話非常完整地保留了宗族祖先崇拜範式中的所有核心元素：其一，臘普和亞妞婚配生子女；其二，其子女或自相婚配或與異類婚配繁衍後代；其三，其子女分別成為不同氏族的始祖。三大核心元素在使文本帶有濃鬱的神話特質的同時，也使文本在直接敘事層面上與宗法相勾連，而這正是宗族祖先崇拜範式為中華民族神話宗法闡釋另一典型範式的意義所在。

　　而另外一些中華民族神話在傳達宗族祖先崇拜意味時，雖然不如上述神話那樣，較為完整地保留了宗族祖先崇拜範式的三大基本元素，但都保留了宗族祖先崇拜範式的某一元素。如《異域志‧穿胸國》所載穿胸國神話：「穿胸國在盛海東，胸有竅；尊者去衣，令卑者以竹木貫胸抬之，俗謂防風氏之民。因禹殺其君，乃刺其（胸），故有是類。」〔註101〕穿胸國為「防風氏之民」，而防風氏為禹所殺，因此，其刺胸之俗所導向的，顯然是尊祖敬宗之意。

　　又如《錄異記‧異人》所載廩君神話：

> 　　李特字玄休，廩君之後。昔武落鍾離山崩，有石穴二所，一赤如丹，一黑如漆。有人出於赤穴者，名務相，姓巴氏。有出於黑穴者，凡四姓：曎氏、樊氏、柏氏、鄭氏。五姓皆出，皆爭為長。於是務相約以劍刺穴能著者為廩君。四姓莫著，而務相之劍懸焉。又以土為船，雕畫之而浮水中，曰：若其船浮者為廩君。務相船又獨浮。

〔註100〕趙晶：《南方少數民族創世神話選集》，中國國際廣播出版社，2016年，第30頁。
〔註101〕耶律楚材、周致中：《西遊錄‧異域志》，中華書局，1981年，第62頁。

於是遂稱廩君。乘其土船，將其徒眾，當夷水而下，至於鹽陽。鹽
陽水神女子止廩君曰：「此魚鹽所有，地又廣大，與君俱生，可止無
行！」廩君曰：「我當為君求廩地，不能止也。」鹽神夜從廩君宿，
旦輒去為飛蟲，諸神皆從，其飛蔽日。廩君欲殺之不可別，又不知
天地東西，如此者十日，廩君即以青縷遺鹽神曰：「嬰此即宜之與汝
俱生，不宜將去汝。」鹽神受而嬰之，廩君至礐石上，望膺有青縷
者跪而射之，中鹽神，鹽神死，群神與俱飛者皆去，天乃開玄。廩
君復乘土船下及夷城，夷城石岸曲，泉水亦曲，望之如穴狀。廩君
歎曰：「我新從穴中出，今又入此，奈何！」岸即為崩，廣三丈餘，
而階階相承。廩君登之，岸上有平石，長五尺，方一丈。廩君休其
上，投策計算，皆著石焉。因立城其旁而居之。其後種類遂繁。秦
併天下，以為黔中郡。薄賦斂之，歲出錢四十萬。巴人呼賦為賨，
因謂之賨人焉。〔註102〕

　　廩君巴氏為五姓之長後，率其徒眾至鹽陽，抵夷城，「其後種類遂繁」，而
其苗裔李特則為成漢政權奠基人。神話的這一敘述，以載述李特事蹟始，轉而
追述其始祖廩君的偉大功績，雜以氏族的遷徙過程，其中所傳達出的尊祖敬宗
之意，自是不言而喻的。這一文化闡釋所遵循的，正是宗族祖先崇拜範式。

　　宗法之作用，在於維護政治等級制度，穩定社會秩序，而「我們稱作原始
的那種思維，就是以這種對於秩序的要求為基礎的」〔註103〕，中華民族神話
由此而生重建秩序闡釋範式。

　　所謂重建秩序範式，是指中華民族神話所敘內容指向恢復既定的等級制
度，重建已有的社會秩序。這一文化闡釋範式大略包含兩大基本元素：其一，
既定的等級制度或已有的社會秩序遭到衝擊或破壞；其二，以特定手段恢復既
定的等級制度，重建已有的社會秩序。最早奠定這一文化闡釋範式的，是《尚
書‧呂刑》所載錄的中國宇宙起源神話重黎絕地天通：

　　　王曰：「若古有訓，蚩尤惟始作亂，延及于平民，罔不寇賊，鴟
　　　義姦宄，奪攘矯虔。苗民弗用靈，制以刑，惟作五虐之刑曰法，殺

〔註102〕上海古籍出版社編：《唐五代筆記小說大觀》，上海古籍出版社，2000年，第
　　　　1513頁。
〔註103〕（法）列維—斯特勞斯著，李幼蒸譯：《野性的思維》，商務印書館，1987年，
　　　　第14頁。

戮無辜。……虐威，庶戮方告無辜于上。……皇帝哀矜庶戮之不辜，報虐以威，遏絕苗民，無世在下。乃命重、黎，絕地天通，罔有降格。」〔註104〕

孫星衍疏：「言顓頊命重司天、黎司地，使神民不同位，上下分絕，以禮蒸享而通之，祭則受福，無有升降雜糅。」〔註105〕由此可見，《尚書》所載錄的這一神話，是周人祖神分離宗族祖先崇拜觀引領下，以祭祀為手段，以宗君合一為指向的周代宗法制的形象闡釋；而重黎絕地天通的目的，在於恢復因蚩尤作亂而被破壞了的既定的神民秩序——社會秩序，因此，其所闡釋的宗法精神也就不言而喻了。

而《國語・楚語下》在傳承這一神話時，則將這一目的表述得更為明晰：

昭王問於觀射父，曰：「《周書》所謂重、黎寔使天地不通者，何也？若無然，民將能登天乎？」對曰：「非此之謂也。古者民神不雜。民之精爽不攜貳者……在男曰覡，在女曰巫。是使制神之處位次主……而能知山川之號、高祖之主、宗廟之事……及少皞之衰也，九黎亂德，民神雜糅，不可方物。……蒸享無度，民神同位。民瀆齊盟，無有嚴威。……禍災薦臻，莫盡其氣。顓頊受之，乃命南正重司天以屬神，命火正黎司地以屬民，使復舊常，無相侵瀆，是謂絕地天通。」〔註106〕

觀射父明確指出，重黎絕地天通的目的在於「使復舊常」，即以巫覡為中介、宗廟祭祀為手段、親親尊尊為旨歸的宗法秩序的重建。至於中國宇宙起源神話中廣為人知的女媧補天、羿射十日，更是直接指向「使復舊常」這一文化意義。

最早載錄女媧補天、羿射十日的是《淮南子》：「往古之時，四極廢，九州裂，天不兼覆，地不周載，火爁炎而不滅，水浩洋而不息，猛獸食顓民，鷙鳥攫老弱。於是女媧煉五色石以補蒼天，斷鼇足以立四極，殺黑龍以濟冀州，積蘆灰以止淫水。蒼天補，四極正，淫水涸，冀州平，狡蟲死，顓民生」〔註107〕；「堯之時，十日並出，焦禾稼，殺草木，而民無所食。……堯乃使

〔註104〕孫星衍：《尚書今古文注疏》，中華書局，1986年，第519～523頁。
〔註105〕孫星衍：《尚書今古文注疏》，中華書局，1986年，第524頁。
〔註106〕《國語》，上海古籍出版社，1978年，第559～562頁。
〔註107〕劉文典：《淮南鴻烈集解》，中華書局，1989年，第206～207頁。

羿……上射十日而下殺猰貐。……萬民皆喜，置堯以為天子」〔註108〕。《淮南子》中女媧補天的總體言說背景是「覽觀幽冥變化之端，至精感天，通達無極」〔註109〕，而羿射十日的總體言說背景則是「本經造化出於道，治亂之由，得失有常」〔註110〕，因此，這兩則神話都指向社會秩序的重建。

具體而言，這兩則神話都完整地包含了重建秩序範式的基本元素：其一，既定的社會秩序遭到衝擊或破壞，此即女媧補天中的「四極廢」，羿射十日中的「十日並出」；其二，以特定手段重建或恢復已有的社會秩序，此即女媧補天以正四極，羿射十日殺猰貐以定天子。與之相應，中國人類起源神話女媧造人，則從維護既定的等級制度這一層面，闡釋了「使復舊常」的含義。《風俗通義·佚文·辨惑》：「俗說：天地開闢，未有人民，女媧搏黃土作人，務劇力不暇供，乃引絚於泥中，舉以為人。故富貴者黃土人也，貧賤者絚人也。」〔註111〕直接指向維護尊卑等級制度。

此後，與此相類的神話在傳承過程中，同樣因循了這一闡釋範式，比如說，流傳於雲南獨龍族的嘎美、嘎沙共同造人神話就是如此：

——在荒遠的古代，地上沒有人。一天，天上的大神嘎美和嘎沙來到了姆逮義隴噶地方，打算在這裡造人。這裡是一塊大得望不到邊的巖石，嘎美和嘎沙用雙手在巖石上搓出了泥巴，用泥巴捏出了泥巴團，又用泥巴團來捏人。不一會，人的頭捏出來了，身子捏出來了，手捏出來了，腳捏出來了。人捏成功了。嘎美·嘎沙想：有男有女才能傳後代，於是就捏出了一男一女。第一個捏出來的是男人，取名叫做普；第二個捏出來的是女人，取名叫做姆。可是，這兩個人的身上沒有血液，也不會呼吸。嘎美和嘎沙就往他倆身上吹了一口氣，頓時他倆的身上有了血液，也會呼吸了。嘎美和嘎沙又教會他倆怎樣幹活、怎麼生育後代。在他倆中，姆最聰明、最能幹，這是因為嘎美和嘎沙在捏她的時候，在她的肋巴骨上多放了些泥土的緣故。……

因為人是用泥巴捏成的，所以人死了以後也要用土葬。〔註112〕

〔註108〕劉文典：《淮南鴻烈集解》，中華書局，1989 年，第 254～255 頁。
〔註109〕劉文典：《淮南鴻烈集解》，中華書局，1989 年，第 191 頁。
〔註110〕劉文典：《淮南鴻烈集解》，中華書局，1989 年，第 244 頁。
〔註111〕王利器：《風俗通義校注》，中華書局，1981 年，第 601 頁。
〔註112〕陶立璠、趙桂芳等編：《中國少數民族神話彙編·人類起源篇》，中央民族學院少數民族古籍整理出版規劃領導小組辦公室，1984 年，第 250 頁。

　　雖然因為時代的變遷，這則神話中諸如「富貴者」「貧賤者」等帶有明顯等級烙印的直接表述語已不復存在，再加上受到南方民族神話宗法化時任巧智、重女性等特質的影響，該神話認為女性比男性更聰明，但從神話先捏男人後捏女人的造人順序，以及女人比男人更能幹的表述中，仍不難看出濃烈的男尊女卑意識的呈現。男人先於女人出現，這是明顯的男尊女卑。至於女人比男人更能幹，則是直接將女性定位於勞力層面，而間接將男性定位於勞心層面。《孟子・滕文公章句上》：「或勞心，或勞力；勞心者治人，勞力者治於人；治於人者食人，治人者食於人：天下之通義也。」〔註113〕朱熹注云：「君子無小人則饑，小人無君子則亂。以此相易，正猶農夫陶冶以粟與械器相易，乃所以相濟而非所以相病也。治天下者，豈必耕且為哉？」〔註114〕在君子與小人的比照，以及治天下者豈必躬耕的釋義中，不難見出勞心者與勞力者之間所固化的尊卑等差序列。朱熹所說的這一層意思，也可以從宗法社會的現實生活中得到印證。比如說，藏族婦女自古就遠較藏族男性能幹，但藏族婦女的地位歷來卻低於藏族男性。這一點，已在前文有所論述，此不贅言。因此，當神話依此而展開敘述時，其所內含的男尊女卑之意，以及由此而來的維護既定的尊卑等級制度之意，也就不言而喻了。

　　這裡有必要指出的是，以女性比男性更為能幹而曲折地彰顯男尊女卑的意識，是中華民族神話尤其是南方民族神話藉以傳達宗法文化內涵時，所習慣採用的表述方法，如壯族神話《巧匠造木人》：

　　　　從前，人很少，有一個木匠便到大森林裏去造木人。他造的木人會說會動，和真人一樣。他在溝邊造的木人像瑤人，在半坡上造的木人像儂人，在坡梁上造的木人像苗人。

　　　　他天天在山裏造木人，妻子便叫他兒子天天給他送午飯。這個木匠手藝這樣高超，自以為很聰明了，便想考一考他的妻子，看是男人靈過女人，還是女人靈過男人。

　　　　一天，他兒子又送午飯來給他了。可是當小孩走到森林邊叫一聲爹時，所有的木人都一起答應他。他怎麼也找不到爹，沒法，便提著午飯回家了。

　　　　走到家裏，媽媽問他為什麼沒把午飯送到，他照實說了。

〔註113〕　朱熹：《四書章句集注》，中華書局，1983 年，第 258 頁。
〔註114〕　朱熹：《四書章句集注》，中華書局，1983 年，第 259 頁。

媽媽便教他道：「現在你去送午飯，不要叫爹，只要逐個地去看。你爹造木人很累，鼻子上有三顆汗珠。你看見誰鼻子上有三顆汗珠，便把午飯交給他。」

小孩按著母親的話，把父親找到了。他父親大驚，問他道：「是誰教你來找到我的，主意真高！」小孩答道：「是媽媽。」

接著，木匠又把一根前後削得一樣大小的圓木棍交給兒子，說道：「你把這棍子拿回去，叫你媽打個記號，指出哪頭是樹根，哪頭是樹尖，明天帶來給我。」

小孩回家後，把他父親的話說了一遍。他母親便在木棍中間拴了根繩子吊起來，樹根那一頭重些，便往下墜了。這樣把記號標好，叫孩子帶去給父親。

第二天，小孩把木棍送到父親那裡，父親一看，更驚奇得了不得，暗想：「女人的本領真大。」

他一氣，便一把火把自己造的木人燒了。〔註115〕

神話的中心主旨是女人勝過男人，也就是女人比男人更聰明、更能幹。神話的這一表述，與上面的嘎美、嘎沙共同造人神話是一致的。而這一表述，卻是置於木匠造人的總體敘述背景下的。木匠「在滿邊造的木人像瑤人，在半坡上造的木人像僮人，在坡梁上造的木人像苗人」，這既是瑤、壯、苗一體同源的生動表述，又是視木匠為瑤、壯、苗始祖的形象表述，其中所流露出的，自然就是宗族祖先崇拜觀念。木匠承擔的是造木人的大業，木匠的妻子肩負的則是為木匠做飯的職責。沒有妻子的每天送返，木匠勢必飢餓；沒有木匠的造木人，其妻勢必無所依傍。兩人之間所以相濟的關係，一如朱熹所說是「君子無小人則飢，小人無君子則亂」。因此，置於這一總體敘述背景下的女人比男人更聰明、更能幹的意義表述，本質上仍然是帶有南方民族神話宗法化特質的男尊女卑意識的流露，其所指向的，同樣是維護既定的尊卑等級制度。

敬德保民、宗族祖先崇拜、重建秩序三大範式既然都指向宗法精神的某一核心層面，故其為宗法闡釋之典型範式自不待言。需要指出的是，這三大範式只是就神話文本的核心敘事層面或某一敘事層面而言的，並不意味著某一神話文本只包含一種文化闡釋範式。由於宗法內涵各層面的息息相關，多數神話

〔註115〕陳慶浩、王秋桂主編：《中國民間故事全集⑤‧廣西民間故事集（二）》，遠流出版事業股份有限公司，1989 年，第 26～27 頁。

文本實際上都是多種闡釋範式的合體，如上引重黎絕地天通、羿射十日神話，就是敬德保民、重建秩序文化闡釋範式的合體，而其他神話也大抵如此，此不贅述。

三、宗法闡釋的目標指向

在宗君合一的周代宗法制中，「人們一方面看到了由血緣溫情中成長起來的人文精神（親親），另一方面則也看到了文明所具有的專制主義（尊尊）。……中國宗法形態的演進始終在文明和自然的衝突中展開，可以說，這種文明和自然的矛盾構成了中國文化史的主旋律」〔註116〕。中華民族神話既然以闡釋宗法精神為使命，因此，其宗法闡釋的目標指向，一定是文明與自然纏繞複合下宗法目的的呈現。具體而言，這一目標指向三個層面：文明與自然的衝突，親親尊尊的倫理訴求，以延祖祀的現實目的。

文明與自然的衝突，在中華民族神話中，始終是一條潛在的敘述線索。伏羲、女媧兄妹婚神話，以及受其影響而產生的眾多兄妹婚神話，就是以其為敘事基調的：從自然層面而言，當洪水過後，世上僅僅只剩下兄妹二人時，為了繁衍人類，兄妹必須成婚；而從文明層面而言，當「在絕大多數社會中，亂倫（inceste）不僅是被禁止的，而且還被當作是所有不道德的行為中最嚴重的一種」〔註117〕時，兄妹之間則是絕對禁止婚配的。為消解這一文明與自然之間的衝突，兄妹婚神話就往往以滾石磨、合劍鞘、撕茅草、燒煙煙等方式，一再尋求神示天啟，以為兄妹成婚找到合理化的證據。前引土家族神話《補所和雍尼》、藏族神話《兄妹成親》等等，無不如此。又如流傳於寧夏西吉縣的神話《人間婚姻咋開始的》：

> 自打盤古開天闢地，女媧煉石補天以來，世上無聲無息，沒有人類。
>
> 這樣過了很久很久，盤古和女媧兩個人湊到一搭，你看看我，我看看你，都覺得年老了許多。兩個人不由地想：咱辛苦一輩子創了世，說不定過上多少年，都老百年了，把這世界留給誰去受用呢？沒人受用，咱還不是一輩子白創了世！

〔註116〕劉廣明：《宗法中國》，三聯書店上海分店，1993年，第24頁。
〔註117〕（法）愛彌兒‧涂爾幹著，汲喆、付德根、渠東譯：《亂倫禁忌及其起源》，世紀出版集團，上海人民出版社，2006年，第3頁。

　　二人後來把他們的想法告訴了玉皇大帝。玉皇一想說的也對：一旦盤古、女媧二人過世了，下界就沒了人，下界沒人居住，這天堂還能算天堂嗎？就是算天堂，沒下界的人敬，那還有啥意思呢？

　　玉皇這樣一想，就派人下界打了一合石磨。把石磨打成以後，又搬到山頂，他就把盤古、女媧叫到石磨跟前，讓石匠把兩扇磨子分開，同時向山下滾去。滾到山底，兩扇石磨一上一下合在了一塊。

　　玉皇哈哈一笑說：「你二人要叫世間永遠有人居住，何不效法石磨呢？」

　　盤古、女媧一看，頓時醒悟了。從此，二人結為夫妻，生兒育女，代代相傳。〔註118〕

　　這則神話雖然沒有明確說明盤古與女媧是兄妹，但神話文本的核心敘事，同樣與其他兄妹婚神話一樣，也是以滾石磨求天啟而得成婚配，儘管在表述方式上，其與其他兄妹婚神話有所不同；而盤古、女媧婚配後「生兒育女，代代相傳」的目的，則直接點明是為了敬天。這就是說，以神示天啟來彌合文明與自然之間的衝突，既是描摹人神淆雜世界的神話的自然選擇，更是祖神合一、祖神分離宗族祖先崇拜觀引領下中華民族神話宗法化時的必然選擇。

　　當然，最為直接地展示文明與自然衝突的中華民族神話，當為夸父逐日、共工怒觸不周山、形天舞干戚等。《山海經·海外北經》：「夸父與日逐走，入日。渴欲得飲，飲於河渭；河渭不足，北飲大澤。未至，道渴而死。棄其杖，化為鄧林。」〔註119〕《列子·湯問》同樣載錄了這一神話：「夸父不量力，欲追日影，逐之於隅谷之際。渴欲得飲，赴飲河渭。河渭不足，將走北飲大澤。未至，道渴而死。棄其杖，屍膏肉所浸，生鄧林。鄧林彌廣數千里焉。」〔註120〕兩相對比，可以發現一個有趣的現象，《山海經》只是平實地載錄了夸父與自然抗爭這一神話，而《列子》則在載錄這一神話時，以「不量力」一語，明顯地否定了夸父的抗爭。這既因《列子》所持的道家思想所致，也曲折地反映出，在文明與自然的纏繞複合中，人們已由與自然的抗爭，逐漸轉向認同自然秩序；而在這裡，自然秩序同時也意味著社會秩序，儘管人們

〔註118〕《中國民間故事集成》全國編輯委員會、《中國民間故事集成·寧夏卷》編輯委員會：《中國民間故事集成·寧夏卷》，中國 ISBN 中心，1999 年，第 13～14 頁。
〔註119〕袁珂：《山海經校注》，上海古籍出版社，1980 年，第 238 頁。
〔註120〕楊伯峻：《列子集釋》，中華書局，1979 年，第 161～162 頁。

明白，這一秩序有著不盡合理的一面。此誠如《列子‧湯問》載錄共工怒觸不周山神話時所言：「天地亦物也。物有不足。」〔註121〕而共工怒觸不周山神話則是這一理念的最好詮釋：「共工氏與顓頊爭為帝，怒而觸不周之山，折天柱，絕地維；故天傾西北，日月辰星就焉；地不滿東南，故百川水潦歸焉。」〔註122〕楊伯峻解《列子‧湯問》篇旨：「此篇去形全生以通其情，情通性達以契其道也。」〔註123〕既通萬物之情，則當「以契其道」，而君道乃天道，於是，認同社會秩序，就是「全生」的最佳選擇；反之，便只能以悲劇收結。《山海經‧海外西經》載錄的形天神話便是如此：「形天與帝至此爭神，帝斷其首，葬之常羊之山，乃以乳為目，以臍為口，操干戚以舞。」〔註124〕形天舞干戚神話，既是中國文化帶血前行的形象寫照，也是中國文化後來走向的預言：在不得已俯首既定社會秩序的同時，唯有以象言說心中的怨憤。在這裡，我們可以清楚地看到，「宗法制度所界定、規範的中國歷史模式和中國文化精神」是怎樣「給予中國人性格、精神、智慧的深刻影響及其對日常生活廣泛而又潛在的作用」〔註125〕的。

自然秩序不可移易，則社會秩序不可變更，故《禮記‧大傳》云：「親親也，尊尊也，長長也，男女有別，此其不可得與民變革者也。」〔註126〕此即「天不變，道亦不變」〔註127〕。於是，在文明與自然的不斷衝突中，親親尊尊的原則非但未被削弱，反而得到了進一步強化。因此，中華民族神話宗法闡釋的目標指向，也就自然地落在親親尊尊的倫理訴求這一層面上。

周代宗法之所以會走上倫理化道路，在於祖神分離所帶來的祖先道德化，以及由此而來的上帝與天的道德化。正是在這一意義上，《尚書》中的字（慈）、孝、恭、義、惠、仁、柔、敬、和、中等，在春秋以後被改造為宗法倫理的基本成分，而親親尊尊的倫理訴求，則是這一改造最為豐碩的成果。換句話說，「以德配天」思想是親親尊尊倫理化的先導，而親親尊尊則是「以德配天」思想發展的自然產物。由此而言，中華民族神話宗法闡釋敬德保民範式的目標指

〔註121〕楊伯峻：《列子集釋》，中華書局，1979年，第150頁。
〔註122〕楊伯峻：《列子集釋》，中華書局，1979年，第150～151頁。
〔註123〕楊伯峻：《列子集釋》，中華書局，1979年，第147頁。
〔註124〕袁珂：《山海經校注》，上海古籍出版社，1980年，第214頁。
〔註125〕錢宗範：《周代宗法制度研究》，廣西師範大學出版社，1989年，第392頁。
〔註126〕孫希旦：《禮記集解》，中華書局，1989年，第907頁。
〔註127〕班固：《漢書》，中華書局，1962年，第2519頁。

向，恰在於親親尊尊的倫理訴求。這一點，不僅在本文前面所舉的相關神話中已然見得十分清楚，即使在某些寓意幽微的神話片段中，也可以婉曲地見出，如中國文化起源神話中較為有名的倉頡造字神話。

最早載錄這一神話的是《荀子‧解蔽》：「故好書者眾矣，而倉頡獨傳者，一也。」〔註128〕《呂氏春秋‧君守》也簡略地載錄了這一神話：「奚仲作車，倉頡作書，后稷作稼，皋陶作刑，昆吾作陶，夏鯀作城。此六人者，所作當矣，然而非主道者。」〔註129〕《淮南子‧本經訓》的記述則稍顯生動：「昔者蒼頡作書而天雨粟，鬼夜哭。」〔註130〕劉文典集解：「蒼頡始視鳥跡之文，造書契，則詐偽萌生。詐偽萌生，則去本趨末，棄耕作之業而務錐刀之利。天知其將餓，故為雨粟。鬼恐為書文所劾，故夜哭也。」〔註131〕《荀子‧解蔽》言說的背景是「蔽者，言不能通明，滯於一隅，如有物壅蔽之也」〔註132〕，倉頡作書能抱元守一，通於神明，故其所載錄的這一神話為肯定型。《呂氏春秋‧君守》是「論述君主所當執守的根本——清靜無為」〔註133〕，倉頡作書「非主道者」所為，故其所載錄的這一神話為否定型。《淮南子‧本經訓》言說的背景是「本經造化出于道，治亂之由，得失有常」〔註134〕，倉頡作書專逞機巧，與道相違，故其所載錄的這一神話為否定型。若從表面層次來看，倉頡造字在載錄傳承過程中所呈現出的這一矛盾現象，是由不同時期轉述這一神話時人們的文化理念所決定的：《荀子》屬儒家，儒術務精，因此肯定倉頡作書；而《淮南子》與《呂氏春秋》屬雜家，法尚自然，故《呂氏春秋》否定倉頡作書，而《淮南子》則接續了《呂氏春秋》的闡釋範式。但如從更深層次來看，這一現象其實並不矛盾。「天下同歸而殊途，一致而百慮。」〔註135〕親親法尚自然，尊尊惟精惟一，其所指向的都是天道。這一點，從《淮南子‧本經訓》中可以婉曲見出：自重黎絕地天通後，祖神分離，德成為溝通天地的惟一中介，而本乎天

〔註128〕王先謙：《荀子集解》，中華書局，1988年，第401頁。

〔註129〕張雙棣、張萬彬、殷國光、陳濤：《呂氏春秋譯注》，吉林文史出版社，1987年，第552頁。

〔註130〕劉文典：《淮南鴻烈集解》，中華書局，1989年，第252頁。

〔註131〕劉文典：《淮南鴻烈集解》，中華書局，1989年，第252頁。

〔註132〕王先謙：《荀子集解》，中華書局，1988年，第386頁。

〔註133〕張雙棣、張萬彬、殷國光、陳濤：《呂氏春秋譯注》，吉林文史出版社，1987年，第550頁。

〔註134〕劉文典：《淮南鴻烈集解》，中華書局，1989年，第244頁。

〔註135〕阮元：《十三經注疏》，中華書局，1980年，第87頁。

啟通於鬼神的書契，卻為溝通天地搭起了另一座便利的橋樑，這無疑直接威脅到了周代宗法制的根本；本根動搖，則天道不存，不復親親尊尊，於是，「以彊勝弱，以眾暴寡」〔註136〕，亂象紛呈，「天雨粟，鬼夜哭」正是此際文明與自然劇烈衝突中社會現實的形象展示。由此而言，無論《荀子·解蔽》對此神話的肯定，還是《呂氏春秋·君守》《淮南子·本經訓》對此神話的否定，其目標都指向本於天道的親親尊尊的倫理訴求。

當然，與親親尊尊倫理訴求有著更為直接關聯的，則是宗族祖先崇拜範式與重建秩序範式的目標指向。宗族祖先崇拜範式建構的是親親尊尊的倫理原則，而重建秩序範式則是對這一倫理原則的維護。宗族祖先崇拜範式由自然的親親原則出發，在天人合德也就是陰陽合德的引領下，神化祖先，進而奠定文明的尊尊原則。在這種文化闡釋範式下，神話人物世系分明，甚而歷歷可考，上引《山海經·海經》所載錄的盤瓠神話異文即如此。又如《山海經·海內經》所載黃帝世系：「黃帝妻雷祖，生昌意，昌意降處若水，生韓流。韓流擢首、謹耳、人面、豕喙、麟身、渠股、豚止，取淖子曰阿女，生帝顓頊。」〔註137〕自黃帝至顓頊，譜系分明。重建秩序範式則是在此基礎上，進一步強化尊尊原則。這一點，從女媧補天神話中見得最為分明。女媧補天神話有兩點值得注意：其一，以補天的方式言說，將尊尊原則上升到天道層面；其二，以補天的先後順序嚴格維護尊尊原則，即以恢復天道為先（補天），繼而重建尊尊原則（立四極），復立尊卑等次（濟冀州─生顓民）。尊尊原則的強化，確保了祖先至高無上的地位。於是，在親親原則的驅動下，宗廟香火不絕，瓜瓞綿綿。這就自然指向了中華民族神話宗法闡釋的另一目標──以延祖祀。

這一目標，不僅隱含在重建秩序範式中，更為宗族祖先崇拜範式所直接包孕。流傳於臺灣賽夏族的洪水神話就是如此：

　　──太古時候，忽然起了洪水。有一個男子乘織布機飄到吉路比亞山崗頂上，山上有一個叫歐支波也荷彭的神，突然把避洪水的男子捉住，把這名幸存者殺死，並切碎他的肉，口念咒文，把肉塊投入海中，結果它們都變成人類，他們就是賽夏人的祖先。神又把這個人的腸截斷，投入海中，也成為人類，他們就是漢人的祖先。漢人為什麼長壽？因為他們是腸變成的。神再把骨頭投入海中，骨

〔註136〕蔣禮鴻：《商君書錐指》，中華書局，1986年，第107頁。
〔註137〕袁珂：《山海經校注》，上海古籍出版社，1980年，第442～443頁。

頭變成了兇猛而強悍的泰雅人。〔註138〕

　　這則神話中賽夏人與漢人綿延不絕的意味是不言而喻的，而漢人長壽泰雅人兇猛強悍的表述，更是尊尊原則的直接外化。宗族祖先崇拜範式與重建秩序範式的合體，使得以延祖祀——中華民族神話宗法闡釋的另一目標，得到了最好的呈現。此類神話在前文所引極多，茲不贅述。

　　除此之外，在中華民族神話中，以延祖祀的這一宗法闡釋目標，還有另外一種表述方式，就是以全家成神或一門數代登仙的敘事模式呈現出來。這一敘事模式，多見於可當作神話對象考察的仙話之中。樂史《廣卓異記》卷二十《神仙》所載故事，都屬於這一類型。茲舉數條：

　　　　真人名子長，齊人。少好道，到霍林遇仙人韓眾，授靈寶符傳，巨勝亦杯。真人服藥，年有八十歲，色如少女。妻子九人，皆服此藥，入勞盛山昇仙。住方丈之室，神洲受太元生錄，以五芝為糧，太上補為修門郎，位亞神次。唐玄宗夢二十七仙，稱是二十八宿，內貞人是星宿，於潛山得道，號潛山真君。(《潛山真君》)

　　　　許肇，長史十世祖也，不知得道時在酆都，為□明公右師晨。六代孫副，為南彈方侯。副之第三子邁，得道入蓋竹山為地仙。副之第四子穆，晉護軍長史，入華陽洞得道，為卓卿仙侯，署為上清真人。王母第二十女紫微夫人與穆書云：「玉醴金漿，交生神梨，方丈火棗，元光靈芝。我當與山中許道士，不與人間許長史。」穆之第二十聯十名虎死為地仙。羽穆之第三子翽，名宸，小字玉斧，為侍帝宸□□仙翁。翽之子蕃民，邁妻孫氏，穆妻陶氏，拜斗。穆孫女娥皇，娥皇妹道育，蕃民弟孫女瓊輝，《真誥》曰並皆得度也。(《五世十二人登仙》)

　　　　王子喬，周靈王之子晉也。好吹笙，作鳳皇鳴。遊伊洛之間，道士浮邱公接以上嵩高山。四千餘年後，於山中見桓良曰：「告我家，七月七日待我於緱氏山頭。」至是，果乘白鶴駐山巔，望之，不得到。舉手謝時人，數日而去。時有童謠曰：「王子喬，好神仙，七月七日上賓天。白虎□瑟鳳吹笙，乘雲鼓氣吹日精。長不歸秋山冷霏。」□□□□□為桐柏真人右弼主領五嶽司侍。子喬妹道香，周靈王第三女，宋姬之子，為子喬別生妹也。□□眉壽，□□俱入陸□□。道香受書

〔註138〕楊利慧：《神話與神話學》，北京師範大學出版社，2009年，第162～163頁。

為《紫清宮傳》。妃領東宮□□夫人子□□兄弟七人得道，五男二女，
眉壽亦得道。郡國至盧陵太和有玉山，即子喬曾控鶴於此，旱即祈雨。
禱祈時，有人誤喚奴者，即無雨。相傳云，子喬既為仙奴，附於此為
神，至今擇烈，民之為諱。(《一家七人登仙》)〔註139〕

　　袁珂先生認為，有些仙話「說的雖是升仙法，但為學、治事和養生的要旨
大約也都包括在裏面了。它的意象是豐富的，作為神話考察的對象，我看並沒
有什麼不可以」〔註140〕。上引仙話正是如此，何況其描摹的本來就是人神淆
雜的世界，帶有十分濃鬱的神話因子。上引三條仙話中，率先登仙成神者都具
有祖的身份，如潛山真君為樂史遠祖、許肇為長史十世祖、王子喬為王氏始祖，
因此，當其後代繼明纘緒，相繼登仙成神時，這一連串行為本身，也就是在宗
族祖先崇拜觀指引下，以一種特定的方式而延祖祀的特定行為。

　　文明與自然的複合纏繞，持續地強化著親親尊尊的倫理訴求，推動了以延
祖祀為目的的宗法的不斷發展，而中華民族神話的宗法闡釋，則形象地展示了
宗法形態的演進過程。在中華民族神話宗法闡釋的確立延展、中華民族神話宗
法闡釋的典型範式，以及中華民族神話宗法闡釋的目標指向中，我們不僅可以
見到宗法對中華民族神話所施加的深層影響，更可以見到中華民族神話對中
國文化所產生的深遠影響，如「自從盤古開天地，三皇五帝到如今」的敘述方
式，「看試手、補天裂」〔註141〕的人生使命，以及公侯萬代的祝頌之辭，等等。
與此同時，中華民族神話的宗法闡釋，又是藉助陰陽為本的敘事框架、陰陽合
德的敘事導向、生生不息的敘事目的得以實現的。這就意味著，以陰陽為核心
的中華民族神話文本的敘述方式（文本表達的形式）、敘事結構（文本內容的
形式）〔註142〕與文化闡釋的合一，為中華民族神話的宗法化，先天地注入了
文質彬彬的質地。得益於此，在中華民族神話與宗法的複合纏繞中，中國文化
蹣跚起步，經由持續不斷的演進，華麗地步入了當下生活；而這一歷史進程，
又為中華民族神話的宗法化，築牢了堅實的根基。

〔註139〕　《筆記小說大觀》(第一冊)，江蘇廣陵古籍刻印社，1983 年，第 265～266
　　　　　頁。
〔註140〕　袁珂：《中國神話史》，上海文藝出版社，1988 年，第 135 頁。
〔註141〕　朱德才：《增訂注釋辛棄疾詞》，文化藝術出版社，1999 年，第 91 頁。
〔註142〕　參見胡亞敏：《敘事學》，華中師範大學出版社，2004 年，第 14 頁。

第五章 中華民族神話宗法化的審美特徵與意義生成

別林斯基指出:「無疑地,藝術首先必須是藝術,然後才能是一定時期的社會精神和傾向的表現。不管一首詩充滿著怎樣美好的思想,不管它是多麼強烈地反映著當代問題,可是如果裏面沒有詩,那麼,它也就不能表現美好的思想和任何問題,我們所能看到的,不過是體現得很壞的美好的企圖而已。」〔註1〕中華民族神話的宗法化正是如此。一方面,中華民族神話以其宗法化,承載著「一定時期的社會精神和傾向」;另一方面,中華民族神話宗法化時所強烈反映著的「當代問題」,又是以詩的形式體現出來的。這種美好思想與詩的結合,就是黑格爾所說的感性的心靈化,以及心靈的感性化:「藝術作品所處的地位是介乎直接的感性事物與觀念性的思想之間。……在藝術裏,感性的東西是經過心靈化了,而心靈的東西也借感性化而顯現出來。」〔註2〕感性的心靈化,使得中華民族神話宗法化時必然導向審美境界,因而呈現出一系列獨特的審美特徵;而心靈的感性化,則使得中華民族神話宗法化時所帶有的獨特的審美特徵,必然生成一系列與其相關的特定的意義。

具體而言,中華民族神話宗法化時所帶有的獨特的審美特徵有三:其一,神格的世俗化;其二,德行的完美性;其三,強烈的生命意識。中華民族神話

〔註1〕 （蘇）別林斯基著,梁真譯:《別林斯基論文學》,新文藝出版社,1958年,第16頁。
〔註2〕 （德）黑格爾著,朱光潛譯:《美學》（第1卷）,商務印書館,1979年,第48～49頁。

宗法化時由此生成的特定的意義同樣有三：其一，切實的人生態度；其二，人人皆可為聖賢的人生導向；其三，自然與文明衝突下的抗爭精神。而中華民族神話宗法化時審美特徵與意義生成的合流，則是中華民族神話文本在詩性層面的合流。

第一節　中華民族神話宗法化的審美特徵

中華民族神話無疑是詩，而「文學是一種廣延性很強的事物，它必然會有社會性、政治性、認識性、道德性、宗教性、民俗性等特點，但是文學的所有這些屬性都必須溶解於審美中，才可能是詩意的，因此文學作為一種藝術，它的特性是審美」〔註3〕，所以說，中華民族神話詩意的呈現，必然是中華民族神話宗法化時所帶有的諸般屬性溶解於審美中的結果。說得更為透徹一點，中華民族神話宗法化的審美特徵，就是中華民族神話詩意之所在。

中華民族神話宗法化的審美特徵，具體體現為神格的世俗化、德行的完美性與強烈的生命意識。這三大審美特徵，是中華民族神話內蘊的宗法主體內容，於文本層面審美映像的鏈式展開，並由此構成了一個層次井然的自足的審美序列。

神格的世俗化，是這一層次井然的審美序列的基石。所謂神格的世俗化，就是指在神話文本中，神雖然擁有屬神的身份與能力，但這一屬神的身份與能力所導向的，並不是迥異凡俗的生活方式、審美取向與價值追求，而是以世俗生活為準繩的生活情趣、價值導向以及理想追求。這種神格的世俗化，也可以稱為神格的人格化。在神格的人格化中，隨著神格的下移，神的世界不僅與人的世界合而為一，神的需求、興趣、理想、價值觀也與人毫無二致。於是，神與人合二為一，神就是人，人就是神。

神與人的合二為一，遵從互滲律的原則，帶有原始思維的印痕。對於原始思維而言，互滲律就是一種完全徹底的、囊括一切的決定論，而巫術正是以此為前提的。〔註4〕正因為如此，「蠻野人看神話，就等於忠實的基督徒看創世紀，看失樂園，看基督死在十字架上給人贖罪等等《新》《舊約》的故事那樣。

〔註3〕童慶炳：《文學審美特徵論·自序》，華中師範大學出版社，2000年，第2頁。
〔註4〕參見（法）列維—斯特勞斯著，李幼蒸譯：《野性的思維》，商務印書館，1987年，第16頁。

我們底神聖故事是活在我們底典禮，我們底道德裏面，而且制裁我們底行為支配我們底信仰，蠻野人底神話也對於蠻野人是這樣」〔註5〕。但在另一方面，由於天人合一思維也遵從互滲律的原則，因此，這就為原始思維與宗法思維在神話層面的合一，奠定了堅實的基礎。有關天人合一思維與宗法思維之間的關係，前文已有過相關討論，此不贅述。這裡僅就天人合一與互滲律之間的關係，做一簡要的補充說明。

在天人合一思維的引領下，中國人眼中的萬事萬物，莫不因其自身所蘊含的神秘力量，彼此連結成一個息息相關的整體。對此，《禮記·月令》有著極為生動的描述：「孟春之月，日在營室，昏參中，旦尾中。其日甲乙，其帝大皞，其神句芒，其蟲鱗，其音角，律中大蔟。其數八，其味酸，其臭羶，其祀戶，祭先脾。東風解凍，蟄蟲始振，魚上冰，獺祭魚，鴻雁來。天子居青陽左个，乘鸞路，駕倉龍，載青旂，衣青衣，服倉玉，食麥與羊，其器疏以達。是月也，以立春。先立春三日，大史謁之大子曰：『某日立春，盛德在木。』天子乃齊。立春之日，天子親帥三公、九卿、諸侯、大夫以迎春於東郊，還反，賞公、卿、諸侯、大夫於朝。命相布德和令，行慶施惠，下及兆民。慶賜遂行，毋有不當。乃命大史守典奉法，司天日月星辰之行，宿離不貸，毋失經紀，以初為常。」〔註6〕董仲舒則直接將這種現象解釋為同類相動。《春秋繁露·同類相動第五十七》云：「今平地注水，去燥就溼，均薪施火，去溼就燥。百物去其所與異，而從其所與同，故氣同則會，聲比則應，其驗皦然也。試調琴瑟而錯之，鼓其宮則他宮應之，鼓其商而他商應之，五音比而自鳴，非有神，其數然也。美事召美類，惡事召惡類，類之相應而起也。如馬鳴則馬應之，牛鳴則牛應之。帝王之將興也，其美祥亦先見；其將亡也，妖孽亦先見。物故以類相召也，故以龍致雨，以扇逐暑，軍之所處以棘楚。美惡皆有從來，以為命，莫知其處所。天將陰雨，人之病故為之先動，是陰相應而起也。天將欲陰雨，又使人欲睡臥者，陰氣也。有憂亦使人臥者，是陰相求也；有喜者，使人不欲臥者，是陽相索也。水得夜益長數分，東風而酒湛溢，病者至夜而疾益甚，雞至幾明，皆鳴而相薄。其氣益精，故陽益陽而陰益陰，陰陽之氣，因可以類相益損也。天有陰陽，人亦有陰陽。天地之陰氣起，而人之陰氣應之而起，人之陰

〔註5〕（英）馬林諾夫斯基著，李安宅編譯：《巫術科學宗教與神話》，上海文藝出版社依商務印書館 1936 年初版影印，1987 年，第 122 頁。
〔註6〕孫希旦：《禮記集解》，中華書局，1989 年，第 400～414 頁。

氣起，天地之陰氣亦宜應之而起，其道一也。明於此者，欲致雨則動陰以起陰，欲止雨則動陽以起陽，故致雨非神也。而疑於神者，其理微妙也。非獨陰陽之氣可以類進退也，雖不祥禍福所從生，亦由是也。無非己先起之，而物以類應之而動者也。」〔註7〕董仲舒所謂的同類相動所遵循的原則，類似於列維─布留爾所說的互滲律。列維─布留爾認為，互滲律是原始思維特有的支配表象的關聯和前關聯的原則，而「關聯是包含在原始人所想像的和他一旦想像到了就相信的前件和後件的神秘聯繫中：前件擁有引起後件的出現和使之顯而易見的能力」〔註8〕。同類之所以能相動，正是因為前件和後件之間，存在著一種由互滲律關聯起來的神秘的聯繫；只不過在董仲舒這裡，這種神秘的聯繫為氣與陰陽所代替。說得更為清楚一點，兩件相互隔離的事物之間，之所以能在互滲律下互起作用，就是因為它們中間存在著氣這一媒介物。梁釗韜先生認為：「『氣』與『陰陽』的思想確有其悠久的歷史，且曾被認為是天經地義的原理。這並非董仲舒一人所發明，而是來自原始社會人們的思想。它的原型就是『馬那』」，「『氣』的觀念是巫術行為的原動力」。〔註9〕同類相動就是天人感應，而天人感應導向的境界又是天人合一，因此，天人合一與互滲律就在巫術這一層面合流了。

神人合一是天人合一的必然結果，既帶有原始思維的印痕，又受到宗法思維的制約。從宗法層面而言，神人合一既是祖神合一宗族祖先崇拜觀引領下，神與人（祖）以血緣為媒介物的自然狀態下的合一；也是祖神分離宗族祖先崇拜觀引領下，神與人（祖）以德為媒介物的文明形態下的合一。這種自然與文明的複合纏繞，決定著中華民族神話神格世俗化的發展方向與主體內容：一方面，中華民族神話浸染著濃濃的親情，與此同時，這一脈脈的親情又逐漸向著為德所調控的方向持續發展；另一方面，中華民族神話裏神的世界就是宗族社會現實的映現，神的生活方式就是宗族社會人們的生活方式，與此同時，受這一生活方式的影響，生活於其間的神的神格也就被相應地人格化了，而呈現出以忠孝節義等宗法倫理為依歸的主體人格特徵。

中華民族神話神格的世俗化，往往以親情為起點，又將這種親情置於五倫

〔註7〕蘇輿撰，鍾哲點校：《春秋繁露義證》，中華書局，1992年，第358～360頁。

〔註8〕（法）列維-布留爾著，丁由譯：《原始思維》，商務印書館，1981年，第67頁。

〔註9〕梁釗韜：《中國古代巫術：宗教的起源和發展》，中山大學出版社，1999年，第39、41頁。

八德的統攝之下，由此呈現為一幅等差格局中飽含濃濃親情的宗族社會世相圖。最為集中地呈現這一特徵的，是中華民族神話中的人類起源神話。無論是《淮南子·脩務訓》所記載的「禹生於石；契生於卵」〔註10〕神話，還是《北史·突厥傳》所載錄的突厥族源神話、《後漢書·南蠻西南夷列傳》所載錄的盤瓠神話，以及童虹宇先生所採集的雲南普米族石生人神話，等等等等，無不都是如此。

　　《淮南子·脩務訓》所記載的石生禹神話非常簡略，而其中所包含的意蘊，則可以從《漢書·武帝紀》元封元年春正月，顏師古引《淮南子》（今本《淮南子》無）注「夏后啟母石」中見出：「啟，夏禹子也。其母塗山氏女也。禹治鴻水，通軒轅山，化為熊，謂塗山氏曰：『欲餉，聞鼓聲乃來。』禹跳石，誤中鼓。塗山氏往，見禹方作熊，慚而去。至嵩高山下化為石，方生啟。禹曰：『歸我子。』石破北方而啟生。事見《淮南子》。」〔註11〕這則神話融夫妻之情、父子之情於一體，其中的夫妻之情置於妻以夫為天的宗法倫理的統攝之下

　　塗山氏化為石時應人禹所呼破而生啟，其中的父子之情則置於父慈的宗法倫理的統攝之下——大禹倉促之際心中所繫全在其子。而今日流傳於河南登封的化身為石的塗山氏復活的傳說，則從另一個層面，補足了留存於這一神話中而未能展開描寫的母子之情：「因啟日夜思念母親，感動了中嶽大帝，他奏請玉帝之後，使塗山氏復活。」〔註12〕啟感動中嶽大帝的，自然是他日夜思念母親的孝心。於是，將《淮南子》所載石生啟這一神話與塗山氏復活的傳說合在一起，我們不難得出這樣一個結論：這則神話以夫妻之情、父子之情、母子之情為敘事核心，在父子有親、夫婦有別的倫理表述中，以孝、義、恥為準繩，呈現出了一幅等差格局（父—子，夫—妻，母—子）中飽含濃濃親情的宗族社會世相圖。

　　《淮南子·脩務訓》所記載的卵生契神話同樣非常簡略，其較為詳盡的描述，可以從《詩·商頌·玄鳥》《史記·殷本紀》中見出。《古史考》引《索隱》曰：「契……其母娀氏女，與宗婦三人浴於川，元鳥遺卵，簡狄吞之。」〔註13〕

〔註10〕劉文典：《淮南鴻烈集解》，中華書局，1989 年，第 642 頁。

〔註11〕班固：《漢書》，中華書局，1962 年，第 190 頁。

〔註12〕（俄）李福清：《神話與鬼話——臺灣原住民神話故事比較研究（增訂本）》，社會科學文獻出版社，2001 年，第 74 頁。

〔註13〕譙周：《古史考》，見鄭堯臣輯《龍溪精舍叢書》（第二函），龍溪精舍刻，1918 年。

而其中所包含的意蘊，則可以更為直觀地從《列女傳·契母簡狄》中見出。在《列女傳·契母簡狄》中，卵生契這一神話的母子親情，是在簡狄仁惠課子，契順承其教的敘述中表達出來的：「簡狄性好人事之治，上知天文，樂於施惠。及契長，而教之理順之序。契之性，聰明而仁，能育其教，卒致其名。」〔註14〕《列女傳·契母簡狄》中，除了能從簡狄「與其妹娣浴於玄丘之水」的敘述中，略微窺見簡狄好潔淨、喜嬉戲的女性特徵外，在其教養兒子的過程中，並不能見出其本於女性特徵的絲毫的慈愛之舉，而只能見出其以宗法倫理為導向的教育的嚴明。於是，在女性特徵的缺失中，慈母轉化成了嚴父，母子之情為父子之情所替代。

女性身份的消解，或者說女性的中性化乃至男性化，是中華民族神話中女神形象所呈現出的共同特點。造成這一現象的原因自然是多方面的，但其中最為重要的一點，無疑是服從於宗法社會的實際需要。有關這一點，前文已有所論及，為了更清楚地說明這一點，此處再申而論之。

宗法社會以宗族祖先崇拜為精神支柱，以家長意志為行為指南，以五倫八德為行事準繩。在這樣一個層級井然的等差社會裏，個體只是祖先在現世的代言人，家長意志的執行者，宗法倫理的承載體。一句話，宗法社會裏個體的存在與價值，只有在不斷的依附與服從中，才能得到保障，才能得以彰顯：依附於宗族，附身於祖先，聽命於家長，服膺於宗法倫理。在不斷的依附與屈從中，個體以個性的喪失為代價，換來了宗族的永續，女性身份的消解正源於此。宗法社會裏女性的集體命運，呈現為對男性的不斷依附與屈從。《儀禮·喪服》：「傳曰：……婦人有三從之義，無專用之道，故未嫁從父，既嫁從夫，夫死從子。故父者子之天也，夫者妻之天也。」〔註15〕當女性淪為男性的附庸時，女性便不得不異化為宗法社會裏概念式的存在，在個性喪失的同時，連女性身份也一併消失在男性的陰影中了。

女性身份的消解，為《列女傳·契母簡狄》中的母子之情轉化為父子之情鋪平了道路，也為女性祖先向男性祖先轉化掃清了障礙。於是，契母簡狄神話中親情的流露，也就自然地為宗族祖先崇拜觀所統攝，並由此呈現出一幅等差格局中（父—子）飽含濃濃親情的宗族社會世相圖。

流傳於今日雲南普米族的石生人神話，同樣也是如此。該神話說，「天地

〔註14〕劉向：《古列女傳》，中華書局，1985年，第5頁。
〔註15〕阮元：《十三經注疏》，中華書局，1980年，第1106頁。

洞開,萬物剛出現時,天上降下吉澤乍瑪女神,她住在石洞中,與巴窩石人結婚,生了很多孩子。普米人把巴窩稱作『久才魯』石祖,把吉澤乍瑪稱為『阿移木』(女始祖),並用一塊石塊為他們倆的化身,供奉在火塘邊,逢年過節舉行大的祭祀儀式。」〔註16〕普米人對巴窩和吉澤乍瑪的尊奉,既是濃濃親情的率真流露,也是尊祖敬宗觀念的自然流露,同樣呈現為一幅等差格局中(祖先一後人)飽含濃濃親情的宗族社會世相圖。

神格的世俗化既然立足於飽含濃濃親情的宗族社會世相圖的呈現,因此,神人生活方式的同一,就成為神格世俗化的必然。在中華民族神話中,神人生活方式的同一,既指神人活動方式與行為特徵的同一,更指神人在生活情趣、喜好等方面的同一。如《酉陽雜俎前集·境異》所載突厥先祖射摩神話:

> 突厥之先曰射摩舍利海神,神在阿史德窟西。射摩有神異,海神女每日暮,以白鹿迎射摩入海,至明送出,經數十年。後部落將大獵,至夜中,海神女謂射摩曰:「明日獵時,爾上代所生之窟,當有金角白鹿出。爾若射中此鹿,畢形與吾來往,或射不中,即緣絕矣。」至明入圍,果所生窟中有金角白鹿起,射摩遣其左右固其圍,將跳出圍,遂殺之。射摩怒,遂手斬呵嗢首領,仍誓之曰:「自殺此之後,須人祭天。」即取呵嗢部落子孫斬之以祭也。至今,突厥以人祭纛,常取呵嗢部落用之。射摩既斬呵嗢,至暮還,海神女報射摩曰:「爾手斬人,血氣腥穢,因緣絕矣。」〔註17〕

海神女與射摩幽會時,「以白鹿迎射摩入海」,這一舉動,與游牧民族的習俗相吻合;而海神女又以射摩是否能射中金角白鹿,來測試兩人是否有緣的做法,既是游牧民族崇尚勇武的自然呈現,也與現實生活中人們認為婚姻靠緣分的固有想法相吻合。此後,射摩因為手下人擅自斬殺金角白鹿,使得他無法親手射中金角白鹿,破壞了他與海神女的姻緣,一怒之下,「遂手斬呵嗢首領」,「取呵嗢部落子孫斬之以祭」大,這一段敘事中所呈現出的射摩內心懊惱憤恨的情緒,以及殺人祭天的舉動,與現實生活中人們在特定情形下引發的內心情緒,以及突厥人固有的生活習俗相吻合。

《酉陽雜俎前集·境異》中這則神話前面所載帝女神話,其所反映出的,

〔註16〕(俄)李福清:《神話與鬼話——臺灣原住民神話故事比較研究(增訂本)》,社會科學文獻出版社,2001年,第73頁。
〔註17〕段成式撰,方南生點校:《酉陽雜俎》,中華書局,1981年,第44~45頁。

同樣也是神與人相同的性格與行為：

> 帝女子澤，性妬，有從婢散逐四山，無所依託。東偶狐狸，生
> 子曰狹；南交猴，有子曰溪；北通玃狙，所育為傖。〔註18〕

子澤好妬的性格，以及由此而將陪嫁的婢女都趕走，讓她們遠遠地分散居住在四面的山裏，以絕後患的行為，與普通女子沒有任何的不同。

又如《神異經·東荒經》所載玉女投壺神話：

> 東荒山中有大石室，東王公居焉。長一丈，頭髮皓白，人形鳥
> 面而虎尾。載一黑熊，左右顧望，恒與一玉女投壺。每投千二百矯，
> 設有入不出者，天為之噓嘘。矯出而脫誤不接者，天為之笑。〔註19〕

神話裏的天帝，既有常人的好奇之心——為投壺所吸引而異常投入地觀看，也有常人的無所顧忌——因投壺結果不同而發出由衷的歎息或放縱的大笑，而唯獨沒有天神應有的莊嚴與持重。當天神拋卻自己的地位與身份，如常人一般言笑晏然時，其也就從可敬可畏的神的形象，一變而為可親可愛的人的形象。於是，神格漸隱，人格頓生。中華民族神話也就在神人生活方式同一的表述中，達成了神格世俗化的審美追求。

當然，從本質上來說，神的世界必然是人的世界的映現，因為人不可能由自己的世界出發，而另外創造出一個與此完全不同的世界，這正如同人不能「用自己的手拔著頭髮，要離開地球一樣」〔註20〕；但中華民族神話並沒有著意區隔神與人的世界，也就是並沒有以神格之有無為神人世界的分界線，而是在界定屬神的世界的同時，以神格的人格化為樞紐，將神人世界合二為一，最終泯滅了神人世界的分界線。神人世界分界線的消失，使得神不再獨立高踞於人之上，而是泯然眾人矣——除了他們身上僅存的神性之外。於是，神人生活方式的同一，也就自然地導向了神格的世俗化。

而從另一個層面來看，神人合一，也意味著神性與人性的合一。神性與人性的合一，包含兩層意思：第一，神性以人性為根底，始終不離人性；第二，神性同時又是人性的昇華，是戰勝人性弱點後的最完美的集中呈現。一言以蔽之，神性與人性同而不同。正因為如此，中華民族神話中神性的彰顯，並不依

〔註18〕段成式撰，方南生點校：《酉陽雜俎》，中華書局，1981 年，第 44 頁。
〔註19〕上海古籍出版社編：《漢魏六朝筆記小說大觀》，上海古籍出版社，1999 年，第 49 頁。
〔註20〕魯迅：《論「第三種人」》，見《魯迅雜文全集》，河南人民出版社，1994 年，第 460 頁。

賴於神所擁有的超能力——儘管他們擁有超能力，而是憑藉其昇華人性所能達到的高度。彰顯人性光輝的人就是神，盡顯人性醜陋的神就是人。人神的分野，恰在於此。不離人性，決定著神格人格化的核心內涵；而人性的昇華，則為中華民族神話審美特徵由神格世俗化向德行完美性的順次躍升，構築起了自然的通道。

什麼是人性？《中庸》云：「天命之謂性。」〔註21〕朱熹注曰：「命，猶令也。性，即理也。天以陰陽五行化生萬物，氣以成形，而理亦賦焉，猶命令也。於是人物之生，因各得其所賦之理，以為健順五常之德，所謂性也。」〔註22〕性的本體就是「健順五常之德」，循此則為善，逆此則為惡。中華民族神話宗法化時神格的人格化，正是以這些宗法倫理為神人的主體人格特徵的。比如說，夸父逐日、精衛填海、黎族《大力神》等等神話所彰顯出來的主體人格特徵，就是本於天道的健，也就是至死不已的自強不息的精神。比如說，黃帝養性愛民而使萬邦咸寧、契能承簡狄之教、突厥人固守射摩「取呵嚼部落子孫斬之以祭」的遺教等等，神話藉此描寫所彰顯出的主體人格特徵，就是本於天道的順，也就是厚德載物而柔順承意的品德。至於以仁、義、禮、智、信為神話人物的主體品格，更是中華民族神話神格人格化的鮮明標誌。比如說，女媧神話中女媧補天造人的仁愛、望夫雲神話中女了望夫不至憂鬱而死的節義、猴祖神話中別人種上下等級的禮義、《捉雷公》神話中兄弟等的巧智、盤瓠神話中帝女執意要嫁給盤瓠的信義，等等等等，無一不是以五常之德為神人的主體人格，進而以此達成神格的人格化的。

又如劉敬叔《異苑》卷三所載《鸚鵡滅火》神話：

> 有鸚鵡飛集他山，山中禽獸輒相貴重。鸚鵡自念雖樂，不可久也，便去。後數月，山中大火。鸚鵡遙見，便入水濡羽，飛而灑之。天神言：「汝雖有志意，何足云也？」對曰：「雖知不能救，然嘗僑居是山，禽獸行善，皆為兄弟，不忍見耳。」天神嘉感，即為滅火。〔註23〕

鸚鵡「入水濡羽，飛而灑之」以滅山火這一情節，應該是受到了精衛「銜西山之木石，以堙於東海」〔註24〕這一情節的啟發，其所導向的主體人格特

〔註21〕 朱熹：《四書章句集注》，中華書局，1983年，第17頁。
〔註22〕 朱熹：《四書章句集注》，中華書局，1983年，第17頁。
〔註23〕 上海古籍出版社編：《漢魏六朝筆記小說大觀》，上海古籍出版社，1999年，第608～609頁。
〔註24〕 袁珂：《山海經校注》，上海古籍出版社，1980年，第92頁。

徵，自然就是健。而鸚鵡之所以如此，是因為山中禽獸對它的以禮相待——「相貴重」，同時，鸚鵡的這一報恩舉動，又是出於其「不忍」之心。報恩是義，不忍是仁。鸚鵡的主體人格，正是以「健順五常之德」為本的人性。

又如流傳於雲南雲龍地區的白族神話《洪海》：

> 相傳在很久以前，有一對淳樸善良的白族男女青年，名叫阿成和阿蘭。他們常常在一塊放牧、對山歌，漸漸相愛了。但阿蘭的父母嫌阿成家窮，不願把阿蘭嫁給阿成做媳婦，把她許給了一家有錢的人家。阿蘭不從，便在一個深夜裏，和阿成相約，悄悄地逃出了家鄉，打算到那遙遠的地方去生活。

> 一路上，他倆歷盡了千辛萬苦，走過了不少的村寨，越過了無數的高山。一天，來到了一個山峰矗立的地方。這兒沒有樹林，也沒有水，只有陡峭的懸崖、乾涸的山澗和一條模糊的崎嶇小路。

> 阿成和阿蘭又饑又渴又疲勞，雙雙昏倒了。

> 觀音老母恰巧經過這裡，很同情他倆的遭遇，決心搭救他們。於是，她把柳條在淨瓶裏蘸了一下，拿出來一揮，把甘露灑了出去。頃刻，在奇險的山峰中，出現了一個開滿鮮花的坪子、一顆掛滿了果實的果樹和一股清亮的泉水。

> 可是，他倆沒有嘗到鮮美的果實，也沒有喝到清甜的泉水。他們永遠沉睡在山間了。

> 久而久之，泉水慢慢地變成了一個湖，就是現在人們所說的丹塢村背後的「洪海」。阿成和阿蘭變成了兩隻美麗的小鳥。春夏秋冬，早晨晚上，它們都生活在洪海邊上，以自己的辛勤勞動來保持洪海的純潔。〔註25〕

神話開頭就點明阿成、阿蘭本性淳樸善良，接著以反抗封建婚姻開始，在阿成、阿蘭艱難逃婚歷程的敘述中，展示阿成、阿蘭堅忍不拔的毅力、矢志不渝的志向、不憚犧牲的勇氣，最後以阿成、阿蘭變成兩隻美麗的小鳥，「以自己的辛勤勞動來保持洪海的純潔」來收結，集中凸顯出他們勤勞、仁愛的本性。神話正是在兒女之情、父母子女之情的互動中，推動故事向前發展的；而在故事推進過程中，神話又是以「健順五常之德」為本，刻畫人物的性格的。值得

〔註25〕 李勇主編：《中國民間故事全書·雲南·雲龍卷》，知識產權出版社，2013年，第5頁。

注意的是，該神話另外插入了觀音老母施展法力，使得「奇險的山峰中，出現了一個開滿鮮花的坪子、一顆掛滿了果實的果樹和一股清亮的泉水」的一段敘述。這一描寫本身，基於觀音的慈悲之心，彰顯出觀音仁愛萬物的人格特徵；但神話並沒有讓觀音施展法力使阿成、阿蘭復生，而觀音本身是具備起死回生的能力的。這樣一來，神話就在淡化觀音的超能力，而著力彰顯觀音以「健順五常之德」為本的人性刻畫中，完成了觀音神格的人格化。神話中這兩條敘事線索的合流，使得本為神的觀音呈現出世俗的面相，而本為人的阿成、阿蘭則呈現出神的面相。於是，在神人的合一中，神話以親情為起點，在神格的人格化中，達成了神格世俗化的目的。

如前所述，人性的彰顯，為神格世俗化向德行完美性躍升敞開了通道。沒有人性的集中呈現，中華民族神話便無法完成神格的世俗化。沒有人性的昇華，中華民族神話就會在神性的缺失中，失卻神話的空靈與教化功能；而這對於「敬鬼神而遠之」〔註26〕的中華民族而言，則是非常重要的。一方面，空靈的神話，為宗法社會人們無處安頓的躁動的心性，提供了必要的存放空間；另一方面，神性的彰顯以及其所具有的教化功能，又為宗法社會人們價值的實現與提升，開示了向上的法門。於是，在現實的指引與詩意的呈現中，中華民族神話經由人性這一通道，順利地完成了由神格世俗化向德行完美性的鏈式展開與躍昇。

中華民族神話所具有的德行的完美性這一審美特徵，既指神話主人公由昇華人性而來的道德的完美，又指神話主人公在踐行道德時以禮法為準繩的完美的言行舉止。道德必然納於生命實踐之中，這是由宗法倫理的本質所決定的。宗法倫理是由「崇拜自然之宗教心，而推演為宇宙論者也」，而這裡的自然也就是天，並不是純抽象的存在，而是「具有人格之神靈」。〔註27〕因此，宗法倫理在其誕生之初，就是以務實也就是面向切實的人生態度為其品格的。孔子的道德正是如此。孔子「集唐虞三代積漸進化之思想，而陶鑄之，以為新理想。堯舜者，孔子所假以代表其理想而為模範之人物者也。其實行道德之勇，亦非常人所及，一言一動，無不準於禮法，樂天知命，雖屢際困厄，不怨天，

〔註26〕包咸注：「敬鬼神而不黷。」鄭玄注：「遠鬼神近人，謂外宗廟，內朝廷。」劉寶楠曰：「謂以禮敬事鬼神也。」要之，「敬鬼神而遠之」，即遵行夏道、周道——近人而忠，即是務民之義。以上並見劉寶楠《論語正義》，中華書局，1990年，第236頁。

〔註27〕蔡元培：《中國倫理學史》，上海書店，1984年，第7頁。

不尤人。其教育弟子也，循循然善誘人」〔註28〕。孔子的道德內涵，其所樹立的人格典範，以及其一言一動，無一不指向切實具體的人生；而其道德的完美，以及實行道德時準於禮法的言動的完美，更是對德行完美性最為生動的詮釋。孔子的道德，為宗法倫理注入了鮮活的生命，指明了前行的方向，這就是面向現實人生的道德提升與實踐，也就是王陽明所說的知行合一。知與行二者之間的關係，一如王陽明所言：「未有知而不行者。知而不行，只是未知。聖賢教人知行，正是要復那本體。……知是行的主意，行是知的工夫。知是行之始，行是知之成。」〔註29〕知行合一的最高境界，就是在致力於人事中將人性張揚到極致，也就是神聖。〔註30〕

　　中華民族神話德行完美性這一審美特徵的呈現，所遵循的正是化凡成聖這一路徑。

　　在中華民族神話中，這種化凡成聖，大約可以分為兩種情形。一種是不具備某種特定身份的普通人，在人事的歷練中踐行道德，從而將其道德提升到至高的層面。比如說，上引白族神話《洪海》中的阿成、阿蘭就是如此。神話中他們變成兩隻美麗的小鳥的描寫，正是對他們德行完美的褒揚。又比如說，滿族神話《藥草和毒草》（見下文所引）中的納丹威虎里，也是如此。另一種則是帶有某種特定身份的普通人，在人事的歷練中踐行道德，從而將其道德提升到至高的層面。這裡的特定身份，往往指祖或君的身份，或者是同時兼有祖與君的身份。比如說，三皇五帝、布洛陀、格薩爾王等等，無不如此。他們不僅有著由人性昇華而來的完美的道德，更有著在踐行道德時以禮法為準繩的完美的言行舉止。他們身上所散發出的神聖的光芒，既是中華民族神話之所以成為神話的根本，也是中華民族神話之所以成為後人精神支柱的根本。在上述兩類神話中，第二類神話的數量遠較第一類神話為多。這是不難理解的，因為第二類神話不僅最適宜承載中華民族尊祖敬宗以及由此生發的忠孝倫理觀念，也更能彰顯中華民族神話由神格的世俗化而來的諸般審美特徵。一言以蔽之，這是由中華民族神話宗法化的本質所決定的。

　　德行的完美性是道德在生命層面的知行合一，因此，強烈的生命意識，就

〔註28〕蔡元培：《中國倫理學史》，上海書店，1984年，第13頁。

〔註29〕陳榮捷：《王陽明傳習錄詳注集評》，臺灣學生書局，1983年，第33頁。

〔註30〕「神聖「一語本身就帶有這一意味。神指神而化之，內在地包含著化人性為神性這一層面；而聖則指「致力於地」（段玉裁：《說文解字注》，上海古籍出版社，1981年，第1208頁），也就是致力於人事。

成為促成德行完美的原動力。宗法倫理是以祭天故習為根本,以家長制貫徹始終,由此而樹立起敬天畏命的觀念的。敬天畏命的觀念,源於對生命的自覺認識;而由敬天畏命推衍而來的尊祖敬宗的觀念,則在宗族雁行有序的和諧生活中,以宗族永固、接續祖先生命為根本目的,本身就是個體生存意識、安全意識和死亡意識在現實層面集中形象的反映。可以這樣說,強烈的生命意識,決定了宗法的產生,推動著宗法的發展,是以宗法為根本的中國文化的本色。上至形上層面的大化流行生生不息,下至形下層面的「人生代代無窮已」〔註31〕,其中所湧動的,正是這活潑潑的生命意識。別林斯基說:「藝術不容納抽象的哲學思想,更不容納理性的思想;它只容納詩的思想,而這詩的思想——不是三段論式,不是教條,不是格言,而是活的激情,是熱情。……因此,在抽象思想和詩的思想之間,區別是明顯的:前者是理性的果實,後者是作為熱情的愛的果實。」〔註32〕中國文學就是以強烈的生命意識為底色的「熱情的愛的果實」,中國文學的詩意,就是生命意識的本真流露;而中華民族神話既在某種層面上是這一詩意表達的源頭,又是這一詩意最為原始而質樸的表達。

中華民族是在深重苦難的反覆磨練中,頑強成長起來的偉大民族。中華民族所遭受的苦難,既有環境的複雜與險惡,也有戰亂的頻仍與世事的多變。所有這一切,都在中華民族的記憶深處,烙上了刻骨的印痕。承載中華民族歷史記憶的中華民族神話,正是在書寫民族苦難中,彰顯中華民族的生存偉力的;而最能表徵中華民族於深重苦難中,所迸發出的頑強的生存意識的,則是中華民族神話中的災難書寫。

中華民族神話所敘述的災難,可以分成兩種:一種是自然災害,「民俗學上的災因論是把自然災害作為社會現象或文化現象(的)來思考的。……災害被解釋為神意的表現、天的警告。……這種天給予人類社會的某種信號分成天的懲罰、惡靈作怪、妖怪作祟」〔註33〕;一種則是戰爭災難。

中華民族神話所敘述的自然災害,實際上可以在櫻井龍彥三分法的基礎上,將其合併為兩類:一類是上天責罰,一類是妖魔作祟。如前所述,在中華民族神話裏,神性是與人性合一的,判斷神性的有無,並不以神人是否擁有超

〔註31〕彭定求、沈三曾等編:《全唐詩》(第4冊),中華書局,1980年,第1184頁。

〔註32〕(蘇)別林斯基著,梁真譯:《別林斯基論文學》,新文藝出版社,1958年,第53頁。

〔註33〕(日)櫻井龍彥著,虞萍、趙彥民譯,王曉葵校:《災害的民俗表象——從「記憶」到「記錄」再到「表現」》,《文化遺產》,2008年第3期,第76~77頁。

能力為標準，而是以神人是否能昇華人性為準繩。能將人性張揚到極致的，就是神，就是聖；反之，盡顯人性之惡的，就是妖，就是魔。至於人性之善惡，則全由宗法倫理而界定：人性之善，在於由仁義行；人性之惡，在於絕仁棄義。《孟子·離婁下》：「孟子曰：人之所以異於禽獸者幾希，庶民去之，君子存之。舜明於庶物，察於人倫，由仁義行，非行仁義也。」〔註34〕在中國文化語境裏，凡是絕仁棄義的，即便擁有神的超能力，也會被降格而置於人之下，列入禽獸一類。因此，櫻井龍彥所說的惡靈，在中國文化語境裏，是不配被稱為「神靈」的，而只能與妖怪共行，與禽獸同列。

中華民族神話中有關上天責罰一類的災難書寫，在洪水神話中最為多見。「世界的洪水神話中幾乎千篇一律地說，人世間的墮落引起神的憤怒，神以洪水的形式將人類毀滅。其後極少數生存下來的人（在亞洲都是兩兄妹結成夫妻）在此繁衍人類。洪水發生的原因被看作是神對墮落的人類的一種懲罰。」〔註35〕中國的洪水神話自然也不例外。「中華民族眾多，來源不同，流傳的洪水神話也有不同類型。其中文本數量較多的，一是以河南為中心的洪水後伏羲女媧兄妹以泥土造人的故事，二是以雲南貴州邊界為中心的洪水後兄妹葫蘆生人的故事，三是雲南四川邊界的洪水後僅剩的男子與天女結婚再造人類的故事，四是臺灣一些民族流傳的洪水後神以遺民身體重新造人的故事。」〔註36〕這些類型的神話，在本文前面已多有徵引。比如彝族神話《洪水潮天的故事》說，洪水潮天的起因是：恩梯古茲派下來收稅的人被地上的人殺死了，他很生氣，為了懲罰地上的人，決定放九個湖的水下來。為了在洪水潮天時能夠生存下來，曲布居木家的三個兒子在阿格耶苦的指點下，打造了鐵櫃、銅櫃、木櫃，用以在洪水來臨時避難。洪水泛濫，把世界上所有的東西都淹沒了，老大老二的櫃子很重，先後沉入水中，只有老三伍午的木櫃飄在水上。伍午歷盡艱難，飄到了茲合爾尼山，就在山頂上住下來，又先後從水中撈起了許多動物。為了生存下去，伍午劈了一根箭桿粗的乾樹枝做柴，從喜鵲那裏找來火石，從老鼠那裏找來生火用的火草，從烏鴉那裏找來火鐮，燃起了一小堆篝火。為了繁衍後代，在青蛙、蛇、蜂子、烏鴉的幫助

〔註34〕焦循：《孟子正義》，中華書局，1987年，第567～568頁。

〔註35〕（日）櫻井龍彥著，虞萍、趙彥民譯，王曉葵校：《災害的民俗表象──從「記憶」到「記錄」再到「表現」》，《文化遺產》，2008年第3期，第77頁。

〔註36〕陳建憲：《〈洪水神話〉中文版序》，見（美）阿蘭·鄧迪斯編、陳建憲等譯《洪水神話》，陝西師範大學出版總社有限公司，2013年，第3頁。

下，伍午與恩梯古茲鬥智鬥勇，歷盡艱辛，最後迫使恩梯古茲不得不將三女兒嫁給了他。為了使人們能更好地生活下去，伍午的妻子甘願冒著被恩梯古茲詛咒的危險，將無根菜、甜蕎、麻種從天上偷下去種了。後來，伍午他們生了三個男孩，但都不會說話，為了弄清原因，伍午先後派狐狸、麂子、野雞、山鷓、烏鴉、兔子、鵪鶉、蜘蛛去問恩梯古茲，它們雖然付出了沉重的代價，但什麼也沒有得到。於是，大家非常生氣，烏鴉、老鷹、老虎、豹子、小黃雀一起來到恩梯古茲家，以各種手段迫使恩梯古茲說出讓男孩說話的法子。後來，他們終於如願以償，三個兒子都會說話了：大兒子叫了一聲「沙拉麻呷則」，成了藏族的祖先；二兒子叫了一聲「哎喲」，成了漢族的祖先；三兒子叫了一聲「阿茲格」，成了彝族的祖先。〔註37〕這則神話在生存環境的極端險惡中，展現了中華民族絕處求生的勇氣與睿智。這裡的生存，絕不僅僅只是填飽肚子一類生理層面的活著，而是如何在天神面前擁有話語權，有尊嚴地活著。唯有這種生存，才會真正導向詩意的生活。此外，另一些神話比如說女媧補天、羿射十日等，雖然沒有直接說明災害是上天責罰的結果，但貫徹於這些神話中的頑強的生存意識，與洪水神話是一脈相承的；而從另一方面來說，既然天能監人善惡以賞罰之，因此，所有的災難都可以看作上天責罰的結果，所以這一類災難書寫，同樣可以歸入到上天責罰一類中去。當中華民族神話藉助於災難敘事，以彰顯中華民族頑強的生存意識時，中華民族神話中撲面而來的，自然就是那活潑潑的生命意識。

中華民族神話所書寫的另一類自然災害，則是妖魔作祟的結果。這一類神話，往往以妖魔降下種種災害威脅人們的生命為敘事主線，由此彰顯人們面對災害時的頑強的生存意識。

比如流傳於河南桐柏縣的《降龍治水》神話：

> 盤古開天闢地不久，不知道為啥，到處亂發大水。盤古跑著查了查，發現是九條龍在作怪。盤古兄妹決心要降龍治水。

> 妹妹很有智謀，用藤條擰些粗繩，幫助盤古把龍逮住，一個個捆起來。盤古個大勁兒大，把九條龍都放到石獅子山上，一屁股坐上去，把九條龍都壓住不能動了。

> 降住了九條龍，妹妹跑著去改水，叫水都往大海裏流。過了一

〔註37〕該神話故事，詳見陳慶浩、王秋桂主編《中國民間故事全集⑯·四川民間故事集（二）》，遠流出版事業股份有限公司，1989年，第30～50頁。

段時間，盤古老不見妹妹回來，心裏很焦急，一來掛念妹妹，二來不知水治住了沒有，他想站起來看看。這一站不打緊，「轟隆」一下子，九條龍掙斷繩，一齊正南竄啦！

九條龍跑到哪兒去啦？八條龍跑到漢口去了，有一條龍鑽到南山肚子裏藏起來了。這座山本來沒有石獅子山高，那條龍一鑽進去，把山肚子撐大了，山頭也頂高了，一下子超過了石獅子山。就因為這座山的肚子被龍撐大了，後人就叫它「大腹山」。那條龍在大腹山肚裏往外吐水，流成了一條河，這條河就是淮河。

那座石獅子山裏，因為盤古在那裡坐山降九龍，後人就叫它「九龍山」，也叫「盤古山」。〔註38〕

將龍等同於惡魔，在中國文化語境裏，這是十分罕見的做法，即便在神話中也不多見。正因為如此，這則神話所傳達出來的反抗封建皇權的意識，就顯得難能可貴。惡龍作祟，到處亂發大水危害生靈，盤古兄妹降龍治水，自然是為人類求生存；但大水可治，惡龍卻只能一時降住，不能永遠降住。這其中透露出的寓意極為深遠：由大水引發的天災可救，由皇權而來的人禍難除。這是宗法社會里人們無法逃脫的宿命。在這一宿命的傳寫中，我們既能見到由生存艱難而來的頑強的生存意識，也能捕捉到在生存艱難中所潛藏的悲劇意識。

當這一悲劇意識在神話中直接呈現出來時，神話便在彰顯生存意識的同時，帶有了強烈的悲劇色彩。這一類神話，可以滿族神話《藥草和毒草》為代表：

耶路里被刺死後，他的靈魂無處可去，就造了一個地獄——八層地下國。他恨地上國的人，看到他們在太陽底下過活是那麼安寧自在，就想出了一條毒計，在地上國播灑了天花、斑疹、傷寒等多種瘟疫。

疾病開始在地上國蔓延，成千上萬的人被瘟疫奪去了生命。開始還有人給死者火葬，後來連送葬的人也沒有了——人類眼見要滅絕了。

人們哭著、喊著，向天神阿布卡恩都里禱告：「至高無上的天神

〔註38〕《中國民間故事集成》全國編輯委員會、《中國民間故事集成・河南卷》編輯委員會：《中國民間故事集成・河南卷》，中國 ISBN 中心，2001 年，第 7～8 頁。

啊，您既然仁慈地造了我們，就應該保護我們啊，快來搭救我們逃出耶路里的毒手吧！」

天神聽到人們的祈禱，感到震驚，趕緊把他最忠厚最誠實的弟子納丹威虎里叫到面前：「我所造的人類正在遭受那麼大的災難，你快去替我解救他們吧！」

納丹威虎里受命離開天上國，到了瘟疫流行的地上國。這位天神的肚子與他的為人一樣，是通明透亮的，從外面一眼就能看到五臟六腑。為了搭救瀕臨滅絕的人類，他便四處採草藥，嘗草藥，他很快就發現了治療天花、傷寒的草藥，配成了許多靈驗的偏方，又收了好多徒弟，讓他們為別人治病。不久，瘟疫停止蔓延了。

耶路里一看納丹威虎里拯救了人類，非常惱怒。他又想出了一條毒計，偷偷在地上國播種下七種毒草。

忠厚誠實的納丹威虎里毫無防備，一天，在嘗草藥的時候吞吃了耶路里播種的一種毒草，他馬上感到一陣腹痛，低頭一看，發現毒草已經破壞了他的肝臟。他知道自己活不長了，但不能倒下去，他忍著疼痛在土地上疾走，日夜不停地奔波，拼命尋找耶路里播種的毒草。一天天過去了，他找到了六種毒草，嘗了六種毒草。他的肝、膽、脾、心、胃、腎，都被毒草破壞了！他走不動了，就要死去了。臨終前，納丹威虎里把徒弟們叫到面前說：「我知道耶路里播種了七種毒草，我已經找到了六種。可惜我已經走不動了，剩下的那種毒草會給人類帶來多少災難啊！」見徒弟們記住了毒草的形狀，他才慢慢閉上了眼睛。

納丹威虎里為了人類不幸死去了，他教出來的徒弟們還在按照他留下的藥方給人們行醫治病。只是那種沒有找到的毒草，今天還在危害著人類。〔註39〕

納丹威虎里為了人類的生存，嘗遍百草，配成治療天花、傷寒的靈驗的偏方，即便在生命的最後時刻，也仍然「忍著疼痛在土地上疾走，日夜不停地奔波，拼命尋找耶路里播種的毒草」，使這些毒草不再威脅人類的生命。於是，在強烈的悲劇色彩的籠罩下，神話以納丹威虎里德行的完美，救亡圖存的強烈

〔註39〕谷德明編：《中國少數民族神話》（上），中國民間文藝出版社，1987年，第2～4頁。

的意志，完美地彰顯出中華民族神話鮮明的審美特徵。

　　這種帶有悲劇色彩的頑強的生存意識，一旦與戰爭母題的災難敘事相結合，便為中華民族神話注入了必不可少的英雄情懷。由頑強的生存意識中彰顯出來的英雄情懷，既集中呈現於三大英雄史詩中，也體現於涉及戰爭描寫的中華民族神話中，如前文所引的壯族神話《木棉、榕樹和楓樹》就是如此。該神話說，「因為布洛陀在紅水河開闢田地時，這地方被一個皇上看中了，就帶兵前來佔領。於是布洛陀的子孫就出來和他們打仗，結果殺得血流成河，染紅了大江，那條河就叫紅水河。布洛陀的戰士們在戰鬥時都手執火把，一直到戰死還站著。死後就變成了木棉樹。到三月木棉花開時，滿樹紅花，遠處看就像一叢叢火把。」〔註40〕為種族生存而戰的生存意識，不憚犧牲的英雄氣概，與皇權抗爭的悲劇命運，既是以戰爭為母題的中華民族神話的總體基調，也是中華民族神話災難敘事的主旋律。

　　生存維艱，生活中便不能不存在悲劇。需要指出的是，中華民族神話詩意的呈現，並不在於悲劇命運的展示，而在於悲劇命運中抗爭意識的彰顯；也不在於拒斥悲劇命運，而在於直面悲劇命運的同時，以從容的心態超越由此而來的精神苦痛。

　　與悲劇命運抗爭，就是不認命，就是「我命在我不在天」〔註41〕的傲然情懷的張揚。從夸父與日逐走、形天操干戚以舞，到納丹威虎里誓死尋找毒草，再到動畫電影《哪吒之魔童降世》，貫穿在這些神話故事中的，正是這一矢志不渝的傲然情懷。在這一情懷的張揚中，個體生命的主體意義，以及由此而來的主體人格，得到了極為生動的呈現。由此，在災難敘事中，中華民族神話擁有了凜然的風骨。

　　直面悲劇命運，就是不逃避悲劇命運的認命，但又絕不是簡單的屈從式認命，而是盡人事以待天命；以從容的心態超越由此而來的精神苦痛，就是「樂天知命」〔註42〕。比如流傳於江蘇濱海縣的神話《女媧定壽限》說，各種動物都要靠女媧定壽限，女媧給人定了 20 年，人覺得太少了。女媧給馬定了 40 年，馬覺得太累了，想少要點壽限少受罪，只願意要 20 年。人一聽，趕緊對馬說：

〔註40〕陳慶浩、王秋桂主編：《中國民間故事全集⑤·廣西民間故事集（二）》，遠流出版事業股份有限公司，1989 年，第 28 頁。
〔註41〕王明：《抱朴子內篇校釋（增訂本）》，中華書局，1986 年，第 287 頁。
〔註42〕《周易·繫辭上》，見阮元《十三經注疏》，中華書局，1980 年，第 77 頁。

「好死不如惡活,二十年你不要,給我吧。」〔註43〕人去請示女媧,女媧同意把馬的 20 年壽限給人。女媧給牛也定了 40 年,牛覺得太苦了,也只要 20 年。人又要牛把不要的 20 年給人。女媧又同意了。女媧給狗定了 20 年,狗覺得吃的太差,只願意要 10 年。人要狗把不要的 10 年給人,女媧就給了人。女媧給雞子定了 10 年,雞子認為找食艱難,只要 5 年。人聽了,又向女媧要這五年。各種動物靠女媧定壽限,這是樂從天道的安排;但人又不滿足於女媧所定的 20 年壽限,而積極把握每一次可能增加壽限的機遇,經過女媧同意後逐漸增加壽限,這是盡人事以聽天命。馬、牛、狗、雞不願意多過若干年,是因為它們不願承受由此而來的痛苦與折磨,只想舒舒服服地活著;而人願意多活,是因為人們本就知道:「成人不自在,自在不成人。」〔註44〕於是,人們能從容地直面苦難。神話最後說:「二十歲,是人的本分歲數,這一段跟娘老子生活,想吃什呢就吃什呢,想做什呢就做什呢,各事不問,隨心所欲;二十歲到四十歲,是過馬的壽限,是人的興旺時期,所以好像一些野馬到處奔跑;四十歲到六十歲,是過牛的壽限,所以穩穩重重,勤懇踏實,好像一頭老牛一樣;六十到七十人已逐漸耳聾眼花,年老力衰了,各事都由兒女去應付,自己只能在家看看門,盡狗的本分;七十向外,終日無事,帶帶孩子,夜裏睡不著,每天五更就喊女兒起來燒飯做活,起了雞的本分。」〔註45〕樂從天道的安排,安守命運的分限,這就是樂天知命。

於是,努力盡人事以笑對人生的苦難,在賦予中華民族神話曠達品格的同時,又在彰顯主體人格這一層面上,與中華民族神話凜然的風骨合流,共同在災難敘事中,營構出中華民族神話獨有的氣象,鍛造了中華民族神話特有的風度。

生存的艱難,在於天災人禍時時將有限的生命推向死亡的邊緣。於是,這便有了「對酒當歌,人生幾何」〔註46〕的悲慨,有了「生年不滿百,常懷千歲

〔註43〕《中國民間故事集成》全國編輯委員會、《中國民間故事集成·江蘇卷》編輯委員會:《中國民間故事集成·江蘇卷》,中國 ISBN 中心,1998 年,第 16 頁。

〔註44〕《鶴林玉露乙編卷之三·朱文公帖》,見羅大經《鶴林玉露》,中華書局,1983年,第 172 頁。

〔註45〕《中國民間故事集成》全國編輯委員會、《中國民間故事集成·江蘇卷》編輯委員會:《中國民間故事集成·江蘇卷》,中國 ISBN 中心,1998 年,第 17 頁。

〔註46〕曹操、曹丕、曹植:《三曹集(魏武帝集·魏文帝集·陳思王集)》,嶽麓書社,1992 年,第 65 頁。

憂」〔註47〕的焦灼，有了「人生如逆旅，我亦是行人」〔註48〕的從容。對死亡的認識與體驗，最能彰顯包括中華民族神話在內的中國文學獨有的氣象與風度。鄂倫春族神話《三女神》說，很早以前，有兄妹二人靠漁獵為生。哥哥捕魚時捕到一條奇怪的魚。魚一出水面就不停地哭，眼淚把岸上的沙土都滴濕了一片。哥哥心腸軟，就放走了魚。原來這條魚是龍王的兒子。為了報答哥哥，龍王就指派兒子給哥哥送來一匹神馬。後來，哥哥打獵時，被一隻給他射倒還未斷氣的鹿頂得胸背穿透，鮮血淋漓而死。妹妹傷心得死去活來地哭個不停。神馬說：「小妹妹，真可憐，八歲死了爸，九歲死了媽，現在哥哥又遭不幸，孤苦伶仃沒人管還行！別哭了，別傷心，咱們有辦法救哥哥，快穿上你哥哥的衣服跟我走！」〔註49〕妹妹女扮男裝，化身為哥哥，讓三仙女愛上了她，並巧妙地與三仙女定下了婚約。三仙女的父母只想著門當戶對，不肯輕易答應仙女嫁給凡人，雖然見了婚約憑證，無話可說，但仍提出了三個苛刻的條件刁難妹妹，想讓她知難而退。妹妹最終都一一完成了。三仙女的父母只好同意了婚事。妹妹帶著仙女們回家。快到家的時候，妹妹讓仙女們慢些上山，自己先趕回家，脫下哥哥的衣服又給哥哥重新穿上，迅速回覆本來面目，跑出家門告訴三仙女，她們愛著的那個人——自己的哥哥死了。三仙女一聽，急忙走進屋，拿出一粒仙丹救活了哥哥。於是哥哥和仙女們結了婚，過著幸福的生活。神話中的妹妹，「八歲死了爸，九歲死了媽，現在哥哥又遭不幸」。在直面死亡中艱難地成長，這既是她的命運，也是人類的共同命運。一次又一次地直面死亡，她不能不為之而悲傷；但悲痛並沒有擊垮她，而是讓她變得更加強大起來。她懷著對哥哥的愛，克服重重困難，讓三仙女愛上化身哥哥的她，又讓三仙女本著對哥哥的愛，使哥哥起死回生。神話與其說是藉助神的法力戰勝了死亡，毋寧說是憑藉愛的力量戰勝了死亡：死亡誠然無法避免，但絕非不可超越。於是，由直面死亡而來的焦灼，融化在超越死亡的愛的火焰之中。

死亡的超越，既來自熱情的愛的力量，更來自對生死的理性思考。沒有感性的理性，是不近人情的；沒有理性的感性，則是自欺欺人。只有融感性理性於一途，才能在彰顯生命底色的同時，真正從哲理層面化解死亡的恐懼。中華

〔註47〕 蕭統編，李善注：《文選》，上海古籍出版社，1986 年，第 1349 頁。
〔註48〕 鄒同慶、王宗堂：《蘇軾詞編年校注》，中華書局，2002 年，第 665 頁。
〔註49〕 谷德明編：《中國少數民族神話》（上），中國民間文藝出版社，1987 年，第 64 頁。

民族神話正是如此。蒙古族神話《天神造人》說：「天神為了造就人類，用泥土捏了一男一女。但是為了使他倆獲得生命，必須去尋找生命的甘露叫他們喝了才行。天神擔心他走後有魔鬼來吃掉泥人，於是特意請狗和貓來守護。天神走後不久魔鬼真的來了。狗和貓迎上去連咬帶抓不讓魔鬼靠近泥人。可是狡黠的魔鬼給貓送來了愛吃的牛奶，給狗送來了噴香的羊肉，乘他倆狼吞虎嚥的時候，在泥人身上急忙撒了一泡尿水就走了。當天神求來甘露，眼見兩個泥人滿身的污穢，生氣地命令狗兒舔乾他們身上的尿水。狗雖然舔了，但舌頭沒有到的一些地方卻留下了人們今天的頭髮和腋毛，所以人身上其他地方就沒有毛了。天神又把貓兒舔刮下來的髒毛被蓋在狗兒身上，這樣，狗身上長了又長又密的毛。至今牧人們還在說，貓舌頭是有毒的，狗毛是醃臢的。天神雖然給泥人喝了永生的甘露，卻因為中了魔鬼的邪氣，人的生命從長生不老縮短了許多年。」〔註50〕人之所以早晚會死，這既是妖魔作祟的結果，也是上天的安排，即便喝了天神所給的永生的甘露也無法避免。天不可不敬，天意不可不順從，所以人固有　死；但天神之德也不可一日或忘，否則人壽就不可能有年。於是，在敬天崇德中，神話從本源上消繳了對人們死亡的恐懼。

而《酉陽雜俎前集・境異》所載無啟民、錄民、細民神話，則從更高的層面，徹底消繳了人們對死亡的恐懼：

> 無啟民，居穴食土，其人死，其心不朽，埋之，百年化為人。

> 錄民，膝不朽，埋之，百二十年化為人。細民，肝不朽，埋之，八年

> 化為人。〔註51〕

這既是從「死生存亡之一體」〔註52〕的哲理層面消解人們對死亡的恐懼，也是從瓜瓞綿綿的宗法層面消解人們對死亡的恐懼：人而有子，子而有孫，血脈延續，生死無間。而這一過程本身，也正如同無啟民、錄民、細民的死而不朽、死而復生一樣。當中華民族神話傳達出這樣的死亡意識時，中華民族神話也就在悲慨與從容中，彰顯出了強烈的生命意識。

牟宗三先生指出：「是以中華民族之靈魂乃為首先握住『生命』者。因為首先注意到『生命』，故必注意到如何調護生命，安頓生命。故一切心思，理

〔註50〕谷德明編：《中國少數民族神話》（上），中國民間文藝出版社，1987年，第29～30頁。

〔註51〕段成式撰，方南生點校：《酉陽雜俎》，中華書局，1981年，第44頁。

〔註52〕郭慶藩：《莊子集釋》，中華書局，1961年，第258頁。

念，及講說道理，其基本義皆在『內用』。而一切外向之措施，則在修德安民。故『正德，利用，厚生，』三詞實概括一切。用心於生命之調護與安頓，故首先所湧現之『原理』為一『仁智之全』，為一普遍的道德實在，普遍的精神實體。至周，禮樂明備，孔子承之，講說道理，皆自此發。而上溯往古，由隱變顯，　若為歷聖相承之心法。此可見支配華族歷史之中心觀念為何是矣。」〔註53〕正是以道德實體灌注生命本體，也就是使神話宗法化，中華民族神話才得以擁有獨特的氣象與風度。

　　直面死亡而來的悲慨與從容，源於艱難環境中頑強的生存意識。這一生存意識，是由個體的安全需求出發，植根於宗族的安全需求之中，進而推及到種族的安全需求的。這種「老吾老，以及人之老；幼吾幼，以及人之幼」〔註54〕的運思方式，為宗法倫理所獨有，是達成德行完美的必由之途。完美的德行，是本於性善的道德昇華與踐履。這一道德的昇華與踐履，只有在宗法社會的世俗生活中才能得以完成。惟其如此，神格的世俗化、德行的完美性、強烈的生命意識，就在宗法社會的圖景下，以宗法倫理為樞紐，構成了一個恬然自足，而又層次井然的審美序列。當中華民族神話依此描摹人神淆雜世界，展示人神面對艱難困苦的勇氣與智慧，彰顯人神由此而來的人性的美麗時，中華民族神話也就在鮮活切實的描寫中，富含了生機盎然的雋永的詩意。

第二節　中華民族神話宗法化的意義生成

　　黑格爾說：「世界與個體彷彿是兩間內容重複的畫廊，其中的一間是另外一間的映象；一間裏陳設的純粹是外在現實情況自身的規定性及其輪廓，另一間裏則是這同一些東西在有意識的個體裏的翻譯；前者是球面，後者是焦點，焦點自身映現著球面。」〔註55〕中華民族神話宗法化的審美特徵，與中華民族神話宗法化的意義生成之間的關係，正是如此。

　　中華民族神話宗法化的審美特徵，是中華民族神話宗法化意義生成的現實土壤；而中華民族神話宗法化的意義生成，則是中華民族神話宗法化審美特徵的映現。具體而言，神格的世俗化，使得中華民族神話擯棄了蹈虛的玄想，

〔註53〕黃克劍、林少敏編：《牟宗三集》，群言出版社，1993年，第189頁。
〔註54〕朱熹：《四書章句集注》，中華書局，1983年，第209頁。
〔註55〕（德）黑格爾著，賀麟、王玖興譯：《精神現象學》（上卷），商務印書館，1979年，第203頁。

而擁有了切實的人生態度；德行的完美性，為宗法社會人們價值的追求與實現開示了向上的法門，使人人皆可為聖賢得以成為人們現實的人生導向；而強烈的生命意識，則為人們在富含人文精神的親親，與帶有專制特色的尊尊的複合纏繞中，指明了張揚自我性靈的途徑，那便是自然與文明衝突下的抗爭精神。

從傳統意義上說，中國人的人生態度，不外乎出世與入世兩種。在此基礎上，梁漱溟先生又將其細分為逐求、厭離、鄭重三種人生態度。梁漱溟先生認為，逐求是世俗的路，鄭重是道德的路，而厭離則為宗教的路，一般人都是由逐求態度折到厭離態度，從厭離態度再轉入鄭重態度的；所謂鄭重，就是自覺地聽其生命之自然流行，求其自然合理，是將全副精神照顧當下，從反回頭來看生活而鄭重生活，也就是自覺地盡力量去生活；而厭離之情殊為深刻，由是轉過來才能盡力於生活，否則便會落於逐求，落於假的盡力，故非心裏極乾淨，無纖毫貪求之念，不能盡力生活，而真的盡力生活，又每在經過厭離之後。〔註56〕中華民族神話的切實的人生態度，就是由這三種人生態度開出的。

具體而言，中華民族神話切實的人生態度，就是一種以世俗生活為根底，以精神超越為輔翼，而以道德貫徹始終的現實的生活傾向。這樣一種人生態度，在世俗生活中養就，不離柴米油鹽，既因為熟諳生老病死，涵育出一種通達的情懷，而絕少功利之心；又因為道德的灌注，陶冶了一股浩然之氣，而不至於超然物外時，寂焉而忘情。不離柴米油鹽，所以親近；不囿於生老病死，所以有味；不寂焉而忘情，所以真切。因此，這樣的一種人生態度，可以稱之為親切。

親切的人生態度，既是由「饑者歌其食，勞者歌其事」〔註57〕而來，也是由「佛法在世間，不離世間覺」〔註58〕而來，更是由修身、齊家、治國、平天下而來。這樣一種人生態度，不離俗世又超越俗世，始終與現實保持一種若即若離的距離，本身就是一種詩意的審美態度。中華民族神話宗法化的第一層意義，正是由此而生成的。

由「饑者歌其食，勞者歌其事」而來的親切的人生態度，集中體現在中國民間神話中。這一類神話，一方面由現實欲求出發，一方面又將物慾的滿足置

〔註56〕 參見梁漱溟：《我的人生哲學》，當代中國出版社，2014年，第6～9頁。
〔註57〕 《春秋公羊傳注疏》卷16何休注，見阮元《十三經注疏》，中華書局，1980年，第2287頁。
〔註58〕 《壇經·般若第二》，見丁福寶箋注《壇經》，上海古籍出版社，2011年，第61頁。

於道德的統攝下，使道德貫徹於達成欲求的一系列行為中，雖有逐求之心，終無逐利之弊，是對飲食男女的最好詮釋。《禮記・禮運》：「飲食男女，人之大欲存焉。死亡貧苦，人之大惡存焉。故欲、惡者，心之大端也。人藏其心，不可測度也。美惡皆在其心，不見其色也，欲一以窮之，捨禮何以哉？」〔註59〕以宗法倫理節制飲食男女，就使得中國文化既有別於西方的功利主義，又於脈脈溫情中閃耀著德性的光輝。中華民族神話中親切的人生態度，於此而得以昭示。比如說，前文所引的彝族神話《大尖角石頭》《天生橋》，就是以人們現實的欲求——或企盼環境美好或希望往來方便——為敘事的出發點的；而這一欲求的達成，則建立在觀音菩薩的慈悲之心上。慈悲就是仁義。仁者無私，無私則無逐利之心。仁者愛人，愛人自有親切之態。

白族創世神話《勞谷勞泰》也是如此。神話中這樣說：「俗話說：人上十口，敲下牙齒有一斗。勞谷、勞泰二十多口人的一個大家庭，一個月吃的果子，要摘光一個嶺的樹；三天時間裏，圍身的葉裙草衣，要拔完一片坡的茅草。一日三，三日九，螺峰山上，野果摘盡了，青藤、茅草扯光了。到了下雨下雪天，一家人只能躲在螺眼洞中挨餓受凍。十個兒子餓得頭昏眼花，十個姑娘凍得腳搖手抖。」〔註60〕為生計所迫，勞谷同勞泰商量，自己先帶著十個男孩外出尋找果多林密的地方，等找到了那樣的地方後，再回來接勞泰和十個女孩；但勞泰見外面下著鵝毛大雪，石頭石塊都凍硬了，擔心凍壞丈夫和孩子們，堅決不同意。十對兒女也一齊回答：「螺峰山、螺眼洞是爹媽生養我們的地方，我們愛它！永遠不離開這裡。眼下沒有吃的，我們咬咬牙就忍受住了。等到雨停了，雪化了，我們兄妹一齊外出去尋找吃的，穿的。」〔註61〕飢寒交迫下，勞谷、勞泰和十對兒女首先想到的自然是如何生存，但他們又絕不會為了生存而生存，而是將彼此的關愛始終置於生存之上。於是，在夫善妻賢、父慈子孝、闔家守望、共克時艱的一體表述中，逐利之心遠遁，親切之態頓生，神話的意義隨之沛然流出：「只要捨得吃苦，就會找到幸福。」〔註62〕吃苦的目的不是為

〔註59〕陳戍國：《禮記校注》，嶽麓書社，2004年，第159頁。

〔註60〕楊誠森主編：《中國民間故事全書・雲南・鶴慶卷》，知識產權出版社，2013年，第5頁。

〔註61〕楊誠森主編：《中國民間故事全書・雲南・鶴慶卷》，知識產權出版社，2013年，第5頁。

〔註62〕楊誠森主編：《中國民間故事全書・雲南・鶴慶卷》，知識產權出版社，2013年，第6頁。

了得到苦，而是在認真體味苦也就是吃的過程中，真切地找到人生的樂趣。這正如梁漱溟先生所說的：「找個地方把自家的力氣用在裏頭，讓他發揮盡致。這樣便是人生的圓滿，這樣就有了人生的價值，這樣就有了人生的樂趣。」〔註63〕真切而有趣，這就是人生的幸福。

這種幸福，自然建立在對人生苦痛主動真切感知的基礎上。流傳於浙江淳安的神話《天神割尾巴》，極為形象地展示了這一主動真切的感知過程：

> 老早的時候，人是有尾巴的，後來給天神割掉了。
>
> 天神為啥要割掉人的尾巴？傳說，那時候人只要看到尾巴變黃，就曉得自己活不長了。於是，獵也不打了，地也不挖了，什麼生活也不做，爬到山洞裏，把長年積蓄起來的食物吃光用光，然後就在裏面等死。
>
> 這樣，不知過了多少年，天神下凡來查看。他見凡間還是柴草老蔓，遍地荒涼；人仍舊住在山洞裏，身上披著草葦樹葉，一點點變化也沒有。天神感到吃驚。一查：啊！原來是那條尾巴作怪：尾巴一黃，不做等死，坐吃山空。長久這樣，凡間永生永世也改變不了貧困，那怎麼行呢！於是，他下定決心，「嚓、嚓」把人的尾巴統統割掉了。從此人失去了尾巴，不曉得什麼時候要死，就不停歇地拼命做生活。有句古老話：鋤頭一捏，做到死才歇。這樣，凡間的財富才一天天積蓄起來，人們開田闢地，造房建屋，世上的日子漸漸好起來了。
>
> 現在，人的屁股縫上邊還留著一個尾巴椿哩。〔註64〕

寧可做到死才歇，也不願坐吃等死，這就是主動真切地感受人生之苦。這是一種浸透了親切態度的大仁，天神愛人所以不希望人永遠沉淪就是明證；也是一種浸透了親切態度的大勇，決絕地割掉人的尾巴就是明證。因為吃苦，所以幸福，於是在體味苦痛中，人們超越了苦痛；而這一超越所導向的，又恰是「佛法在世間，不離世間覺」式的親切。

在中華民族神話中，這樣一種人生態度，往往藉助於兩種方式傳達出來。第一種著眼於道的層面，在飲食男女、生老病死的書寫中，彰顯出由沉浸

〔註63〕梁漱溟：《我的人生哲學》，當代中國出版社，2014年，第12頁。

〔註64〕中國民間文學集成全國編輯委員會、中國民間文學集成浙江卷編輯委員會：《中國民間故事集成·浙江卷》，中國ISBN中心，1997年，第41頁。

現實到超越現實而來的親切，上面例舉的《天神割尾巴》、白族創世神話《勞谷勞泰》，以及前文例舉的蒙古族神話《天神造人》《女媧定壽限》等等，都是這樣。

第二種是著眼於佛理層面，在佛法與現實的觀照中，彰顯出由超越現實到貼近現實而來的親切，前文所例舉的彝族神話《大尖角石頭》《天生橋》，就是這樣。這兩則神話都以觀音菩薩為主人公，而觀音菩薩所內蘊的超脫俗世之苦的佛理，則是在觀音菩薩設身處地為人們著想，努力改變人們居處環境的險惡中傳達出來的。

因此，如果以「佛法在世間，不離世間覺」這一表達方式來衡量的話，第一種可以稱為潛在式表達，第二種則可以稱為顯豁式表達。其中，顯豁式表達，最能表徵中華民族神話由「佛法在世間，不離世間覺」而來的特有的親切態度。

以《格薩爾王傳》為例，就能十分清楚地見出這一點。

格薩爾王「是身不變觀音菩薩，語不變文殊菩薩，意不變金剛手菩薩和千佛的使者，是救度世界的父母」〔註65〕。一句話，格薩爾王就是佛法的象徵。他之所以降生人間，是「由於上界天神的鼓勵，中界凡人的祈禱，下界神龍的佑助」〔註66〕，也就是上應佛法，下順民心。而他來到人間的目的，則是在救民於水火中，弘揚佛法。《格薩爾王傳》中的十八大宗之一《木古騾宗》之部，就是敘述格薩爾王為保衛疆土，救護百姓，弘揚佛法，先派札拉孜傑王子為帥，後親自出征，屢殲頑敵名將，施用妙計攻城破陣，殺死木古國王，打開紫騾寶庫分賜眾生，而後凱旋的事蹟的。來到人間81年，格薩爾王在弘揚佛法的同時，終於實現了讓所有人都過上好日子的願望。於是，格薩爾王為眾生祈福後，唱著離別歌，和母親郭姆、王妃珠牡緩緩升上天空，在眾神的迎接下，一起返回了天國。貫穿於《格薩爾王傳》宏大敘事中的，就是由大慈大悲的觀世音利眾精神而來的仁民愛物的偉大的現實情懷；而灌注這一情懷之中的，或者說這一情懷所彰顯出的，正是「佛法在世間，不離世間覺」的親切。

因為親切，所以超越的目的絕不是為了逃離現實，而是為了能更好地在現

〔註65〕 王沂暖、何天慧譯：《格薩爾王傳·木古騾宗之部》，甘肅人民出版社，1988年，第2頁。

〔註66〕 王沂暖、唐景福譯：《格薩爾王傳·賽馬七寶之部》，甘肅人民出版社，1988年，第1頁。

實中詩意地生活，也就是自覺地盡力量去生活。中華民族神話中最能表徵這一人生態度的，是散存於經史子集中的文人載錄的神話。這一類神話，往往在家國同構的敘事框架中，遵循修身、齊家、治國、平天下的邏輯理路，展示神話主人公是如何自覺地盡力量去生活的。前文所引黃帝神話、大禹神話、簡狄神話，等等，無不如此。

又如《史記‧五帝本紀》所載虞舜神話：

> 舜父瞽叟盲，而舜母死，瞽叟更娶妻而生象，象傲。瞽叟愛後妻子，常欲殺舜，舜避逃，及有小過，則受罪。順事父及後母與弟，日以篤謹，匪有解。舜，冀州之人也。舜耕歷山，漁雷澤，陶河濱，作什器於壽丘，就時於負夏。舜父瞽叟頑，母嚚，弟象傲，皆欲殺舜。舜順適不失子道，兄弟孝慈。欲殺，不可得；即求，嘗在側。舜年二十以孝聞。三十而帝堯問可用者，四嶽咸薦虞舜，曰可。於是堯乃以二女妻舜以觀其內，使九男與處以觀其外。舜居媯汭，內行彌謹。堯二女不敢以貴驕事舜親戚，甚有婦道。堯九男皆益篤。舜耕歷山，歷山之人皆讓畔；漁雷澤，雷澤上人皆讓居；陶河濱，河濱器皆不苦窳。一年而所居成聚，二年成邑，三年成都。堯乃賜舜絺衣，與琴，為築倉廩，予牛羊。瞽叟尚復欲殺之，使舜上塗廩，瞽叟從下縱火焚廩。舜乃以兩笠自扞而下，去，不得死。後瞽叟又使舜穿井，舜穿井為匿空旁出。舜既入深，瞽叟與象共下土實井，舜從匿空出，去。瞽叟、象喜，以舜為已死。象曰：「本謀者象。」象與其父母分，於是曰：「舜妻堯二女，與琴，象取之。牛羊倉廩與父母。」象乃止舜宮居，鼓其琴。舜往見之。象鄂不懌，曰：「我思舜正鬱陶！」舜曰：「然，爾其庶矣！」舜復事瞽叟愛弟彌謹。於是堯乃試舜五典百官，皆治。〔註67〕

《孔子家語‧六本》云：「昔瞽瞍有子曰舜，舜之事瞽瞍，欲使之，未嘗不在於側，索而殺之，未嘗可得，小棰則待過，大杖則逃走。故瞽瞍不犯不父之罪，而舜不失烝烝之孝。」〔註68〕「兄弟孝慈」，「日以篤謹」，這是明於修身。妻有婦道，「歷山之人皆讓畔」，「雷澤上人皆讓居」，「一年而所居成聚，二年成邑，三年成都」，這是齊家。「堯乃試舜五典百官，皆治」，這是治國。

〔註67〕司馬遷：《史記》，中華書局，1959年，第32～34頁。
〔註68〕陳士珂輯：《孔子家語疏證》，上海書店，1987年，第101頁。

由此，「堯乃知舜之足授天下。堯老，使舜攝行天子政，巡狩。舜得舉用事二十年，而堯使攝政。攝政八年而堯崩。三年喪畢，讓丹朱，天下歸舜」，「南撫交阯、北發，西戎、析支、渠廋、氐、羌，北山戎、發、息慎，東長、鳥夷，四海之內，咸戴帝舜之功。於是禹乃興《九招》之樂，致異物，鳳皇來翔。天下明德皆自虞帝始」。〔註69〕這是明明德於天下，也就是平天下。《大學》云：「古之欲明明德於天下者，先治其國；欲治其國者，先齊其家；欲齊其家者，先修其身；欲修其身者，先正其心；欲正其心者，先誠其意；欲誠其意者，先致其知；致知在格物。物格而後知至，知至而後意誠，意誠而後心正，心正而後身修，身修而後家齊，家齊而後國治，國治而後天下平。」〔註70〕神話正是以舜孝悌時「窮至事物之理，欲其極處無不到」〔註71〕為基礎，在修身、齊家、治國、平天下的逐層推進中，而展現出舜本於子孝、兄愛、臣行、君義的親切的人生態度的。

虞舜本來只是一介凡夫，而能於人事的歷練中，明明德於天下，最終成為聖人，這本身就是一個極其勵志的故事。因此，當中華民族神話在親切的人生態度的灌注中，展示神話主人公因完美的德行而成為神聖時，中華民族神話也就在整體上導向了這一現實的意義：人人皆可為聖賢。

這一人生導向，內蘊於宗法倫理之中，是宗法社會里人們把全副精神照顧當下，將生命之自然發揮到極致的必然結果。這一結果，再經王陽明睿智的發揮，便在彰顯陽明心學獨特魅力的同時，為人們指明了一條切實可行的向上的道路。《傳習錄·語錄三》上記載了這樣一個故事：「一日，王汝止出遊歸，先生問曰：『遊何見？』對曰：『見滿街人都是聖人。』先生曰：『你看滿街人是聖人，滿街人到看你是聖人在。』又一日，董蘿石出遊而歸，見先生曰：『今日見一異事。』先生曰：『何異？』對曰：『見滿街人都是聖人。』先生曰：『此亦常事耳，何足為異？』」〔註72〕「滿街人都是聖人」，這是何等直捷明快而又活潑潑的斷語。在王陽明看來，之所以「滿街人都是聖人」，是因為「人胸中各有個聖人」〔註73〕，以此而致良知的結果。何為良知？《孟子·盡心上》：「所不慮而知者，其良知也。孩提之童，無不知愛其親者；及

〔註69〕司馬遷：《史記》，中華書局，1959年，第38、43頁。
〔註70〕朱熹：《四書章句集注》，中華書局，1983年，第3～4頁。
〔註71〕朱熹注格物語，見朱熹《四書章句集注》，中華書局，1983年，第4頁。
〔註72〕王守仁：《王陽明全集》，上海古籍出版社，1992年，第116頁。
〔註73〕王守仁：《王陽明全集》，上海古籍出版社，1992年，第93頁。

其長也，無不知敬其兄也。親親，仁也；敬長，義也。無他，達之天下也。」
〔註74〕朱熹注：「良者，本然之善也。……言親親敬長，雖一人之私，然達之
天下無不同者，所以為仁義也。」〔註75〕良知就是合於宗法倫理的善的本性。
而在王陽明這裡，致良知就是知行合一。《傳習錄·語錄二·答聶文蔚》：「古
之人所以能見善不啻若己出，見不善不啻若己入，視民之饑溺猶己之饑溺，
而一夫不獲，若己推而納諸溝中者，非故為是而以蘄天下之信己也，務致其
良知，求自慊而已矣。堯、舜、三王之聖，言而民莫不信者，致其良知而言
之也；行而民莫不說者，致其良知而行之也。是以其民熙熙皞皞，殺之不怨，
利之不庸，施及蠻貊，而凡有血氣者莫不尊親，為其良知之同也。嗚呼！聖
人之治天下，何其簡且易哉！」〔註76〕根植於宗法倫理中，兼知兼行，簡單
易施，所以親切。正因為這樣，中華民族神話由親切的人生態度而來的人人
皆可為聖賢的人生導向，就在歷史記憶、現實圖景與心性的涵育——宗法化
的進程中，成為詮釋中國人的人生意義的生動形象的載體。

　　這一人生導向自然是切實的，但這一種切實，卻離不開篤行的勇毅，二者
的結合，就是中庸之道，所以《中庸》說：「好學近乎知，力行近乎仁，知恥
近乎勇」，「博學之，審問之，慎思之，明辨之，篤行之」。〔註77〕篤行的勇毅，
切實的人生追求，歸根到底就是一種渴望實現人生價值的執著；而鼓蕩這種執
著的，則是由生命意識而來的自然與文明衝突下的抗爭精神。

　　自然與文明的衝突，是中國文化的特質。「作為中國文明社會最初的國家
形態，宗法國家在極大程度上規定了中國文明的特質，這就是中國文明始終處
在與自然的難解難分的纏繞之中。……『宗』是自然血緣的符號，『君』是文
明的標誌；家族是血緣群體，其多層次性則是文明的業績，所以，宗君合一和
普遍的多層次的家族生活所表現的都是自然與文明的複合。……文明和自然
的纏繞複合構成了中國文化的特質，事實上，中國宗法形態的演進始終在文明
與自然的衝突中展開，可以說，這種文明和自然的矛盾構成了中國文化史的主
旋律。」〔註78〕要消弭文明與自然的衝突，就需要在抗爭精神的統領下，走一
條勇毅而切實的道路。沒有抗爭的勇毅，就不能直面文明與自然的衝突；沒有

〔註74〕朱熹：《四書章句集注》，中華書局，1983年，第353頁。
〔註75〕朱熹：《四書章句集注》，中華書局，1983年，第353頁。
〔註76〕王守仁：《王陽明全集》，上海古籍出版社，1992年，第79～80頁。
〔註77〕朱熹：《四書章句集注》，中華書局，1983年，第29、31頁。
〔註78〕劉廣明：《宗法中國》，三聯書店上海分店，1993年，第22～24頁。

抗爭的切實，就無法調和自然與文明的矛盾。因此，這樣的一條道路，就是由激越轉入平實的道路；而貫穿於這條道路始終的，則是不變的抗爭意識。

中華民族神話在表達這一抗爭意識時，所走的就是這樣一條道路。正是在這樣一條道路中，中華民族神話所富含的深層的文化意義，得到了生動的彰顯。這一層意思，在前文的相關論述中，實際上已經有所提及了。為更好地說明問題，此處再集中就此申而論之。

將這一抗爭意識張揚到極致的中華民族神話，當為精衛填海、形天舞干戚、共工觸山。精衛不憚以微弱之軀「銜西山之木石，以堙於東海」〔註79〕，且「誓不飲其水」〔註80〕；形天雖為「帝斷其首」〔註81〕，猶「操干戚以舞」〔註82〕。其抗爭意識，誠如陶淵明所言：「精衛銜微木，將以填滄海；形夭無干戚，猛志故常在！」〔註83〕可謂至死不休。而共工「爭為帝」〔註84〕不得，竟至「怒而觸不周之山」〔註85〕，亦可謂怨恨不泯。但這一種激越的表達，絕不是中華民族神話的全部，更不是中華民族神話的主調。

相形之下，絕大部分中華民族神話中所體現出的抗爭意識，則顯得較為平和。女媧補天、羿射十日便是如此。比如說，女媧補天的動機，本於「天不兼覆，地不周載」〔註86〕，而其補蒼天、立四極、止淫水等抗爭之舉，則是在相對平和的敘述中完成的。比如說，羿射十日的動機，本於「十日並出，焦禾稼，殺草木，而民無所食。猰貐、鑿齒、九嬰、大風、封豨、修蛇皆為民害」〔註87〕，而其「上射十日而下殺猰貐」〔註88〕的抗爭之舉，也是在相對平和的敘述中完成的。與精衛填海、形天舞干戚、共工觸山所蘊含的激烈的抗爭意識相較，女媧補天、羿射十日所蘊含的抗爭意識，無疑少了一分怨恨，而多了三分仁心。

這一由激越向平實的敘述轉向，從詩學層面而言，是儒家溫柔敦厚詩學觀

〔註79〕袁珂：《山海經校注》，上海古籍出版社，1980年，第92頁。
〔註80〕任昉：《述異記》，中華書局，1985年，第3頁。
〔註81〕袁珂：《山海經校注》，上海古籍出版社，1980年，第214頁。
〔註82〕袁珂：《山海經校注》，上海古籍出版社，1980年，第214頁。
〔註83〕陶淵明：《陶淵明集》，中華書局，1979年，第138頁。
〔註84〕楊伯峻：《列子集釋》，中華書局，1979年，第150頁。
〔註85〕楊伯峻：《列子集釋》，中華書局，1979年，第151頁。
〔註86〕劉文典：《淮南鴻烈集解》，中華書局，1989年，第206頁。
〔註87〕劉文典：《淮南鴻烈集解》，中華書局，1989年，第254頁。
〔註88〕劉文典：《淮南鴻烈集解》，中華書局，1989年，第255頁。

影響的結果；從宗法層面而言，則是為了維持社會秩序的穩固，而調和自然（血緣）與文明（君王）衝突的結果。在上述神話中，形天舞干戚、共工觸山的中心意義，都指向與君權的衝突，女媧補天、羿射十日的中心意義，則是在調停與君權的衝突中重建秩序。在這些神話中，君權都是理所當然的勝出者，只有精衛填海是一個例外，身為炎帝少女的精衛的死，意味著君權的失敗。這一種失敗帶有多重意味：對生死存亡的恐懼，對文明中落的隱憂。如果說共工、形天的失敗，是以個體的毀滅換得了文明的前行的話；那麼，精衛的失敗，則意味著與個體毀滅隨之而來的文明的中落。惟有這種毀滅是最為慘痛，最可悲憫的；也正因為如此，精衛填海神話中所富含的敢於反抗、敢於鬥爭、敢於犧牲的精神，才會如此動人心弦。與形天、共工相比，精衛雖然少了幾分壯烈，卻多了幾分堅韌。從這一點來看，精衛填海神話似乎意味著，中華民族神話中抗爭意識由激越向平實轉向的開始。或者換句話說，女媧補天、羿射十日神話中抗爭的平實，已然內蘊於精衛填海神話中。這正昭示了此後中華民族神話抗爭意識的表達趨向。

　　比如說，藏族神話《大地和莊稼的由來》《狗皮王子》所表達的抗爭意識，就是這樣的。《大地和莊稼的由來》說：「從前，大地在海洋裏沉浮不定，不能種莊稼，人不能生存。天神降別央用神箭射翻一隻烏龜，使其支撐大地，龜頭朝南，曰火；尾朝北，曰水；射在龜肚皮上的箭頭朝西，曰金；箭尾朝東，曰木。藏民逢年過節祭祀神靈時，亦念經祈禱龜和降別央。降別央又從西南方一個叫甲呷兒杜基俄的地方找來糧種，初令魚和水獺犁地播種，它們不願意，逃入海裏；繼令馬鹿，亦不願意，並奔向高山；再令鷹，亦不願意，並飛向天空；後令牛，牛從之，從此，人們在大地上播種莊稼繁衍後代。」〔註89〕這則神話由「大地在海洋裏沉浮不定」，也就是現存秩序的失衡引發衝突，繼而敘述降別央消弭衝突的一系列抗爭之舉：用神箭射龜支撐大地，以此定四方五行；找來糧食，相繼令魚、水獺、馬鹿、鷹、牛犁地播種。值得注意的是，當魚、水獺、馬鹿、鷹不願犁地播種時，降別央並未以神力威服，而是聽之任之，別令牛犁地播種。這一敘述本身，正說明降別央的抗爭意識本於仁心，而導向中正平和。

　　《狗皮王子》所表達的抗爭意識也與此相類：「古布拉國，民食牛羊肉，

〔註89〕《中國各民族宗教與神話大詞典》編審委員會：《中國各民族宗教與神話大詞典》，學苑出版社，1993年，第749頁。

王與臣偶食水果，子阿初請往山神日烏達處借糧種，王允，選 20 武士伴之。阿初等爬山涉水，武士均為野人殺戮和野獸齧噬，阿初翻 99 座大山，見一老母坐羅漢松下執線垂紡毛線，詢之，老母曰：『逆河行至源，對瀑布呼之即是。』初遵行之，果見一身高如山、鬚垂及河的老人詢問何事，初告以來意。老人笑曰：『糧種在蛇王喀布勒處。』初急詢如何得之。老人曰：『從此地乘快馬七晝夜可達蛇王處。惟其凶吝，從不以糧種予人，有往求者均被彼罰變狗而食之。』初曰：『吾欲往。』老人感其誠，乃告彼路，又囑曰：『欲得糧種，唯有竊之。王將糧藏寶座下，有衛士守之。唯戌日日午去山頂訪龍王，一炷香時即回，衛士平時辛苦，乘此時小睡，竊糧種良機也。』又囑曰：『萬一被蛇王罰變狗，可速返東方，攜愛汝之女返國，可重變為人。』果如翁言，初攜女同見父母，二人成婚，布拉國亦長出青稞。」〔註90〕該神話異文則在此基礎上，增補了更多生動的情節，如「山神給了王子一顆『風珠』，告訴他在危險的時候含在嘴裏，就可以跑得像風一樣快」〔註91〕；找到青稞種子被蛇王變成黃狗後，王子叼起風珠跑到婁若國，為三公主俄滿收留；他們一起朝狗皮王子的國家跑去，一路上，狗皮王子邊跑邊把土地刨鬆，青稞種子就撒在了他經過的每一個地方，直到種子全部撒完了，他們也到了布拉國，很快，他們一路上經過的村莊都長出了青稞芽。這則神話由人無糧種也就是生存危機引發衝突，繼而敘述王子阿初為消弭衝突而與蛇王、婁若國王的一系列抗爭舉措：王子阿初在蛇王洞府偷到糧種，被蛇王變為黃狗後叼起風珠逃脫，當婁若國王將三公主俄滿趕走後說服俄滿與其一起回家鄉。在這一系列抗爭之舉中，我們可以見到王子阿初矢志不渝的意志，不憚犧牲的勇氣，為民造福的仁心，卻見不到其絲毫的怨尤與憤激。其他藏族神話如《洪水滔天》《取樹種的故事》等，其所彰顯出的抗爭意識，無不趨向中正平和，也就是平實。

當中華民族神話抗爭意識的表達由激越而轉入平實時，中華民族神話也就在宗法化過程中，形象直捷地呈現了中國文化對生命的獨特認識。梁漱溟先生指出：「雖然永遠也有持其特殊人生生活態度，但大多數都能由激越轉入平實，這實在是好現象。由激越轉入的平實，方為真正的平實，否則恐怕是凡庸。

〔註90〕 《中國各民族宗教與神話大詞典》編審委員會：《中國各民族宗教與神話大詞典》，學苑出版社，1993 年，第 749 頁。
〔註91〕 李學勤、潘守永主編：《中國 56 個民族神話故事典藏‧名家繪本‧藏族卷》，天津出版傳媒集團，新蕾出版社，2012 年，第 86 頁。

凡是想做特殊生活的，根本都是一個淺。……我們希望人人都有圓滿的生活，如果你要做特殊生活，便是希望加於人。這根本是侮辱自己的人類，凡是人類都應是一般的，我們只應求一個『人的圓滿』，同時也希望人人都得一個『人的圓滿』。如果聖人的意義是超加於常人的，那聖人也就是不必要的。我們心目中的聖人，只是一個『人的圓滿』。又平常人喜歡講道德，在吾人意思，就是合理的生活，如果以為道德是超於常人的，我們也就同樣的排斥。總而言之，激越是我們所歡迎，但希望他能歸於平實。」〔註92〕由激越轉入平實，才能由絢麗歸於平淡，才能在尋常的生活中，親切有味地體驗人生，與聖人一道，求得一個「人的圓滿」。這就是中華民族神話宗法化的意義所在。在這一意義生成過程中，我們既可以看到中華民族神話與中國文化的同步前行，也可以看到在中國文化的發軔期，中華民族神話是如何給中國文化注入早熟的特質的，因為非成熟到極致，是不可能體味到平實的真意的。

這種真意的獲得，在中華民族神話中，是神格的世俗化、德行的完美性與強烈的生命意識的自然派生結果，也就是中華民族神話宗法化的必然結果。正是中華民族神話的宗法化，才使得中華民族神話走上了神格世俗化的道路，並由此呈現出親切的人生態度；神格的世俗化，又使得中華民族神話在塑造神人形象時，致力於其德行完美性的提升，由此鋪平了一條人人皆可為聖賢的人生修為之路；知行合一的德行的完美，又使得中華民族神話內蘊著強烈的生命意識，彰顯出強烈的抗爭精神，由此驅動著中華民族神話由激越向平實的轉向。在這一宗法化的過程中，中華民族神話彰顯出獨特的審美特徵，進而生成出獨有的意義；而這正是中華民族神話宗法化的詩意所在。

〔註92〕梁漱溟：《我的人生哲學》，當代中國出版社，2014 年，第 15 頁。